文學新象 261

Kings Rising

墮落王子

III

—誓約之冠—

C・S・帕卡特
C.S.Pacat

朱崇旻——譯

高寶書版集團

獻給凡內莎、比雅、雪莉與安娜。
沒有這些好友的幫助，我無法完成這本書。

北方森林與北方大草原
The Great Northern Forests and the Northern Steppes
韋肯特
Ver-Kindt
斯卡瓦Skarva
雅雷斯 Arlés
夏思提隆
Chastillon
貝洛
Belloy
瓦蓮
Varenne
瓦斯克Vask
維爾Vere
巴賓
Barbin
圖泰茵
Toutaine
韋瓦索
Ver-Vassel
韋坦
Ver-Tan
麗斯
Lys
瑪曲斯
Marches
夏思泰尼
Chasteigne
菈德霍
Ladehors
帕特拉斯
Patras
亞利葉
Alier
亞蘭
Arran
亞奎塔
Acquitart
浮泰茵
Fortaine
拉芬奈Ravenel
巴札爾Bazal
德爾法(原為德爾芙)
Delpha, Was Delpheur
瑪拉斯
Marlas
希錫安
Sicyon
埃吉納
Aegina
戴斯
Dice
戴門的航行路線
阿奇洛斯Akielos
美洛斯
Mellos
瑟雷斯
Thrace
N
W
E
S
科瑟斯
Kesus
埃洛斯海
Ellosean Sea
埃利恩
Ellium
伊奧斯Ios
阿特洛斯灣
Gulf of Atros
伊斯希馬
Isthima
Map of Akielos and Vere
阿奇洛斯與維爾地圖
0
100
200
英里

1

「**戴門諾斯。**」

戴門佇立平臺淺階底部，聽著自己的名字染上震驚與不可置信，傳遍整座中庭。尼坎德洛斯長跪在他面前，他的軍隊全跪在他面前，他彷彿回歸了故鄉——然而歸鄉的感動沒有持續太久，隨著漣漪擴散至阿奇洛斯軍之外，衝擊廣場周圍的維爾平民，它的色調驟然轉變。

那是一種不同的震驚、雙重的震驚，憤怒與驚恐形成一股浪潮。戴門聽見第一聲呼喊，聽見暴力情緒暴漲，群眾嘴裡出現新的字眼。

「**王儲屠手。**」

丟擲而來的石子發出細微破風聲，尼坎德洛斯起身，動手拔劍。戴門伸手制止，他立刻停下動作，劍鞘之上露出半英尺的阿奇洛斯精鋼。

中庭周圍開始騷動，他看見尼坎德洛斯臉上的困惑。「戴門諾斯？」

「讓你的部下待命。」戴門開口，近處傳來的銳利金屬聲令他猛然旋身。

一名頭戴灰色頭盔的維爾士兵已然拔劍，盯著戴門的眼神，彷彿正看著最恐懼的惡夢。戴門認出頭盔下那張毫無血色的臉，那是胡維，他握劍的動作與喬德先前握刀的動作類似，雙手不停顫抖。

「**戴門諾斯？**」胡維重覆道。

「別動！」戴門提高音量下令，之所以提高音量，是因為有人以阿奇洛斯語啞聲喊道：「**放肆！**」對阿奇洛斯王族刀劍相向，可是死罪。

戴門仍以平舉的手擋住尼坎德洛斯，但他深切感受到尼坎德洛斯全身每一條肌肉的緊繃，知道他是窮盡了全身之力才能繼續紋風不動。

慌亂的呼聲此起彼落，驚惶的群眾隨著奔逃的衝動互相推擠，只為遠離或湧向阿奇洛斯軍，本就薄弱的隊伍邊線開始崩解。戴門看見圭瑪掃視中庭，眼中清楚映照著緊繃的恐懼。士兵都明白了平民不懂的事實：維爾守備軍的兵力極少，牆內——**牆內**——的阿奇洛斯軍，人數是他們的十五倍。

胡維身旁又是一把長劍出鞘，握在驚恐的維爾士兵手裡。部分維爾守衛隊的士兵臉上浮現震怒與驚疑，另一些人則畏懼地面面相覷，絕望地尋求指示。

就在隊伍邊緣開始潰散、群眾步向慌亂深淵之時，戴門失去了對維爾守衛隊的徹底掌控。他這才發現，他低估了自己的身分對邊城之民的影響力。

戴門諾斯，王儲屠手。

在掃過中庭情勢後，慣於指揮戰場的戴門，立刻以統帥的眼界做出決定：盡可能降低損失、避免傷亡與混亂，並控制住拉芬奈。維爾守衛隊已不受他掌控，至於在場的維爾平民……即使有人能撫平他們怨憤的情緒，那個人也不會是他。

要阻止蓄勢待發的暴動，只剩一個方法——遏制騷動、封鎖堡壘，一口氣占領此地。

戴門對尼坎德洛斯說：「奪下這座城。」

戴門快步走過廊道，身後隨侍著六名阿奇洛斯士兵。城堡內部充斥著阿奇洛斯語，赤紅的阿奇洛斯旗幟飛揚在拉芬奈堡之上，一行人穿過一道門，守在兩側的阿奇洛斯士兵馬上立正行禮。

拉芬奈在兩天內兩度易主，這回，戴門知道鎮壓這座堡壘的確切方法，所以過程極快。中庭中為數不多的維爾士兵不得不退讓，戴門命人剝除圭瑪與喬德的鎧甲，將維爾部隊中軍階最高的兩人押到他面前。

戴門一踏進小接待室，阿奇洛斯守衛便扣住那兩名俘虜。「**跪下**。」守衛操著拙劣的維爾語下令，喬德被粗暴壓倒，膝蓋落地。

「不，讓他們站著。」戴門用阿奇洛斯語令道。

士兵立即照辦。

最先接受自己的處境與待遇，重新站穩腳步的，是圭瑪。和戴門相處數月的喬德較為謹慎，他緩緩起身。圭瑪對上戴門的視線，他似乎沒聽懂阿奇洛斯語，開口時用的是維爾語。

「看來他們說的是真話。你就是阿奇洛斯王子，戴門諾斯。」

「是的。」

圭瑪刻意吐了口唾沫，結果被穿著鎖子甲的阿奇洛斯士兵反手摑了一掌。

戴門沒有插手。若有人朝他父親腳邊吐口水，接下來會發生什麼事，戴門心知肚明。

「你要殺了我們嗎？」圭瑪的視線又回到戴門臉上。

戴門掃了他一眼，接著上下打量喬德，看見兩人臉上的塵土，以及他們緊繃、猙獰的神情。喬德先前是王子衛隊的隊長，但圭瑪是何等人物戴門就不清楚了，只知道他在轉投羅蘭陣營之前，曾是圖瓦思軍中的將領。最關鍵的是，兩人都曾是高位軍官，這是戴門命人將他們押來的主因。

「我要你們和我並肩戰鬥，」戴門說道。「阿奇洛斯願意幫助你們。」

圭瑪顫抖著呼出一口氣。「和你並肩戰鬥？要是我們配合，你就會趁機奪城。」

「城堡已經在我的控制下了。」戴門鎮定地說。「攝政王是我們共同的敵人，他是什麼樣的人，你們也都知道。」他接著說道。「我給你們兩個選擇：你們可以作為俘虜留在拉芬奈，或隨我去查爾希，讓攝政王知道我們是盟友。」

「我們不是盟友，」圭瑪回道。「你背叛了我們的王子。」然後，他像是無法承受自己的話，痛苦地說：「你上了——」

「把他拖出去。」戴門打斷他，接著讓阿奇洛斯守衛退下。士兵整齊劃一地走出接待室，房裡只剩戴門，與唯一准許留下的男人。

喬德的臉上沒有其他維爾人掛著的恐懼或不信任，只有尋求解釋的疲憊神情。

戴門說：「我對他許下了承諾。」

「那他發現你是誰以後呢？」喬德說道。「他發現自己在戰場上面對的是戴門諾斯以後呢？」

「那就會是他和我的初次相識。」戴門告訴他。「這是我對你的承諾。」

談話結束後，戴門扶著門框頓了頓，緩過一口氣。他想像自己的名字傳遍拉芬奈堡、傳遍全亞利葉省，傳到目標耳中。他感覺自己是在硬撐著，彷彿只要能控制這座堡壘，在抵達查爾希之前設法控制住這些人，接下來就——

他不能想接下來的事，現在只能盡力實現諾言。戴門推開門，走進小廳堂。

尼坎德洛斯轉身對上他的視線，在戴門開口前單膝下跪。這次，他的動作不再突然，就連垂首的動作也飽含深意。

「城堡是你的了，」尼坎德洛斯說道。「陛下。」

陛下。

父親的幽魂似乎悄然飄過，戴門的皮膚一陣刺麻。那是屬於他父親的稱謂，但高坐在伊奧斯王座上的人，已經不是他父親了。戴門看著俯首下跪的朋友，首次意識到現實——他不再是成天和尼坎德洛斯在木屑中摔角，然後一同在王宮中遊蕩的少年王子了。戴門諾斯王子已不復存在，他費盡千辛萬苦想尋回的身分和自我早就消失了。

在一夕間得到一切、也失去一切，這就是天下王儲共同的命運。羅蘭曾這麼說過。

戴門將尼坎德洛斯熟悉的面容收入眼底，細看他典型的阿奇洛斯五官、深棕色頭髮與眉毛、麥色皮膚與挺直的鼻梁。他們兒時曾赤足在宮殿裡奔跑追逐。每次幻想自己回到阿奇洛斯的情景，戴門都會想像尼坎德洛斯不顧身上的盔甲，用擁抱歡迎他。那種感覺想必就像將五指埋入家鄉的土壤，重溫熟悉的觸感。

然而此刻，尼坎德洛斯在敵國城堡對他下跪，簡單的阿奇洛斯盔甲與維爾城堡格格不入。戴門感受到橫在他們之間的鴻溝。

「老朋友，」戴門說。「起來吧。」

他想說的話太多太多，全都湧上喉頭——數月來，他無數次擔心自己再也看不到阿奇洛斯高聳的懸崖、寶石般燦爛的大海，以及他稱作朋友的面龐，然後又無數次強迫自己壓抑那份疑慮。

「我以為你死了，」尼坎德洛斯說道。「以為我失去你了。我還點了喪燈，在日出時抬著你的棺木徒步長行，為你哀悼。」尼坎德洛斯站起身來，語氣透出驚奇。「戴門諾斯，你怎麼會在這裡？」

戴門回憶起闖進寢殿的士兵、被綁在奴隸澡堂的屈辱、跨海到維爾的那趟悶熱無光的航行。他回想之前的監禁、臉上的妝彩、潛入體內的藥物、圍觀表演的眾人。他想起睜眼發現自己身在維爾王宮的那一刻，以及在那之後發生在他身上的一切。

「你說過要小心卡斯托，結果你說對了。」戴門開口。說出口的卻僅此而已。

「我親眼看見他在列王之廳完成加冕典禮，」尼坎德洛斯眼神晦暗地說。「當時他站在君王石前，對所有人說：『這次的雙重悲劇告訴我們，任何事情都可能發生。』」

這聽上去像卡斯托會說的話，像優卡絲特會說的話。戴門在心中想像阿奇洛斯諸侯聚集在列王之廳的古老石像之間，想像高居王位的卡斯托與他身旁的優卡絲特，想像優卡絲特梳得一絲不苟的金髮、布料覆蓋的大肚子，以及為他們扇動悶熱空氣的奴隸。

他對尼坎德洛斯說：「發生了什麼事？說給我聽。」

尼坎德洛斯說了，沒有任何保留。戴門聽尼坎德洛斯重述當時的景象，「他」裹著布匹的遺體被送葬隊伍抬著穿過衛城，葬在父親身旁。卡斯托聲稱戴門死於王儲護衛之手，他的護衛隊、兒時的武術訓練師黑蒙、所有的侍從與奴僕，全都死於非命。尼坎德洛斯說起宮中的混亂與殺戮，以及混亂過後，卡斯托的劍士控制住整座王宮，若有任何人質疑，便宣稱他們並非引起廝殺的一方，而是遏止殺戮的一方。

戴門想起薄暮時分的鐘聲。**希歐米狄斯王逝世，祝賀新王卡斯托登基！**

尼坎德洛斯接著說：「不只這樣。」

他遲疑片刻，似乎是在戴門臉上尋找什麼，然後從皮革胸甲內抽出一封信。信紙相當破爛，顯然跟隨尼坎德洛斯歷經了風霜，不過當戴門接過那封信、將它攤開時，馬上看出尼坎德洛斯貼身保管的理由。

致德爾法封臣尼坎德洛斯——維爾王子羅蘭書。

戴門全身汗毛直豎。信紙破舊，字跡也很舊了，羅蘭想必是早在離開雅雷斯之前便送出了這封信。戴門想像政治上猶如困獸的他獨自坐在書桌前、提筆寫信，想起羅蘭澄澈的聲音：**你覺得我和德爾法封臣尼坎德洛斯合得來嗎？**

儘管駭人，羅蘭和尼坎德洛斯結盟仍是合理的策略。羅蘭從以前就能放下個人情感，務實到近乎無情，為了獲勝，他甚至能以一種令人不適的方式徹底無視人類的七情六慾。

信上寫道，作為尼坎德洛斯出兵援助的回報，羅蘭將提供證據，證實卡斯托與攝政王合謀殺害了阿奇洛斯的希歐米狄斯王。這也是羅蘭昨晚用以打擊戴門的真相。**你真是個可悲的愚蠢野蠻人。卡斯托弒君後，用我叔父的兵力奪下了伊奧斯。**

「當然也有人質疑他，」尼坎德洛斯繼續說道。「但每次有人提出問題，卡斯托都能自圓其說。他是先王的兒子，你又死了，除了他我們也沒其他人可以擁戴。」他說。「希錫安封臣門尼亞多斯最先宣誓效忠，那之後——」

戴門接著說：「南部就都是卡斯托的了。」

他明白自己面對的是何種情勢，他也從沒奢望尼坎德洛斯說他的兄長並沒有背叛他，也沒指望卡斯托為他仍在世的消息歡欣慶祝，然後熱情地歡迎他歸鄉。

尼坎德洛斯說道：「北部還是忠於你。」

「如果我召集你們，命令你們為我而戰呢？」

「那我們會為你而戰，」尼坎德洛斯回答。「和你並肩奮鬥。」

直截了當的問答令戴門一時間說不出話來，他都忘了家鄉是如此直白，他都忘了信賴、忠誠和親情，以及友情。

尼坎德洛斯從衣衫暗袋取出一件物品，塞進戴門手裡。

「這是你的，我一直留著它……我知道自己犯了叛國罪，也知道這樣很傻，但是我想用它紀念你。」他的一邊嘴角扯出淺笑。「你的老友是傻子，是個為了一件小東西犯下叛國罪的傻子。」

戴門攤開手掌。

鬈曲的鬃毛、尾巴的弧線——尼坎德洛斯交給他的，是阿奇洛斯君王佩戴的金獅飾針。戴門十七歲生日那天，希歐米狄斯將飾針傳給了戴門，象徵他的王儲身分，戴門還記得父親親手將飾針別上肩頭的那一刻。尼坎德洛斯想必是賭上了自己的性命，偷偷找到飾針並貼身攜帶。

「你太急著對我宣誓忠誠了。」戴門握著飾針，感覺那堅硬、鮮亮的稜角。

「你是我的國王。」尼坎德洛斯回道。

戴門看見映在尼坎德洛斯眼中的情感，想起其他士兵眼中的情感——他深切體認到尼坎德洛斯對他的態度轉變了。

國王。

現在，這是他的飾針了。不久後眾封臣與屬臣將對他宣誓忠誠，他再也回不去當初了。**在一夕間得到一切、也失去一切，這就是天下王儲共同的命運。**

他緊扣尼坎德洛斯的肩膀，只允許自己以無言的碰觸傳達感激。

「你怎麼打扮得像掛幔一樣。」尼坎德洛斯扯了扯戴門的袖子，含著笑意打量他那身紅色天鵝絨、石榴石釦與針工精緻的一排排褶飾。然後，他動作一滯。

「戴門。」尼坎德洛斯的語調透著古怪。戴門低下頭，看見了。

他的袖口滑了開來，露出一只沉重的金銬。

尼坎德洛斯像被燙傷或螫傷般猛然一縮，然而戴門握住他的手臂，阻止他退開。他看見尼坎德洛斯心中那不可名狀的恐怖。

心臟狂跳的戴門嘗試挽回這一切，嘗試阻止在尼坎德洛斯心中蔓延的想法。「沒錯，」

他說。「卡斯托把我當作奴隸送來，是羅蘭解放了我，讓我指揮他的部隊、管理他的城堡，是他冒險信任一個他沒理由信任的阿奇洛斯人。他不知道我是誰。」

「維爾王子解放了你。」尼坎德洛斯重複道。「你原本是他的奴隸？」他的聲音變得沙啞。**「你作為奴隸服侍了維爾王子？」**

他又倒退一步。門口傳來驚駭的聲響，戴門猛然轉身，鬆開了抓著尼坎德洛斯的手。

麥卡頓呆立在門口，臉上的恐懼愈發深刻，而斯特拉頓與尼坎德洛斯的兩名部下就站在他身後。麥卡頓是尼坎德洛斯手下的戰將，是他麾下最有權勢的屬臣，他來此是為了對戴門宣誓效忠，就如諸侯過去對戴門父親宣誓那般。戴門站在原地，暴露在他們的視線下。

他瞬間紅了臉。金手銬只代表一件事：奴隸的順服與作用，而且是最私密的作用。他們腦中想像的畫面，戴門也能想見──奴隸恭順地彎下腰、分開雙腿，以及這些男人在自家使用奴隸時的理所當然。他想起自己說的話：**留著就好**。戴門胸口一緊。

他強迫自己繼續解開繫帶，將衣袖往上推。「你們驚訝嗎？我曾是送給維爾王子的禮物。」他露出整條前臂。

尼坎德洛斯轉向麥卡頓，厲聲說道：「你不許說出去，離開這個房間以後──」

戴門開口：「不，這藏不住。」這句話是對麥卡頓說的。

麥卡頓是他父親那一輩的人，統領阿奇洛斯北境規模最大的地方軍團之一。他身後的斯特拉頓臉上寫滿厭惡，似乎隨時會吐出來，那兩名低階軍官則垂下眼簾，面對眼前的這一幕，位階低下的他們沒資格在國王面前有任何表示。

「您當過王子的奴隸？」麥卡頓的臉上印著強烈的反感，面色蒼白。

「沒錯。」

「您——」麥卡頓的聲音迴響了尼坎德洛斯眼底的無聲疑問，但沒有任何人膽敢對自己的國王提出這些疑問。

戴門臉上的血色變質了。「你敢問。」

麥卡頓沙啞地說：「您是我們的國王。這是對阿奇洛斯的羞辱，我們不能忍氣吞聲。」

「你必須忍氣吞聲，」戴門直視麥卡頓的雙眼。「和我一樣忍氣吞聲。還是說，你認為自己比國王優越？」

奴隸。麥卡頓眼中的抗拒，清楚道出了這兩個字。麥卡頓家中不可能沒有奴隸，他也不可能沒用過奴隸。在他的想像中，王子與奴隸之間的關係少了投降的細緻。奴隸的屈辱發生在他的國王身上，某方面而言便是發生在他自己身上，他壓不下自己的自尊心。

「如果消息傳出去，我沒辦法保證能控制住部下。」尼坎德洛斯說道。

「消息已經傳出去了。」戴門說。他看著自己的話衝擊尼坎德洛斯，看見尼坎德洛斯的抗拒。

「那我們該怎麼辦？」尼坎德洛斯生硬地擠出字句。

「對我宣誓。」戴門回道。「如果你們忠於我，那就集結部下，準備戰鬥。」

他和羅蘭討論出的計畫相當簡單，關鍵是時機。查爾希不像赫雷，不是視野清晰的平原，而是崎嶇不平的丘陵地，大半地區由樹林遮覆，只要敵軍掌握戰略優勢的位置，就能迅速包圍接近的軍隊。攝政王下戰書，邀姪兒在查爾希公平會戰，等同笑吟吟地邀請羅蘭到流沙地散步。

因此，戴門與羅蘭必須兵分二路。羅蘭在兩天前便帶兵出發，準備從北方——攝政王軍的後方——包抄，戴門的軍隊則是誘餌。

他盯著腕上的金銬許久，然後才跨步走上平臺。燦金手銬映襯他手腕的麥色皮膚，即使距離遙遠也能清楚看見。

戴門沒有試圖遮掩，他已除下臂鎧，換上阿奇洛斯式的胸甲、皮革短裙，以及束在小腿與膝蓋的皮帶鞋。他的雙臂裸露，大腿中段到膝蓋也無布料遮覆，肩頭由金獅飾針別著一件赤紅短披風。

全副武裝的他走上平臺，俯視聚集在中庭的軍隊，一絲不苟的列隊士兵與閃亮的長矛，全都等著他。

他讓所有人看見他手腕上的金銬，讓所有人看見他。**戴門諾斯王子死而復生了。**漸漸習以為常的細語聲靜了下來。

他讓曾經的戴門諾斯王子從身上剝落，允許自己站上新的位置，讓新的角色、嶄新的自己沉澱下來。

「阿奇洛斯的戰士們，」他開口，聲音傳遍城堡中庭。戴門望向一排排紅斗篷，此時的感覺好似握住一把劍、戴上了臂甲。「我是戴門諾斯，希歐米狄斯王的嫡子。我作為你們的國王歸來，準備為你們而戰。」

贊同的吼聲響徹中庭，一根根矛杆敲擊地面，以示支持。他看見士兵舉起手臂、高聲歡呼，瞥見戴著頭盔、面無表情的麥卡頓。

戴門翻身上馬，這是他之前在赫雷騎的戰馬，高大的棗紅騸馬身強體壯，足以承受他的重量。牠的前蹄重重敲在石磚地上，彷彿想將石磚翻面，同時馬頸高昂，也許是透過獸類的直覺意識到此刻為戰爭前夕。

號角聲響起，旗手舉起旌旗。

此時，一陣彈珠撒下階梯般的脆響傳來，一小隊身穿破舊藍袍的維爾人策馬踏進中庭。不是圭瑪，而是喬德與胡維、拉札爾等人。戴門的視線掃過，認出了這些人，他們是王子衛隊的成員，是過去數月與戴門一同行軍的戰友。脫離監禁的這些人，只代表一件事——戴門舉起一隻手，部下放喬德走近，兩匹馬繞著對方轉了一兩圈。

「我們要加入你們。」喬德說道。

戴門望向中庭裡一排排的紅袍士兵，以及聚集在前方的一小簇藍袍軍人。數量不多，只有二十人，戴門一眼就看出是喬德說服了他們加入，這些人是在喬德的勸說下才整裝上馬，準備出戰。

「那麼，我們出征吧。」戴門說道。「為阿奇洛斯，也為維爾。」

接近查爾希時，眾人的視野逐漸受限，不得不依賴斥候與先遣騎兵瞭解前方狀況。攝政王的部隊從北方與西北方接近，他們的軍隊則扮演誘餌的角色，處在下坡的劣勢位置。若沒有反將敵方一軍的計畫，戴門絕不可能帶部下行軍至如此惡劣的地點，即使有克制敵方的對策，這也會是一場硬仗。

尼坎德洛斯一點也不喜歡眼前的局勢。部隊越是接近查爾希，阿奇洛斯的將士越是清楚己方的情勢不利——一個人若是有不共戴天的仇敵，擊殺仇敵的最佳法門就是將對方誘陷至此。

相信我。這是羅蘭對戴門說的最後一句話。

戴門腦中浮現他與羅蘭在拉芬奈制定的計畫：攝政王軍投入太多兵力和戴門的部隊交戰，羅蘭則在恰到好處的時機從北方襲來。他想打，他想打一場硬仗，想在戰場上找到攝政王，在一對一的決鬥中終結對方的攝政統治。只要了結了攝政王，只要他遵守諾言，在那之後——

戴門令眾人排妥陣型，再過不久他們將面臨敵方的箭雨，第一波應該會從北方射來。「停。」他下令。不熟悉的地勢形成令人猶豫的谷地，兩旁是樹木與危險的坡道，空氣中飽含緊張的蓄勢待發，以及戰鬥前敏感的焦躁情緒。

遠方傳來號角聲。「停。」身下的坐騎不安地躁動，戴門又重複了一次命令。他們必須在攝政王的勢力反攻前，在這塊平地上與敵方全面交戰，將所有攝政王軍引到此處，給羅蘭的部隊包圍他們的機會。

但是攝政王的軍隊未到，戴門就先看見軍隊的西翼在麥卡頓的號令下提前行動。「叫他們歸隊。」戴門雙腿一夾馬腹，對麥卡頓下令。他在麥卡頓身旁拉緊韁繩，轉了一小圈，然而麥卡頓的眼神卻充滿大將看著不懂事孩子的輕蔑。

「我們要往西移動。」

「我叫你們停下。」戴門對他說。「我們要讓攝政王先行動，引他離開優勢位置。」

「這樣的話，您的維爾人要是不來，我們就全死定了。」

「他會來的。」戴門說道。

北方傳來號角聲。

攝政王軍來得太早、位置太近，己方的斥候卻沒有消息。事情不對勁。

左側爆發一系列騷動，埋伏在北方樹林中的軍隊發動攻擊，從山坡上與林間衝鋒而來，而一騎斥候火力全開地趕著衝回己方陣線，策馬在草地上狂奔。攝政王的軍隊已展開行動，方圓百哩內卻不見羅蘭的蹤影。從一開始，羅蘭就不打算來會合。

斥候尖聲喊出這個消息，緊接著被一箭射中後心。

「您的維爾王子露出真面目了。」麥卡頓說道。

戴門無暇細想，只能全心全意應對情勢。第一波箭雨襲來的同時，他大聲下令，盡可能掌控最初的混亂，大腦消化新的局面、重新計算人數與位置。

他會來的。戴門是如此對麥卡頓說的。即使第一波敵軍衝擊阿奇洛斯軍，身邊的士兵開始廝殺、陣亡，戴門仍然相信羅蘭會來。

然而，此時的情況隱含著黑暗的合理性。讓你的奴隸說服阿奇洛斯軍參戰，讓你的敵人代替你戰鬥，讓你憎恨的人承擔傷亡，最終攝政王軍即使沒有潰敗也會遭受重挫，而尼坎德洛斯的部隊將不復存在。

當第二波軍力從西北方襲來，戴門才終於意識到援軍不會來。

他回神，發現喬德就在身邊。「想活命的話，就往東逃吧。」

喬德將戴門的表情收入眼底，臉色慘白地說：「他沒有要來。」

「我們寡不敵眾，」戴門說。「但如果你動作快一點，還有機會活著逃出去。」

「我們寡不敵眾，那你打算怎麼辦？」

戴門策馬離開，準備到最前線去。

他說道：「戰鬥。」

2

羅蘭在昏暗的光線中緩緩甦醒，感覺到身體上的束縛，以及被綁在背後的雙手。他的後腦勺一陣悶痛，表示他被人敲了一記，而且左肩也不對勁，脫臼了。真是麻煩透頂。

睫毛顫動、身體挪動時，他昏沉地注意到一股污濁的氣味，再考慮到周遭陰涼的溫度，想必自己此刻身在地底。他細細思索，試圖釐清現況：他被突襲了，現在被關在地面下，不過身體並沒有多日舟車勞頓的跡象，這表示——

他睜開雙眼，對上戈瓦爾的扁鼻子與不懷好意的視線。

「早啊，小公主。」

脈搏驚慌地猛然加速，脫離他的控制，困在體內的鮮血一次又一次擊打皮膚內側。他小心翼翼地逼自己什麼都不做。

牢房的面積大約是十二平方英尺，入口處是一扇鐵柵門，沒有窗戶。門外有一條閃爍的石道，光線不穩定是因為光源來自鐵柵旁的一根火把，而不是因為他被敲得頭昏眼花。牢裡除了被綁縛的他與身下的椅子外空無一物，堅實的椅子是橡木製，顯然是對方專門為他拖進牢房的。從不同角度來看，這也許是出於禮貌，也可能是出於惡意。火光照亮了地上積累的污穢。

羅蘭猛然回憶起部下的遭遇，費了一番功夫才將那個念頭推道一旁。他知道自己身在何處，這裡是浮泰茵堡的地牢。

他深知自己的未來只有死亡，以及死前漫長的痛苦。心中燃起孩子氣的希望火苗——也許會有人來救他——然後他小心翼翼地掐熄火苗。從十三歲那年兄長死後，就再也沒有人會救他了。在現在的情況下，他有沒有可能保留一絲尊嚴？念頭浮現的瞬間，便被他默默消除。他不可能帶著尊嚴死去。若他承受不住酷刑與屈辱，他還是有能力誘使死亡提前來臨。刺激戈瓦爾使用致命的暴力，一點也不難。

羅蘭心想，奧古斯若是手無寸鐵地獨自面對即將殺他的男人，他也不會害怕。奧古斯的弟弟也不該畏懼。

不去想邊境的戰事、放下他進行到半途的種種計謀，就沒那麼容易了。約定的期限到來又過去，現在無論邊境情勢如何，都和他無關了。那個阿奇洛斯奴隸（當然）會認定是羅蘭誆騙了他，想必會心懷崇高的信念對查爾希展開自殺攻擊，最後甚至有可能突破誇張到荒謬的劣勢，奪得勝利。

羅蘭心想，若無視自己受傷且動彈不得的現實，這其實是他與戈瓦爾的單打獨鬥，他獲勝的機率可不低。然而，和過去數月、和平時一樣，他感受到叔父隱形的手悄然牽動線繩。單打獨鬥——他必須從現實層面正視自己的能耐。即使在狀態極佳之時，他也不可能在肉搏戰中勝過戈瓦爾，更何況他此時肩膀脫臼。此刻設法掙脫束縛對他而言毫無用處，這句話他對自己說了一次、兩次，強行壓抑掙扎的本能。

「這裡就只有你跟我兩個人。」戈瓦爾說道。「你睜大眼睛仔細看一看，你是不可能逃出去的，也別想從我這裡搶走鑰匙，鑰匙不在我身上。等我完事了，他們才會來開門。你有沒有什麼想說的啊？」

「你的肩膀還會痛嗎？」羅蘭說道。

回應他的是一擊重拳，再抬頭時，羅蘭讓自己充分享受他在戈瓦爾臉上激起的神情，也為此——有些自虐地——充分享受了那一拳。他沒有掩藏住眼中的愉悅，戈瓦爾又是一拳揮來。羅蘭得壓抑自己不受控的反應，不然這場折磨很快就會結束了。

「我常常在想，你到底抓住了他的哪條小辮子。」羅蘭強迫自己維持語氣的平穩。「莫非是染血的床單？簽了字的供狀？」

「你把我當傻子嗎。」戈瓦爾說。

「我把你當成有辦法要脅權臣的男人，但我也相信，你對他的影響力不可能長久持續下去。」

「你愛怎麼想就怎麼想。」戈瓦爾的語氣透出了滿意。「想知道你為什麼會在這裡嗎？是我要他把你送給我的。不管是什麼東西，只要我開口要，他就會送給我，就算是他高高在上的姪子也一樣。」

「我對他而言是個麻煩，」羅蘭說道。「你也是個麻煩，這才是他把我們丟到一處的原因。我們之中會有一個人幫他解決另一人。」

他逼自己不帶任何情緒，輕描淡寫地道出事實。

「問題是，等我叔父當上國王，天底下就再沒有任何祕密能阻撓他了。如果你殺了我，你手裡的把柄就會失去效力，到時只剩下你和他兩個人，他隨時能把你扔進陰暗的地牢。」

戈瓦爾緩緩咧嘴，露出笑容。

「他早就猜到你會這樣說了。」

走錯第一步棋的，居然是羅蘭自己。他感覺到胸中令人分神的紊亂心跳。「我叔父還認為我會說些什麼？」

「他說你會想辦法讓我一直說話，還說你的嘴和妓女一樣賤。他說你會撒謊、誘惑我、拍我的馬屁。」不懷好意的笑容咧得更開了。「他說：『要確保我姪兒不會用那張嘴逃出生天，就只有把他的舌頭割下來這個方法。』」戈瓦爾一面說，一面抽出短刀。

周遭的牢房瞬間變得灰暗，羅蘭的注意力緊縮，思緒變得片斷而混亂。

「可是你想聽，」羅蘭說道。因為，這不過是開端，在抵達終點之前，他們還有一段漫長、蜿蜒而血腥的旅程。「你全都想聽，每一個破碎的字你都不想放過。我叔父就是不瞭解你這一點。」

「喔？哪一點？」

「你從以前就巴不得站在門的這一邊。」羅蘭說。「現在，你終於如願以償了。」

感覺無比漫長的第一個鐘頭結束後，羅蘭幾乎痛不欲生，不知道自己有沒有——或能不能——延遲或控制牢房裡的虐刑。

上衣的繫帶一路解到了腰間，衣襟敞開，右邊袖子染上紅色。他的金髮糾結散亂，被汗水浸透。他的舌頭還在，因為短刀插在肩頭——那一刀刺進去時，他將之視為小小的勝利。

他不得不享受每一次的小小勝利。短刀以不自然的角度插在肩頭，那是他脫臼的右肩，所以就連呼吸也變得痛苦。小小的勝利。他走了這麼遠，為叔父帶來一些小小的麻煩，甚至一兩度阻撓了他，迫使他改變計畫，沒有讓他輕鬆得勝。

一層層厚實的石牆阻隔了外界，羅蘭不可能聽見任何聲響，外頭的人也不可能聽見他的聲音。他只有一個優勢——他的左手設法掙脫了束縛——但他不能讓戈瓦爾發現，那對他沒有任何好處，只會換來一條骨折的手臂。深思熟慮地逐步行動變得越來越困難。

他推測——應該說，在剛剛意識飄遠時，他想到牢房與外界無法透過聲音溝通，戈瓦爾也無法用暗號聯絡外界，所以那個將他與戈瓦爾關進來的人，應該會在事前約定的時間，帶著推車與布袋來將他的屍體運走。因此，羅蘭只有一個目標，他必須朝目標邁進，猶如奮力邁向不斷倒退的海市蜃樓：活著撐到那個時間點。

腳步聲逐漸接近，鐵門軸的金屬摩擦聲出現。

桂恩的聲音傳來：「你搞太久了。」

「怎麼，看了不舒服嗎？」戈瓦爾回道。「我們才剛暖完身呢，你要不要留下來欣賞？」

「他知道嗎？」羅蘭說。

他的嗓音較初時沙啞一些，顯然他對疼痛的反應與常人相差不遠。桂恩蹙起眉頭。

「知道什麼？」

「你的祕密。我叔父的把柄。你的小祕密。」

「閉嘴。」戈瓦爾說。

「他在說什麼？」

「你從來沒想過嗎？」羅蘭說道。「我叔父為什麼沒有除掉他？為什麼這些年來，他從沒缺過酒或女人？」

「我叫你閉嘴。」戈瓦爾握住刀柄，猛力一扭。

黑暗在羅蘭眼前炸開，他只隱約意識到接下來發生的事。他聽見桂恩尖細、遙遠的問句：「他在說什麼？你和國王陛下私下談了什麼協議嗎？」

「你不要多管閒事，這跟你沒關係。」戈瓦爾。

「你如果私底下有別的約定，就給我現在說出來。」

他感覺到戈瓦爾放開刀柄。舉起左手是他此生第二艱鉅的任務，僅次於抬起無比沉重的頭。戈瓦爾轉身面對桂恩，恰好擋住桂恩的視線。

羅蘭闔上雙眼，微微顫抖的左手握住刀柄，奮力將刀拔出肩膀。

他無法壓抑脫口而出的悶哼。一旁的兩人轉過頭，正好看見他笨拙地割斷餘下的繩索，跌跌撞撞地站起身，站到椅子後方。羅蘭的左手握著刀，盡可能擺出近似防衛的姿勢。牢房天旋地轉，刀柄又溼又滑，戈瓦爾咧起愉悅的嘲弄微笑，像是閱歷豐富的偷窺狂，看見出乎意料的小動作時露出的譏諷神情。

桂恩語帶輕微的厭煩，卻毫無催促之意。「還不快制住他。」

他們面對彼此。羅蘭對左手使刀的技術當然有自知之明，他明白自己根本不是戈瓦爾的對手。即使在他腳步穩定、手臂無傷的狀態下，他也算不上太大的威脅。最佳的情況，是在戈瓦爾靠近前刺中他，但那也毫無意義。戈瓦爾不僅滿身肌肉，肌肉之上還有一層厚厚的脂肪，即使被負傷的孱弱對手割傷，他也能繼續戰鬥。羅蘭短暫的自由只有一個結局，他對此心知肚明，戈瓦爾也心知肚明。

羅蘭用左手笨拙地刺出一刀，戈瓦爾以殘暴的動作回擊。結果也不出所料，是羅蘭體驗到超越一切的撕裂劇痛，大聲慘叫。

因為，他用傷痕累累的右手，將椅子甩了出去。

扎實的橡木砸在戈瓦爾耳際，一聲木槌敲上木球般的鈍響，戈瓦爾踉蹌兩步後摔倒在地，羅蘭則因揮甩的餘勁半跌半走到牢房另一頭。桂恩連忙退開，背部緊貼著石牆。羅蘭集中剩餘的力量，越過桂恩走出牢房，將鐵柵門拖回原位，轉動插在鎖孔裡的鑰匙。戈瓦爾沒有動彈。

在接下來的死寂中，羅蘭拖著身體遠離鐵柵門，靠著對側的走廊牆壁往下滑，半途詫異地發現牆邊有一張木凳，承接了他的重量。他原以為自己會一路滑到地上。

羅蘭閉著雙眼，隱約聽到桂恩拉扯著鐵柵門。鐵門框啷作響，卻沒有為他開啟。

這時，羅蘭笑了，笑得有氣無力。背後的石牆是如此冰涼、如此舒適，他的頭往旁一歪。

「**——沒用的叛國賊，你好大的膽子，你侮辱了王室名譽，你——**」

「桂恩，」羅蘭沒有睜開眼睛。「你把我五花大綁，和戈瓦爾關進同一間牢房。你當真以為辱罵我，就能讓我受傷？」

「放我出去！」字句迴盪在石壁之間。

「這句我試過了。」羅蘭平靜地說。

桂恩說道：「你要什麼，我都給你。」

「這句我也試過了。」羅蘭說。「我還以為自己的行為沒那麼好預測，沒想到我的反應和一般人大同小異。想知道我插你第一刀時，你會有什麼反應嗎？」

他睜開眼睛，桂恩後退了令人滿意的一步。

「不瞞你說，我剛才正需要武器，」羅蘭說道。「卻作夢也沒想到武器會直接走進我的牢房。」

「你一旦踏出去，就別想活命。你的阿奇洛斯盟友不可能幫你，因為你害他們去了查爾希，像老鼠一樣死在陷阱裡。他們就算還活著，也會到處追捕你，」桂恩說。「然後殺了你。」

「是啊，我錯過碰頭的時間了。」羅蘭說道。

走道在他眼前閃爍，他提醒自己，那是火光造成的效果。他聽見自己悠遠的說話聲。

「我本該和一個男人碰面，那傢伙的腦子裡總是想著榮譽和公平，每次都想方設法阻止我做壞事。但不幸的是，他現在不在這裡。」

桂恩又倒退一步。「你傷不了我。」

「是嗎？我倒是很好奇，等我叔父得知你殺死戈瓦爾、助我逃脫時，他會如何反應？」接著，他以同樣悠遠的聲音說：「你覺得他會傷害你的家人嗎？」

桂恩雙手握拳，彷彿握著看不見的鐵柵。「我沒有助你逃脫。」

「是嗎？那我就不曉得這些莫名其妙的流言是什麼人散布出去的了。」

羅蘭隔著鐵柵門打量桂恩，注意到自己逐漸恢復思考的能力，理性的思路取代了原本固執的單一念頭。

「難看的事實就擺在我們眼前。我叔父命令你在捕獲我之後，將我交給戈瓦爾處置，這是策略上的失誤，但由於我叔父和戈瓦爾私下的約定，他沒有選擇——也可能只是他喜歡讓戈瓦爾擺布我。而你同意了。

「然而，你不希望虐待王儲至死的罪名和你的名字扯上關係，至於背後的原因就不得而知了。我只能推測，儘管議會的罪行罄竹難書，你們仍留有少許的理智。我被關進空無一人的地牢，而今天帶著鑰匙下來的就只有你一個人，是因為除你之外沒有任何人知道我在這裡。」

他用左手按住右肩，撐著石牆站起來，走上前。牢裡的桂恩呼吸淺促。

「沒有任何人知道我在這裡，就表示沒有任何人知道你在這裡。不會有人找你，不會有人下來，不會有任何人來救你。」

他隔著鐵柵對上桂恩的視線，語氣平穩。

「我叔父面帶微笑地清算你的家族時，不會有任何人幫助他們。」

羅蘭看見桂恩糾結的神情，看見他緊繃的下顎與雙眼。羅蘭靜靜等待。隨後，新的話語伴隨著不同的語調、不同的神情，平板地道出。

「你要什麼？」桂恩說。

3

戴門將戰場的情勢收入眼底。攝政王軍形成暗紅河流，侵入阿奇洛斯軍的陣線，兩軍如遇水的血流般交融、稀釋。放眼望去，只見一片毀滅。敵軍人數眾多，宛若源源不絕的長河。

但他也在瑪拉斯一役親眼看見一個男人憑鋼鐵般的意志力，死守前線。

「**王儲屠手！**」攝政王軍怒吼。最初，敵軍拚命朝戴門撲來，但在見證那些士兵的下場後，急於後退的他們亂了陣腳，化成無數馬蹄的掙扎踩踏。

他們逃得不遠。戴門的劍劈開了盔甲與骨肉，他刻意找到敵軍攻勢的中心再一一擊潰，在陣列形成前將之衝散。一名維爾指揮官前來迎戰，戴門與對手的刀劍只短暫相撞，隨後長劍便劃開指揮官的頸項。

在頭盔的遮蔽下，一張張臉有如陌生的人偶，比起頭盔下的人，戴門更在意馬匹與刀劍——這些才是帶來死亡的器械。他放手殺戮，沒有從他面前逃跑的士兵全都慘死在他的劍下。萬物限縮成唯一的目標，毅力助長了力量與專注，達到超人的境界，持續了數個鐘頭，持續到敵方體力不支。犯下失誤的軍人，只有死亡一途。

他在第一波襲擊下失去了半數人馬，在那之後，他面對面迎戰敵軍，奮力斬殺，阻擋第一波、第二波、第三波。

如果狀態良好的援軍在此時趕到，想必能輕易擊潰虛弱得如初生幼犬的敵軍，然而戴門沒有援軍。

除了戰鬥外，他只意識到一種揮之不去的若有所失——身邊原該有個由驚人才智及瀟灑劍技組成的耀眼存在，踏實沉穩的尼坎德洛斯只能填補空缺的一半。戴門已經習慣了那個存在，即使時間短暫，就像對上視線時，在那雙藍眸中一閃而逝的雀躍。這一切在他心中絞成一團，在無盡的殺戮當中拉緊，形成死結。

「維爾王子要是露面，我會親手殺了他。」尼坎德洛斯怒道。

敵方射來的箭雨變得零星，因為戴門衝破了敵軍陣線，對混戰中的兩軍放箭會有射傷自己人的風險。四周的聲響也變了，原本的嘶吼與尖叫，轉變為疲累的痛呼與啜泣與喘息，刀劍相撞的聲響比先前沉重許多，間隔也長了許多。

數小時不間斷的死亡過後，戰況進入殘酷、疲憊的終局，陣列早已紊亂，一堆堆肉體奮力掙扎，甚至連旁人是敵是友也分不清了。戴門沒有下馬，然而地上的死屍多得馬匹寸步難行，地面溼滑，他的兩條腿濺滿泥濘——在乾燥的夏季會出現泥濘，是因為地面已成血海。負傷的馬匹苦苦掙扎，嘶鳴聲比士兵的慘叫更響亮。戴門帶領身旁的部下殺敵，迫使身體超越肉體的極限、超越思想的極限。

戰場彼方，他瞥見一抹暗紅繡布。

阿奇洛斯人不都用這種方法打贏戰爭嗎？如果能一舉斬了敵將，又何必費時費力和對方的軍隊——

戴門雙腿一夾，策馬衝鋒。他與目標之間的士兵化為模糊殘影，他幾乎沒聽見自己的劍一次次碰撞，在劈斬敵人時，也幾乎沒注意到維爾護衛隊的紅斗篷。他殺了一人又一人，直到自己與目標之間一人也不剩。

戴門的劍勢不可擋地斬落，將頭戴王冠的男人劈成兩半，男人的身體不自然地歪倒、落地。

戴門下馬，扯下那人的頭盔。

不是攝政王。他不認識頭盔下的臉，對方不過是攝政王的棋子與替身，和其餘人同樣困在戰場中，失去生命的雙眼死不瞑目。戴門甩開頭盔。

「結束了。」尼坎德洛斯的聲音。「戴門，結束了。」

戴門盲目地抬頭，只見尼坎德洛斯的盔甲被當胸砍破，胸甲不知所蹤，一道劍傷持續滲血。他喊的是戴門兒時的小名，是只有親朋好友才會用的稱呼。

回神時，戴門發現自己跪在地上，和自己的戰馬同樣胸口劇烈起伏，一隻手緊抓著死人的旗幟，卻感覺手中空無一物。

「結束了？」這句話刮過他的喉嚨，勉強脫口而出。他心中只有一個念頭：攝政王還活著，這根本還沒結束。長時間的不斷攻擊與反擊、全靠當下的本能反應行動，此時他花了好一段時間才恢復思考能力。四周的士兵紛紛拋下武器，他必須盡快恢復理智。「我看不出這場仗是我們贏了，還是他們贏了。」

「是我們。」尼坎德洛斯說道。

尼坎德洛斯的眼神變了，戴門掃視滿目瘡痍的戰場，看見遠遠注視著他的士兵們，表情與尼坎德洛斯相同。

隨著神智恢復，戴門首次看見自己為斬殺攝政王的替身而開出的血路，以及更遠處的慘狀。那片狼藉痕跡，是他所作所為的血證。

地面由死屍拼湊而成，是攪切過的模糊血肉，是無用的戰甲與無主的戰馬。這半日他心無旁騖地殺了又殺，一直沒意識到戰役的規模，沒發現自己造成的慘狀。他殺死的面孔在眼皮下一閃而逝，仍站著的全是阿奇洛斯人，盯著戴門的眼神透出不可置信。

「去把維爾軍位階最高的活人找出來，叫他們把死者葬了。」戴門說道。一旁的地上，是一面阿奇洛斯旌旗。「現在，查爾希是阿奇洛斯的領土了。」起身時，戴門握住旌旗的木桿，用力插進地面。

破損的旗幟歪斜地豎立，濺上的泥濘讓布料沉沉下垂，但沒有歪倒。

這時，在薄霧般籠罩的疲勞之下，戴門望見夢境般的畫面：戰場西側——

一名傳令官騎著頸項彎曲、馬尾飛揚的耀眼白馬，奔越慘不忍睹的戰場，整潔無瑕的衣裝與坐騎彷彿諷刺著壯烈犧牲的無數勇士。傳令官的旗幟在身後飄揚，藍底布面繡著羅蘭的燦金星芒。

傳令官在戴門面前勒馬。戴門看著牝馬閃亮的毛皮，纖塵不染，毛色沒有因汗溼加深，馬腹也沒有劇烈起伏。接著，他看向傳令官鮮亮的制服，毫無風塵僕僕的痕跡。一句話從戴門喉頭深處鑽出。

「**他在哪？**」

傳令官背部著地。戴門將他硬生生拖下馬、扔在地上，他頭暈目眩、喘不過氣地躺在土裡，戴門的膝蓋緊壓他的腹部，手緊扣他的脖頸。

戴門同樣氣息粗重，身旁所有人都舉著長劍或彎弓搭箭，蓄勢待發。他稍為鬆手，允許傳令官出聲。

戴門放開他。傳令官翻身側躺，劇烈咳嗽，一面咳一面從外套內袋取出信物。羊皮紙上寫著兩行字。

你占領了查爾希，我占領了浮泰茵。

戴門盯著字句，將那不可能認錯的熟悉筆跡收入眼底。

我會在我的城堡接見你。

與浮泰茵堡相比，就連拉芬奈也相形失色。壯麗的堡壘有著高聳塔樓，塔上垛牆彷彿咬向天空的牙齒，不可思議的高大建築四處飄揚著羅蘭的星芒旗。繡著金絲的藍絲布，輕盈地在空中飛揚。

越過山丘時，戴門勒馬止步，部隊在身後形成旌旗與長矛組成的暗色叢林。戰鬥才剛結束，他便毫不留情地召集兵馬，整裝進軍。

參加查爾希一役的三千名阿奇洛斯士兵，只有約半數人生還。他們行軍後戰鬥，戰鬥後繼續行軍，只留下少數人掩埋死者、撿拾散落的盔甲與無主的兵器。喬德等跟隨戴門戰鬥的維爾人形成一小團人馬，心情忐忑地隨眾人前行。

到了此時，戴門已收到報告：己方死者一千兩百人，敵方則死了六千五百人。

他知道自從戰鬥結束，士兵對他的態度就變了。在他經過時所有人都為他讓出一條路，他看見部下眼中的恐懼與驚嘆，這些人大多不曾與他並肩而戰過，也許他們對王子的戰技毫無概念。

現在，他們來到此處，人人滿身塵土，一些人身上負著傷，依舊在紀律的驅使下撐起疲憊不堪的身體繼續前進，眺望迎接他們的一幕。

一排排鮮豔的尖頂帳篷搭在浮泰茵堡牆外的空地上，陽光打在這片營地的優雅營帳與旗幟上。營帳組成的城市，駐紮著羅蘭毫髮無損、體力充沛的軍隊，沒有在今早浴血奮戰、傷亡慘重的軍隊。

這是刻意安排的傲慢場面，彷彿優雅地問著：你們在查爾希打累了嗎？我可是一直在這兒等著呢。

尼坎德洛斯在戴門身旁勒馬。「他們叔姪倆一個樣，都派別人替他們打仗。」戴門沉默不語，胸中有個近似憤怒的硬塊。他眺望眼前雅緻的絲布城市，想起戰死在查爾希的部下。

傳令隊伍乘馬迎來。戴門捏緊攝政王染血、破損的旗幟。

「我自己去。」說罷，戴門驅馬上前。

他在山丘與營地間的空地正中迎上傳令官，傳令官身邊的四名侍從緊張地提起外交禮節，但戴門完全不想聽。

「不必操心，」戴門說道。「他知道我會來。」

進了營區，他翻身下馬，將韁繩拋給路過的僕人，無視他到場時引起的騷動。傳令官等人焦急地騎馬追來。

戴門連臂甲也沒脫，逕自走向那頂帳篷。他認得帳篷的扇形邊裝飾，認得那面星芒三角旗。沒有人阻攔他，就連戴門走到帳篷外、一聲「退下」遣走帳前衛兵時，也無人阻止。他沒有停下來確認對方是否聽令，衛兵任他通過——那當然了，這些全都事先安排好了。無論戴門是乖巧地尾隨傳令官而來，或是像現在這樣，帶著戰場上的塵土與汗水，以及草草擦過後身上遺漏的血跡，大步走進帳篷，羅蘭都已經做好充足準備。

戴門一手撥開帳幔，踏了進去。

布幔在身後垂落，絲綢形成華美的隱蔽空間。戴門站在富麗堂皇的營帳內，六根纏繞著絲布的粗柱高高撐起帳篷布料，布幔如托在上方的花朵，空間寬敞的帳內與世隔絕，入口的厚重布幔充分阻隔了外界的聲音。

這是羅蘭挑選的會面地點，戴門強迫自己習慣這一切。帳內有幾件家具：矮凳、軟枕與鋪著桌布的擱板桌，桌上擺著盛裝著糖漬梨子與柳橙的淺碗，彷彿兩人將坐下來同享甜點似的。

戴門抬眸望向一身華服、單肩靠著帳篷支架、定定凝視著他的身形。

羅蘭開口：「你好啊，愛人。」

接下來，情況只會越發複雜。戴門迫使自己消化這件事、消化這一切，他緩緩走至帳篷中心，全副武裝地佇立在華貴的帳頂下，沾滿泥濘的雙腳踩著錦繡絲綢。

他將攝政王的旌旗拋在桌上，泥土與染血的絲布伴隨框啷聲落下。接著，他轉向羅蘭。羅蘭看著他時，眼裡看見的是什麼樣的人？戴門知道自己的樣貌與以往不同了。

「我們攻下查爾希了。」

「我想也是。」

字句入耳，他逼自己繼續呼吸。「你的部下把你看作懦夫，尼坎德洛斯覺得你騙了我們，認為你是故意讓我們去查爾希送死，借你叔父的手殺光我們。」

「你也是這樣想的？」羅蘭說道。

「不是。」戴門說。「尼坎德洛斯不懂你。」

「你懂嗎。」

戴門仔細觀察羅蘭身體的重心，觀察他小心翼翼的站姿。羅蘭的左手仍若無其事地搭著帳篷支柱。

戴門刻意踏上前，扣住他的右肩。

羅蘭沒有反應……但那是起初。戴門加重力道，拇指使力一壓，看著羅蘭的臉失去血色。最後，羅蘭說道：「**住手。**」

戴門鬆手。羅蘭向後一扯，左手按著右肩，緊身上衣的藍布染上深色，鮮血從剛包紮好不久、隱藏在衣衫下的傷口滲出。羅蘭雙眼大睜，緊盯著戴門。

「你不是會違背誓言的人。」戴門揣著胸中的情感，如此說道。「就算是對我發的誓也一樣。」

他不得不逼自己退後。帳篷內有足夠的空間讓戴門移動，在自己與羅蘭之間空出四步距離。

羅蘭沒有回應，一隻手仍然按著肩膀，手指沾染黏膩的血液。

羅蘭開口：「就算是對你？」

戴門逼自己看向羅蘭，可怕的真相壓在心口。他想到自己與羅蘭共度的那一夜，想起羅蘭——雙眼幽深、脆弱易碎的羅蘭——將自己獻給戴門，又想到深諳摧毀人心之道的攝政王。

帳外，兩軍蓄勢待發，真相大白的時刻已然來臨，戴門無從阻止。他想起攝政王一而再、再而三的建議：**和我姪兒上床**。他做到了，他追求羅蘭，擄獲了羅蘭。

他這才發現，在攝政王眼中，查爾希根本無足輕重，攝政王對付羅蘭的主力武器，一直是戴門。

「我是來把我的身分告訴你的。」

羅蘭的身形是如此熟悉，那頭金髮、那身嚴實的裝束、那緊繃或殘酷地壓抑的豐滿雙唇、那毫不容情的禁慾生活、那雙令人不忍直視的藍眼。

「戴門諾斯，我知道你是誰。」羅蘭說道。

戴門聽見了。帳內的景象開始變化，所有物品轉變成截然不同的形狀。

「你以為，」羅蘭說。「我會認不出殺兄仇人嗎？」

每一個字都是一片碎冰，銳利、痛苦的碎片。羅蘭的語氣再平穩不過。戴門盲目地倒退一步，思緒在腦中浮動。

「早在王宮裡，在他們把你拖到我面前那天，我就知道了。」羅蘭的話語繼續堅毅不搖、不留情面地說出口。「我知道你是誰，我在澡堂命人鞭打你的那天也是，在——」

「在拉芬奈也是？」戴門說。

他艱困地吸氣，面對羅蘭，等著時間一分一秒過去。

「如果你知道，」戴門說道。「那你怎麼會——」

「——讓你上我？」

戴門的胸口發疼，幾乎沒注意到羅蘭身上的種種跡象——他對自己的克制，以及本來就蒼白，此時更毫無血色的面龐。

「我需要一個人替我拿下查爾希，你也做到了。忍受你笨拙的肉慾，」羅蘭清晰地道出可怕的字句。「值得。」

戴門痛得無法呼吸。「你說謊。」他的心在胸中鼓譟。「你說謊。」這句話太過響亮。

「你以為我要走了，還差點把我趕出去。」話說出口的同時，真相在他體內綻開。「你早就知道我是誰了。我們做愛那晚，你也知道。」

他想起羅蘭任他擺布的模樣，不是第一次，而是更緩慢、更甜蜜的第二次，他身體的緊繃，他的——

「你不是和奴隸做愛，是和**我**做愛。」他腦中一片混亂，無法消化這件事，但瞥見了一閃而過的事實，揪住那一閃而逝的尾巴。「我以為你不會，我以為你不可能——」他向前踏出一步。「羅蘭，六年前，和奧古斯決鬥的時候，我——」

「**不准說他的名字。**」羅蘭硬生生擠出這句話。「別讓我聽你說他的名字，**你殺了我哥哥**。」

羅蘭說話時呼吸淺促，幾乎上氣不接下氣，抓著桌子邊緣的雙手僵硬無比。

「你想聽我說什麼？我知道你是誰，知道你是在戰場上把我哥哥當畜牲宰殺的凶手，卻還是讓你上我。你想聽的是這個嗎？」

「不對，」戴門的胃部揪緊。「那不是——」

「你要我問你是怎麼做的嗎？問你劍捅進去時，他是什麼表情嗎？」

「**不對。**」戴門說。

「還是你想聊聊那個虛假的男人，那個忠心地為我出主意、一直待在我身邊、從不對我說謊的男人？」

「**我**沒有對你說過謊。」

字句迴盪在恐怖的死寂中。

「『羅蘭，我是你的奴隸』？」羅蘭說道。

空氣被硬生生擠出肺臟。

「別，」他說。「別把這說得好像——」

「好像？」

「好像我一直冷酷無情地控制著一切。好像我們沒有一起閉上眼睛，假裝我是奴隸。」

他強迫自己說出赤裸的話語。「我當時真的是你的奴隸。」

「你說的奴隸不存在，」羅蘭說道。「也不曾存在。我不知道現在站在我面前的是什麼人，只知道我們是初次見面。」

「他就在這裡。」他彷彿被活生生撕開，身體疼痛不已。「他和我是同一人。」

「那就跪下，」羅蘭令道。「吻我的靴子。」

戴門對上羅蘭狠毒的藍眸，種種不可能化作銳利的痛楚。他做不到，只能隔著兩人之間的距離，注視著羅蘭，說出痛苦的字句。

「你說得對，我不是奴隸。」他說。「我是阿奇洛斯國王。」他說。「我殺了你哥哥，現在又攻占了你的城堡。」

說話的同時，戴門抽出一把刀。比起看見，他更能感覺到羅蘭全身的注意力集中在那把刀上，表面上的跡象十分細微：羅蘭的雙唇微微分開，全身繃緊。他沒有看刀，而是緊盯著戴門，戴門也筆直注視著他。

「所以，你得和身為國王的我談判，然後把你叫我過來的理由告訴我。」

戴門以刻意的動作，將刀丟到帳篷地上。羅蘭的視線沒有追隨短刀，持續凝視著戴門。

「你不知道嗎？」羅蘭說。「我叔父人在阿奇洛斯。」

4

「羅蘭，」他說。「**你幹了什麼好事？**」

「想到他正傷害著你的國家，你會不會難受？」

「當然會。我們現在要用國家的命運當賭注了嗎？就算這樣，你哥哥也不可能起死回生。」

那之後，是一段殺氣騰騰的沉默。

「我告訴你，我叔父打從一開始就知道你的身分。」羅蘭說道。「他一直在等我們上床，恨不得能親口將真相告訴我，親眼看見我崩潰。喔？你已經猜到了嗎？你猜到了也不管，還是想上我？把持不住嗎？」

「是你命令我進你的房間，」戴門說。「是你把我推倒在床上的。我那時候對你說：『**別這樣。**』」

「**你**說的是：『吻我。』」羅蘭咬字清晰地說。「你說的是：『羅蘭，我需要進去。羅蘭，你讓我好舒服。』」他轉而說出阿奇洛斯語，模仿即將到達頂峰的戴門。「『我從來沒有過這種感覺，我不能，我快要——』」

「**住口**。」戴門的呼吸無比淺促，彷彿剛完成粗重的工作。他盯視著羅蘭。

「查爾希，」羅蘭說道。「是調虎離山計。桂恩告訴我的。我叔父早在三天前就航向伊奧斯，現在應該著陸了。」

戴門又倒退三步，努力消化新消息。回神時，他發現自己撐著帳篷的支架。

「我瞭解了。然後呢？你要我的部下為你向他宣戰，像今天在查爾希一樣，為你戰死？」

羅蘭的笑容毫無善意。「桌上有一張清單，詳列戰爭所需的物資與軍隊，我願意利用那些支持你在南方的征戰。」

「作為回報？」戴門平穩地問。

「德爾法。」羅蘭以同樣的語氣回答。

戴門大吃一驚，這才想起眼前的二十歲青年不是尋常人，而是羅蘭。德爾法省歸屬於尼坎德洛斯——他的摯友，也是相信他、立誓效忠他的支持者。德爾法的土地本身極具價值，不僅肥沃，還有繁榮的海港，此外，還具有阿奇洛斯大勝維爾的象徵意義。歸還德爾法將助長羅蘭的勢力，卻會削弱戴門自己的勢力。

他今日來此，並未做足談判的準備，而羅蘭卻準備萬全。羅蘭是以維爾王子的身分面對阿奇洛斯國王，他早就察覺戴門的真實身分了。羅蘭親筆書寫的軍備清單，也是在這次會面前準備好的。

一想到攝政王進入他的國家，構成強而有力的威脅，戴門便感到胃部翻攪。攝政王早先控制了阿奇洛斯禁衛軍，那是他送給卡斯托的大禮，而現在，攝政王親臨伊奧斯，軍隊蠢蠢欲動，隨時準備在他的號令下攻陷伊奧斯——至於戴門呢，戴門仍在數百哩遠的浮泰茵堡，面對羅蘭與令人咋舌的交易。

他說：「**你從一開始就計畫這麼做嗎？**」

「讓桂恩放我進城堡，是最困難的步驟。」羅蘭平靜地說，聲音中的隱晦較平時神祕許多。

戴門說道：「在宮裡，你讓人毆打我、對我下藥，還鞭打我，現在你還好意思叫我讓出德爾法？那我問你，我何不直接把你交給你叔父，讓他幫我對付卡斯托？」

「因為我知道你是誰，」羅蘭說。「你殺死圖瓦思、羞辱了我叔父的陣營之後，我讓消息傳遍了我的王國，這下你即使勉強爬上你的王座，也再沒可能和我叔父結盟了。你想和我玩這場遊戲？那就等著被我四分五裂。」

「四分五裂？」戴門一字一句說道。「要是我和你作對，你手上最後一塊地就會腹背受敵，到時候你不得不面對三方敵人。」

「相信我，」羅蘭說。「我一定心無旁鶩地對付你。」

戴門的視線緩緩掃過站在面前的羅蘭。

「你孤立無援，沒有任何盟友。你應驗了你叔父說的每一句話，和阿奇洛斯聯手，甚至和阿奇洛斯人上床——現在，應該全天下都知道這件事了。你只剩一座堡壘和一身臭名，還想獨立？」

他為每一個字添上重量。「所以，結盟的條件由我來定。你把這張清單上所有的東西給我，我就幫你對付你叔父，德爾法還是歸阿奇洛斯。我們還是說真話吧，你已經沒有籌碼了。」

話音落下後的沉寂當中，戴門與羅蘭隔著三步之遙對視。

「你要的東西，」羅蘭開口。「我有一件。」

羅蘭冷淡的藍眸注視著他，站立的姿態軟了下來，帳頂透下來的陽光灑在他金色的睫毛上。戴門感受到那句話對他的影響，身體不聽使喚地有了反應。

「桂恩，」羅蘭說道。「他願意用紙筆寫下證詞，供出他作為使臣出使阿奇洛斯時，卡斯托與我叔父達成的協議內容。」

戴門面頰一紅，他沒想到羅蘭會說出這番話，羅蘭也對他的想法心知肚明。那一瞬間，未出口的言語重重懸掛在兩人之間。

「想繼續侮辱我，那就請便。」羅蘭說。「你想再聊聊我的臭名嗎？你要不要告訴我，為你張開雙腿，對我的立場造成了多大傷害？被阿奇洛斯國王往死裡幹，除了丟人之外還有別的形容詞嗎？我倒想聽聽。」

「羅蘭——」

「你以為，」羅蘭說。「我會在無法執行條件的情況下，空手來此？除了你的說詞以外，全世界只有一個人掌握了卡斯托叛國的證據，那個人就在我手上。」

「對關鍵的那些人來說，我的說詞已經很夠了。」

「是嗎？那盡管回絕我的提案，我會以叛國罪處死桂恩，一把火燒了他的供狀。」

戴門的手緊握成拳，他打從根本敗給了羅蘭的謀略——但同時，他也看得出羅蘭是孤身一人以僅有的籌碼，為自己的政治生涯下賭注。羅蘭必定是走投無路了，才會提議與阿奇洛斯——與阿奇洛斯王子戴門諾斯——並肩作戰。

「我們要繼續裝傻嗎？」戴門說道。「假裝之前的事都沒發生過？」

「你怕我們之間的事情無人知曉？別擔心，這片營地裡所有人都知道你在床上服侍過我。」

「這就是我們之間的關係了？」戴門說。「冰冰冷冷的利益關係？」

「不然呢？」羅蘭說道。「你想把我帶上床，在全世界面前洞房？」

刺痛的一擊。戴門說道：「沒有尼坎德洛斯的支持，我不可能同意和你結盟，而他絕不可能放棄德爾法。」

「你把伊奧斯給他，他就願意了。」

太周全了。戴門還沒想過擊敗卡斯托之後的安排，也沒想過要讓什麼人成為伊奧斯封臣，傳統上，那可是國王封給最親信的臣子的爵位，最佳人選非尼坎德洛斯莫屬。

「看來你全都設想好了。」戴門酸澀地說。「你根本不必——你明明可以直接請我幫忙，我就會——」

「殺死我僅剩的家人？」

話語出口時，羅蘭挺直背脊站在桌前，目光堅定不移。戴門腦中浮現濃稠的回憶：他一劍刺穿了他認為是攝政王的男人，彷彿攝政王一死，他便能贖罪。但他不可能贖罪。

他想像羅蘭所做的一切，不留情面的威脅利誘，只為控制這場會談，確保結局如他所願。

「恭喜你，」戴門說道。「你的威脅利誘成功了。德爾法給你，你派兵援助我南征。沒有感情、沒有妥協，只有冷血的計算和利益的交換。」

「那你同意了？說清楚。」

「我同意。」

「好。」羅蘭說。他後退一步，然後——彷彿控制身體所用的支柱終於倒場——羅蘭讓全身重量靠上身後的擱板桌，臉上血色盡失。他全身顫抖，傷痛帶來的汗水自髮際沁出。他說：「出去。」

傳令官在對他說話。

在戴門聽來，那是十分遙遠的聲音，他花費一番功夫才聽明白：他的部下之中，有一支小隊等著護衛他回營。他也對傳令官說了幾句話——至少，他應該是回了話，因為傳令官離開了，留他獨自上馬。

他一手搭著馬鞍，這才上馬，短暫地閉上雙眼。羅蘭打從一開始便知曉他的身分，卻還是和他做了愛，允許羅蘭那麼做的，是渴望與自我欺騙的混合物嗎？

今日的戰鬥令他全身痠痛、滿身瘀傷，全身上下都一陣一陣發疼。戰鬥中，他沒有感覺到打在自己身上的攻擊，現在無數份痛楚才一股腦襲來，亂鬥的肉體疲勞令他重心不穩，他無法行動、無法思索。

假若他允許自己想像那一刻，那也會是災難性的單一事件，身分揭露後，無論後續如何，事情總會結束。即使真相水落石出的結果是暴力，那也會是相應的懲罰與釋放。他從沒想過事情會如現在這般持續下去，永不止歇。他沒想過真相揭曉、被痛苦地吸收後，令人窒息的壓力仍沒離開他的胸口。

羅蘭壓抑了眼中閉悶的情感，即使他對戴門只有厭惡，他還是會強忍一切，與殺兄仇人結盟。若羅蘭做得到，戴門自然也做得到，他也能不帶感情地談判，道出君王莊重的言語。

他沒道理因失落而痛苦，因為羅蘭打從一開始就不是他的，他本來就明白這點。兩人之間萌芽的脆弱情感本來就沒資格存在，從誕生那一日便注定消亡，注定在戴門繼承父親衣缽之時消亡。

現在，他必須與部下回歸自己的營地。返回的路程相當短暫，兩軍之間只隔半英里距離，他謹記著自己的責任回到同伴身邊。痛苦也無妨，這不過是王者應承受的重負。

他該做的事還有一件。

終於下馬時，他令阿奇洛斯軍紮起足以媲美維爾軍的軍營。戴門滑下馬鞍，將韁繩遞給身旁的士兵。他感受到專注所致、純屬軀體的疲倦，行走時不得不忽視手腳肌肉的顫抖。

他自己的營帳位於營地東區，帳中有被褥與床墊，供他闔眼休憩，但他沒有走進帳篷。戴門將尼坎德洛斯召進軍營中心的指揮帳。

夜幕已然降臨，帳篷入口點了橘紅火把，架在戴門腰部的高度。帳內，六個火盆使桌子化為狂亂舞動的暗影，面對入口的座椅儼然是接見賓客使節的王座。

即使只是在維爾軍隊附近紮營，眾人也感到忐忑不安，緊張地安排了不必要的巡邏與騎兵，每一根神經都繃到最緊。這時若有維爾人扔出石子，整支阿奇洛斯軍必然會全力反攻。

他們還不知道自己為何在此紮營，僅僅是服從戴門的命令。最先接獲消息的人，會是尼坎德洛斯。

戴門還記得父親將德爾法賜予尼坎德洛斯那日，老朋友臉上的驕傲。先王給他的不僅是土地與岩石建築，而是以此舉宣示他對尼坎德洛斯的信任，表示尼坎德洛斯足以繼承他已逝父親的榮耀。現在，戴門將將為冷血無情的政治，奪走那份光榮。他靜靜等待，沒有在此時對國王的職責視而不見。如果他能放棄羅蘭，那他也能做到這件事。

尼坎德洛斯走進指揮帳。無論是贈禮或相應的代價，都稱不上悅耳的消息。尼坎德洛斯在戴門眼中尋找他沒能找到的解釋，無法完全掩藏他的受傷，戴門則不為所動地回望他。兩人曾以朋友的身分一同玩耍，然而此時，尼坎德洛斯面對的是他的君王。

「你要把我的家鄉送給維爾王子，在接下來這場戰爭中和他結盟？」

「對。」

「你已經決定好了？」

「對。」

戴門記得自己對歸鄉的渴望，對回歸舊時情誼的渴望……說得好像那種友情能撐過政治的摧殘。

「他想離間我們，」尼坎德洛斯說道。「這是他算好的一招，他想削弱你的力量。」

戴門說道：「我知道，這符合他的作風。」

「那——」尼坎德洛斯住了口，心煩意亂地別開臉。「他把你當奴隸看待。他在查爾希**背棄**了我們。」

「那是有原因的。」

「但不是我該知道的原因。」

羅蘭提供的清單躺在桌上，兵力與資源超出戴門的預期，但仍然有限，約等同尼坎德洛斯的貢獻，是一位諸侯的兵力。

這不值得犧牲德爾法，戴門看得出尼坎德洛斯與自己同樣深知這點。

「可以的話，」戴門說。「我希望能減緩你的傷痛。」

沉默。尼坎德洛斯強行壓下欲衝口而出的反駁。

戴門問道：「我會失去哪些人？」

「麥卡頓，」尼坎德洛斯說道。「斯特拉頓，可能還有北部的屬臣。在阿奇洛斯，盟友不會積極幫助你，平民也不會熱烈歡迎你，甚至可能對你懷有敵意。行軍時，軍隊可能會出現軍紀散亂的問題，戰鬥時問題肯定會更嚴重。」

戴門說：「還有什麼，你告訴我。」

「士兵們會開始閒言閒語，」尼坎德洛斯嫌惡地擠出他不願說的言語。「說你——」

戴門開口：「不。」

然後，尼坎德洛斯像是無法克制自己的嘴，脫口說出：「那你至少拆下腕銬——」

「不，它會留在我手上。」戴門拒絕垂下眼簾。

尼坎德洛斯轉向一旁，雙手手掌平貼桌面，支撐身體的重量。戴門看見糾結在尼坎德洛斯肩膀與背部的抗拒，看著他平放在桌面的雙手。

戴門對沉痛的寂靜說道：「那你呢？我會失去你嗎？」

他只允許自己提出這個問題。他的語氣勉強算是平穩，問完後他逼自己默默等待，不再發言。

字句彷彿從身體深處，違背他的意志而出。尼坎德洛斯說：「我要伊奧斯。」

戴門呼出一口氣。他赫然發現羅蘭並不是在離間他們，而是將尼坎德洛斯玩弄於股掌之間，他的行為透著危險與熟練，顯然算準了尼坎德洛斯忠誠的極限，以及防止其斷絕的補償。戴門幾乎能在帳中感覺到羅蘭的存在。

「戴門諾斯，你聽我說——如果我的話在你心中有任何份量，就請聽我說一句話。他不是我們這邊的人，他是維爾人，到時候他會帶維爾軍隊進軍我們的國家。」

「那是為了和他叔父作戰，不是要對付我們。」

「如果一個人的家人被殺，在仇人死之前，那個人絕不會善罷甘休。」

字句落在兩人之間。戴門想起羅蘭談成結盟協議時，眼中的神情。

尼坎德洛斯搖著頭說：「你當真以為他原諒了你的殺兄之仇？」

「沒有，他恨我。」戴門語氣平穩，眉頭也沒皺一下。「但是他更恨他叔父。他需要我們，我們也需要他。」

「你需要他，到了他要你奪走我的家鄉，你就願意照辦的地步？」

「是的。」戴門說。

他看著尼坎德洛斯心中的掙扎。

「我這是為了阿奇洛斯。」戴門說道。

尼坎德洛斯說：「如果你錯了，世界上就不會有阿奇洛斯了。」

回營帳的路上，戴門走在營區，對幾名士兵說了幾句話，這是他從十七歲初次指揮部隊便養成的習慣。他經過時，士兵們立正敬禮，若他開口，士兵的回應也僅是一句：「遵命。」從前的他能與部下圍著營火喝酒，交換粗鄙的故事與下流的臆測，但那都已經過去了。

喬德等在拉芬奈加入戴門的維爾人，被送回了浮泰茵堡外奢華的帳篷城市，重新回歸羅蘭的陣營。戴門沒有為他們送行。

夜晚相當溫暖，除了炊食與照明外無需點火，而即使在晦暗的火光下，戴門也不會在排列整齊的阿奇洛斯軍營迷失方向。訓練有素的軍隊效率極高，兵器早已清潔過後收拾完畢，火把早已點燃，帳篷的木樁也已釘入地面。

他的營帳是樸實無華的白帆布，除了尺寸較大與守在入口處的兩名衛兵之外，與其他士兵的帳篷無異。戴門走近時，那兩名衛兵立刻立正站挺，為這份重責大任與榮耀驕傲不已——較年輕的帕拉斯表現得比年長的阿克提斯明顯一些，不過兩人的站姿都顯示出他們的心情。戴門特意在經過時，以符合禮數的微小手勢表達感激。

他撥開帳幔，讓它在身後落定。

帳內是極簡的開放空間，照明來源是尖刺插起的油脂蠟燭。沒有旁人的空間終於允許他鬆一口氣，他不必再撐起自己的身體，能夠讓疲倦的重量將他帶往身體亟需的休眠。他只想剝下甲冑、闔上眼睛。獨處時，他不必當一國之君——他的動作一滯、全身一涼，糟糕的感覺、近似嘔意的不安竄遍全身。

帳內不只他一人。

她一絲不掛地拜伏在簡便的睡墊前，豐滿的雙峰隨重量垂落，額頭貼著地面，金髮梳了阿奇洛斯北方常見的髮型，以細緻的夾釦別在腦後。缺乏宮奴訓練的她，無法掩飾自己的緊張。她約莫十九、二十歲，經過訓練的身體做足了迎接戴門的準備。她還準備了未經雕飾的木桶與洗澡水，讓戴門選擇使用它，或使用她。

戴門早知道尼坎德洛斯的軍隊有奴隸隨侍，他們平時與物資馬車跟在隊伍最後。他早就知道自己回到阿奇洛斯時，會有奴隸來迎接他。

「起來。」他聽見自己彆扭的聲音，道出不符慣例的命令。

過去的他不會為奴隸的存在感到驚訝，過去的他必然能圓融地處理此事，欣賞她質樸的北方技藝，在床上享用她——即使今晚休息，戴門也會在明早與她同床。尼坎德洛斯瞭解戴門，她是戴門喜歡的類型，也顯然是尼坎德洛斯最優秀的奴隸，甚至可能是他最寵愛的奴隸。供戴門使用，是因為戴門是他的尊客，是他的國王。

她恭順地起身。戴門沒有說話。她脖子上掛著項圈，纖細的手腕扣著金屬銬，和他的——

「大人，」她靜靜地說。「怎麼了嗎？」

戴門呼出一口氣，這才發覺自己氣息不穩，就連身體也忐忑不安。兩人之間的沉默延伸了太久。

「我不要奴隸。」戴門說。「去告訴總管，叫他別再派人來了。在遠征結束前，就讓副官和侍從幫我更衣。」

「遵命，大人。」她恭順地說道，努力隱藏自己的困惑卻沒能成功。她紅著臉走向帳篷出口。

「等等。」總不能讓她一絲不掛地穿過軍營。「來。」戴門解下披肩，一甩布料為她披上。他感受到違反所有規則與慣例的格格不入。「衛兵會護送妳回去。」

「遵命，大人。」她說，因為她只能說這句話。她離開帳篷，戴門終於得以獨處了。

5

最先遭受此次結盟衝擊的是尼坎德洛斯，而第二天一早的通告雖不是對個人，卻困難許多，影響範圍也大了許多。

早在黎明之前，傳令官便在兩方陣營間來回奔走，軍營還未在灰暗晨光中甦醒，通告結盟的準備便已談妥、辦完。若在平時，這種會議也許需要數月的安排，對羅蘭認知不深者必會對他極高的效率感到震驚。

戴門將麥卡頓召至指揮帳，命他召集軍隊，聽國王發言。戴門高坐王座之上，身旁是一張無人使用的橡木椅，尼坎德洛斯則站在他身後。他看著全軍一千五百人在前方排列整齊，空地上，軍隊排成左右兩區，中間空出一條直通指揮帳與戴門王座的通道。

決定不事先告知麥卡頓，而是讓他與士兵同樣一無所知地來此聽戴門致詞，是戴門的決定。這是在冒險，因此每一個環節都須小心安排。「刻痕腰帶」麥卡頓握有阿奇洛斯北境最強的地方軍，雖然技術上而言他是尼坎德洛斯手下的屬臣，他自己卻也是不容小覷的一股勢力。麥卡頓若怒而帶兵離去，戴門的遠征計畫將在此告終。

維爾傳令官乘馬奔入營區時，戴門感受到麥卡頓的反應。麥卡頓生性暴躁易怒，過去曾違背國王的命令，數週前還違反和平協定，擅自出兵反攻維爾。

「**羅蘭殿下，維爾王子及亞奎塔親王。**」傳令官喊道。戴門感覺到帳中更劇烈的反應，然而戴門雖感受到尼坎德洛斯身體的緊繃，他的外在表現卻沒有變化。戴門自己也心跳加速，不過他盡量維持無動於衷的表情。

兩國王子會面時，須遵守相應的禮節。他們不該在輕薄透光的帳篷中單獨見面，其中一人更不該纏滿鐵鏈，被扔在宮中的展示間。

阿奇洛斯與維爾雙方的王族上一回正式會面，是在六年前的瑪拉斯，維爾攝政王對戴門的父親——希歐米狄斯王——投降之時。當時，出於對維爾方的尊重，戴門並不在場，但他仍記得自己聽聞維爾王室將對他父親下跪，仍感到得意不已，十分享受那一刻。他那時的喜悅，應該等同部下此時的不悅，原因也與過去無異。

維爾旌旗在空地上飛揚，羅蘭為首的隊伍列成一排六人的三十六排，朝阿奇洛斯軍營騎來。

戴門以一國之君的姿態高坐橡木王座，身上的阿奇洛斯衣裝露出了手臂與大腿。他的軍隊在前方排成毫無動靜、一絲不苟的陣列，向外延伸。

此時的場面與羅蘭光臨維爾村莊城鎮時迥異，沒有人興高采烈地歡呼，或朝他們拋出鮮花。軍營裡鴉雀無聲，阿奇洛斯士兵看著他們從通道經過，朝指揮帳騎去，維爾鎧甲在陽光下閃亮鮮明。阿奇洛斯軍的甲冑、刀劍與長矛也同樣在陽光下閃爍，不久前用於殺戮的兵器已磨得雪亮。

然而那目中無人、純粹無瑕的優雅卻與以往無異，明亮的金髮沒被頭盔遮覆，身上也沒有披戴盔甲，除了額前的金環之外，他身上沒有任何身分地位的象徵。儘管如此，他翻身下馬，將韁繩拋給僕從時，在場沒有一個人的目光離開他。

戴門站起身來。

帳內所有人隨戴門行動，人人挪動身體、恭敬肅立，在國王面前垂下眼眸。羅蘭以漂亮的動作從容走來，貌似完全沒意識到自己引起的騷動，他順著眾人讓出的通道走向王座，彷彿他本就有權若無其事地走在阿奇洛斯營地。戴門的部下緊盯著他，像是看著敵人大搖大擺地走進家中，自己卻束手無策。

「我的阿奇洛斯兄弟。」羅蘭說道。

戴門對上他的雙眼，神情沒有變化。在阿奇洛斯語中，異國王子一般會彼此兄弟相稱，此事眾所周知。

「本王的維爾兄弟。」戴門回應道。

他用一半的心神注意羅蘭的隨從，一些是身穿制服的僕從、一些是候在帳外的士兵，還有隨羅蘭而來的幾位浮泰茵貴族。他認出了羅蘭的軍隊隊長恩果蘭，以及對攝政王最忠誠的議員——桂恩——他想必在過去三日內投靠了羅蘭。

戴門伸出一隻手，手掌朝上、五指平伸，羅蘭也平靜地抬手，將手搭在戴門手上。兩人五指相觸。

戴門感覺到帳中每一個阿奇洛斯人的目光。羅蘭的手指輕輕搭在他手上，兩人緩慢前行，戴門清楚感覺到部下恍然大悟的瞬間。

兩人踏上平臺，一同朝外就座，兩張橡木椅化為兩張王座。

震驚如同浪潮，傳遍帳中所有男人女人，傳遍聚集在外的陣列。所有人都看見羅蘭與戴門並肩而坐。

此中意義再清楚不過：這表示兩人地位相當、平起平坐。

「本王今天召集各位，是為了見證我們的協議。」戴門清晰的聲音在騷動中傳了出去。

「今天，我們兩國結盟，一同對抗謀求我倆王位的篡位者。」

羅蘭從容地靠上椅背，彷彿座椅是為他訂製，擺出他一貫的姿勢：一條腿向前直伸，骨骼細緻的手腕擱在王座扶手上。

爆發的義憤填膺、惱火的呼喊、握著劍柄的手，似乎都沒能令羅蘭感到擔憂，他仍然從容自適。

「維爾的習俗是在與親愛的友人相見時，以禮相贈。」羅蘭用阿奇洛斯語說道。「因此，維爾將這份禮物贈予阿奇洛斯，在今日、在此後，這將永遠象徵我等的盟約。」他手指微抬，維爾僕從立刻抬著軟枕上前。

戴門感覺到指揮帳中的一切瞬間褪色、淡去。

他忘了在旁觀看的男男女女，忘了自己必須防止軍隊與將士暴動，眼裡只剩僕從端來的軟枕，以及軟枕上的物品。

蜷曲在軟枕上，充滿深意的禮品，是一條純金製的維爾鞭子。

戴門認得那條鞭子，認得它雕琢精細的黃金握柄、鑲嵌在握柄底部的紅寶石或石榴石彷彿被大貓雕飾叼在口中。他認得刻有相同紋飾的訓奴手杖，以金銀細絲長鏈牽著他頸間的項圈，底端的大貓雕飾與戴門家族的獅頭徽飾有幾分相像。

他記得羅蘭輕扯手杖，記得自己當時的惱火——不只是惱火。他想起自己雙手被縛，雙腿被踢得分開，粗木柱貼著胸膛，刑鞭即將甩落背部。他想起羅蘭若無其事地靠牆而立，雙肩靠著牆面，準備觀察戴門臉上每一個細微的表情。

他的目光掃向羅蘭，他知道自己面紅耳赤，感覺到臉上的熱意。他無法在聚集於此的將士面前發問：**你幹了什麼好事？**

帳外出現動靜。

維爾僕從將十塊鞭刑板等距排在帳前，十名男子如一袋袋穀物，被維爾人從馬上拖下來，剝除衣衫後綁縛雙手。

帳內，阿奇洛斯男女不解地面面相覷，還有人引頸觀看。在聚集於此的軍隊面前，十名俘虜被推往刑板，他們的手腕都被綁在背後，身體難以平衡，行走時步伐蹣跚。

「這些是攻擊阿奇洛斯村莊——塔拉希斯——的罪魁禍首，」羅蘭說道。「他們是我叔父僱來的部落傭兵，為了催毀我等兩國和平而屠殺你的人民。」

帳中所有阿奇洛斯人，從兵卒到軍官，甚至是將帥，全都專心致志地注視著他。麥卡頓與他的部下更是聚精會神，他們先前親眼見到了塔拉希斯的慘狀。

「這條鞭子與這些傭兵，是維爾給阿奇洛斯的贈禮。」羅蘭說著，令人融化的藍眸轉向戴門。「而前五十鞭，是我給你的禮物。」

即使戴門有意阻止，他也無能為力。帳內飄著濃郁的滿意與讚賞，他的部下渴望這一刻、感激這一刻、感激帶來這一刻的羅蘭——感激這位能夠下令用鞭刑撕碎他人，然後面不改色地旁觀的金髮青年。

維爾士兵將一塊塊鞭刑板釘入地面，扯了扯板柱，確保它們足夠牢固。

戴門心中，一部分的他看出了這份贈禮的精妙：羅蘭一方面暗暗譏諷他，另一方面又像是搔弄狗的下巴，安撫戴門的將士。

戴門聽見自己的回覆：「維爾真是慷慨。」

「畢竟，」羅蘭的視線沒有離開他。「你的喜好我都記得。」

一絲不掛的十名傭兵被綁上刑板。

維爾士兵紛紛站定位，每人站在一名俘虜身旁，手裡握著鞭子。號令傳下，戴門意識到羅蘭將在他面前將那十人鞭得血肉模糊，他不禁心跳加速。

「更何況，」羅蘭以遠遠傳開的聲音接著說。「浮泰茵的戰利品皆屬於你，它的軍醫將醫治你的傷兵，它的糧倉將填飽你部下的肚子。阿奇洛斯在查爾希贏了場硬仗，維爾因你們勝仗所得的一切，都屬於你們，這是你們應得的戰利。正統阿奇洛斯國王與他的部下如此辛勞，我自然不該因而居功獲益。」

你會失去斯特拉頓。你會失去麥卡頓。然而尼坎德洛斯如此告訴戴門時，沒想到羅蘭會親自來此，以危險的手法掌控全局。

刑罰花了不少時間，士兵肩臂使力將鞭子抽在俘虜毫無防護的背部，費時良久才打完五十鞭。戴門逼自己看完這一切，目光沒有飄向羅蘭。他深知羅蘭能眼睜睜看著一個人遭受鞭刑，藍眸中絕不浮現波瀾——戴門仍清楚記得在羅蘭注目下遭受鞭打的每一個細節。

不再能稱作男人的十名男人化為模糊的血肉，被人從鞭刑板上解下。這也花費不少時間，因為士兵無法獨立扛起俘虜，他們也不確定哪些人只是失去意識，哪些人已被活活打死。

戴門開口：「本王也有一份禮物要送你。」

帳內每一雙眼睛都轉向他。羅蘭以贈禮先發制人，阻礙了阿奇洛斯軍的暴動，然而阿奇洛斯與維爾之間的芥蒂仍未消彌。

昨晚，在漆黑的營帳中，戴門從包袱取出這份禮物，感受它在手裡的重量。他曾一兩度想像這一刻，在內心深處的幻想場景，他是在兩人獨處時送出贈禮。他沒想過私密的餽贈會在眾人面前進行，變得如此痛苦。他沒有羅蘭的天賦，無法以最重要的事物傷人。

輪到他鞏固兩國之間的盟約了，他別無選擇。

「在場所有人都知道本王曾被你當作奴隸，」戴門高聲說道，讓指揮帳中所有人聽清。「本王手腕戴著你的金銬。不過在今天，維爾王子將證實他和本王地位相等。」

他打了個手勢，一名侍從端著仍用布巾裹著的禮物上前。戴門感受到羅蘭突然全身一緊，不過他表面上沒有變化。

戴門說：「你以前要過的。」

侍從掀開布巾，獻出金銬。羅蘭沒有表現出緊繃，但戴門感覺到了。侍從手中的物品，與戴門腕上的金銬成對，昨夜由鐵匠改製成適合羅蘭纖細手腕的尺寸。

戴門說：「為了我，戴上吧。」

在那一瞬間，他以為羅蘭會拒絕，但是眾目睽睽下，羅蘭無從拒絕。

羅蘭伸出手，手掌平攤，靜靜等待。他抬眸，對上戴門的視線。

羅蘭說道：「幫我戴上。」

帳內每一雙眼睛都注視著戴門，他握住羅蘭的手腕，必須先解開繫帶才能推開長袖的布料。

他感覺到帳內所有阿奇洛斯人熱切的目光，他們渴望剛剛的鞭刑，也同樣渴望這一刻。

戴門在維爾淪為奴隸的流言已如野火般傳遍軍營，而維爾王子若戴上王宮性奴的金銬，那將是令人震驚又無比私密的一幕，同時象徵戴門的主人身分。

拿起金銬時，戴門感受到堅硬的弧形與稜角。羅蘭的藍眸仍然冷淡，然而戴門拇指下的脈搏卻急速跳動。

「用我的王位，換你的王位。」戴門一面說，一面推開衣料。羅蘭的手腕暴露在帳內所有人的視線下，他從未在公共場合這般裸露肌膚。「助我奪回我的王國，我就幫你當上維爾國王。」戴門將金銬戴上羅蘭左腕。

「能將這份禮物戴在身上，時時想著你，我十分高興。」羅蘭說道。金銬扣上了，他沒有收回手腕，而是讓手臂繼續靠著王座扶手，鬆著袖口繫帶讓所有人看見腕上的金銬。

集結的軍隊吹響號角，僕從奉上茶點，現在戴門只需忍受餘下的歡迎典禮，在結束時簽署協約便行了。

士兵們演出一場場展示性的比武，以訓練有素的動作為盛會增添趣味。羅蘭禮貌地觀賞演出，禮貌之下或許潛藏著真正的興趣，畢竟瞭解阿奇洛斯戰鬥技巧對他有益無損。

戴門看見麥卡頓表情木然地注視著自己與羅蘭，而麥卡頓對面的凡妮絲正在取用茶點。凡妮絲過去被攝政王派至女人主宰的瓦斯克帝國，擔任維爾使臣。據傳聞，瓦斯克女帝愛讓她的花豹將男人活活撕成碎片，當作大眾的娛樂。

戴門想起過去數月南行的路上，羅蘭與瓦斯克母系部族精密的交易。

他說道：「你是怎麼讓凡妮絲投向你的？不打算告訴我原因嗎？」

羅蘭說：「這也不是機密。她將是我議會中的第一人。」

「那桂恩呢？」

「我用他兒子的性命威脅他。我已經殺了他其中一個兒子，我的話他自然會當真。」

麥卡頓朝兩張王座行來。

麥卡頓上前的同時，帳中盈滿期待的氛圍，所有人轉向他，等著看他將有何表現。麥卡頓對維爾人的恨意無人不曉，即使羅蘭阻攔了公開的反叛，麥卡頓也不可能接受維爾王子的領導。他對戴門鞠躬，對羅蘭全無尊敬的表示，目光短暫地掃向阿奇洛斯士兵事先排演過的武藝表演，視線接著傲慢地緩緩掃過羅蘭全身。

「如果這真的是兩國對等的盟約，」麥卡頓說道。「那我們看不到維爾人的武藝表演，實在太可惜了。」

你已經看到維爾人的戰鬥方式了，卻毫不知情。戴門暗想著。羅蘭將注意力集中在麥卡頓身上。

「要不比劃比劃吧，」麥卡頓又說。「維爾人對阿奇洛斯人。」

「你這是想挑戰凡妮絲女爵？」羅蘭說道。

藍眸對上棕眼，羅蘭泰然自若地坐在王座上。麥卡頓眼中的羅蘭是何種人，戴門清楚得很：年歲不到他一半的年輕人、逃避戰鬥的小王子、慵懶的優雅僅來自於溫室之中的紈褲子弟。

「我們的國王在戰場上聲名顯赫。」麥卡頓一面說，視線一面緩緩上下打量羅蘭。「二位何不比試武藝呢？」

「但我倆親如兄弟呢。」羅蘭笑吟吟地說。戴門感覺到羅蘭的指尖觸碰他的指尖，兩人十指相扣。長久的經驗告訴他，羅蘭將滿心厭惡壓縮成了堅硬的一小粒。

傳令官奉上協議書，兩種語言以白紙黑字寫在左右兩邊，沒有一方擺在另一方之上。協議書言簡意賅，不含繁複的條款與細則，只有一句簡單的宣言：維爾與阿奇洛斯將聯手對抗篡位者，在友誼與共同目標下結盟。

戴門簽了名，羅蘭也簽了名。戴門諾斯．V與羅蘭．R簽在紙上，羅蘭的「羅」字寫得華麗非常。

「祝賀我等美好的同盟。」羅蘭說道。

典禮結束了，羅蘭起身離開，維爾人也紛紛離去，河流般的藍色旗幟乘馬橫跨營地，長長的隊伍終於遠去。

阿奇洛斯人也魚貫走出指揮帳，軍官、將帥與被打發走的奴隸離開後，帳內只剩戴門與尼坎德洛斯兩人。尼坎德洛斯慍怒地盯著他，眼裡充滿老朋友對他的洞悉。

「你把德爾法送給了他。」尼坎德洛斯說道。

「那不是——」

「下床後的禮物？」尼坎德洛斯插話道。

「你這話說得太超過了。」

「是嗎？我還記得伊亞娜絲塔，還有伊亞諾菈。」尼坎德洛斯說。「還有優尼狄斯的女兒。還有那個村姑凱拉——」

「夠了，我不和你談這件事。」戴門別開視線，盯著面前的酒杯。片刻後，他舉起酒杯，喝下第一口酒。他立刻就發現，自己說錯話了。

「你什麼話都不必說，我**看到他了**。」尼坎德洛斯說道。

「你看到什麼我不管，事情不是你想的那樣。」

「我的想法是，他長得美，又是你得不到的人。你這輩子一次也沒被人拒絕過。」尼坎德洛斯回道。「你讓阿奇洛斯和維爾結盟，就因為維爾王子生了藍眼睛和金髮。」然後，他的語氣變得恐怖無比。「你打算讓阿奇洛斯受多少苦？就因為你控制不住你的——」

「尼坎德洛斯，**夠了**。」

戴門十分惱怒，他恨不得砸碎手中的玻璃杯，讓碎玻璃與痛楚刺入肉體。

「你覺得——你覺得我有可能……對我來說，」他說道。「這世界上沒有比阿奇洛斯更重要的東西了。」

「他是維爾王子！他才不在乎阿奇洛斯！你以為你不是想和他上床，才接受他的條件嗎？戴門諾斯，你睜開眼睛看清楚！」

戴門撐著扶手離開王座，走至指揮帳敞開的入口，毫無阻礙地望見平原另一頭的維爾軍營。羅蘭等人已消失在營內，不過優雅的維爾帳篷城仍面對戴門，每一面絲布旗幟都在風中飛舞。

「你要他，這也是理所當然，畢竟他長得就像尼里斯花園裡的雕像，還是和你身份相當的王子。他厭惡你，不過有時候厭惡也很吸引人。」尼坎德洛斯說道。「那就和他上床，滿足你的好奇心。到時候你就會發現，上一個金髮美人和別的金髮美人差不了太多。」

寂靜延續了稍久。

戴門感覺到身後的尼坎德洛斯有所反應，但他繼續盯著酒杯，無意將想法轉化成言語說出口。**我對他說我是奴隸，他假裝相信我。我在城牆上吻了他，他命僕人把我帶上他的床，那是我們相聚的最後一夜，他把自己送給了我。他從頭到尾都知道，我是殺了他哥哥的男人。**

回首時，他看見尼坎德洛斯可怖的神情。

「所以，那還真是下床後的禮物。」

「我**確實**和他上過床，」戴門說道。「就那麼一晚。他幾乎從頭到尾都沒放鬆。我承認我——要過他，但他是維爾王子，我是阿奇洛斯國王，這是政治上的聯盟。他看這件事的時候不帶感情，我也一樣。」

尼坎德洛斯說：「你覺得你告訴我他美麗聰明又冰冷無情，能讓我安心？」

戴門胸中的空氣離他而去。自從與尼坎德洛斯重逢，他們一次也沒提過在伊奧斯那個夏季夜晚，以及尼坎德洛斯當時對他的警告。

「這不一樣。」

「羅蘭不是優卡絲特？」

戴門回道：「我不是當初那個信任她的人了。」

「那你就不是戴門諾斯了。」

「你說得對，」他說道。「戴門諾斯沒有聽從你的忠告，早就死在阿奇洛斯了。」

他回憶起尼坎德洛斯的話語：**卡斯托從以前就相信國王陛下該立他為王儲，他覺得是你搶了他的王位**。他也記得自己當時的回應：**他不會傷害我的，我們是家人**。

「那現在請聽從我的忠告。」尼坎德洛斯說。

「我有。我知道，」戴門說道。「我知道他是什麼人，也知道我不可能擁有他。」

「不，戴門諾斯，你聽我說。你很容易盲目地相信別人，在你看來，世界上的一切都非黑即白——只要你把一個人當作敵人，就沒有人能阻止你整裝出戰，但反過來說，一旦你把一個人當朋友……一旦你決定誠心待他，你就會對他深信不疑。為了你心目中的朋友，你會拚死奮鬥，不聽任何人對他的批評，最後，你會插著他的矛躺進棺材。」

「這和你的作風有什麼不同？」戴門說道。「我知道你和我並肩戰鬥是什麼意思，我知道一旦我出錯，你就會失去一切。」

尼坎德洛斯凝視著他，然後長吁一口氣，抬手按了按自己的臉。他說：「**維爾王子**。」再次看向戴門時，他揚起眉頭斜了他一眼，那一瞬間，他們又成了當年那兩個在訓練場丟擲長矛的男孩，擲出去的矛還差六英尺才碰得到成年戰士的皮革標靶。

「你能想像，」尼坎德洛斯說道。「要是你父親看到你這副模樣，他會怎麼說嗎？」

「我能。」戴門說。「你說的凱拉是哪一個村姑？」

「她們全都叫凱拉。戴門諾斯，你不能相信他。」

「我知道。」他喝下最後的葡萄酒。帳外還有數小時的陽光，與尚未完成的工作。「你只和他共處一個上午，就要我遠離他了。」戴門說。「等你和他相處過一整天，再跟我說說你的想法。」

「你是說，和他相處久了，我就會改觀？」

「也不能這麼說。」戴門說道。

6

問題在於，他們不能立即出征。

戴門早該習慣統領無法齊心協力的軍隊，畢竟他已有大量相關經驗，但是他此次面對的不是一小群傭兵，而是兩股向來敵對的壯大勢力，雙方將領都血氣方剛、缺乏耐心。

首次召開正式會議時，麥卡頓沉著臉騎馬進入浮泰茵堡，到了城堡會客室，戴門神經緊繃地等待羅蘭到來。看著羅蘭攜首席諫臣凡妮絲與恩果蘭隊長走入，戴門實在不知今早會是一系列隱晦的譏諷，還是令人瞠目結舌的駭人發言。

結果，他們開了場不夾雜私人恩怨、再有效率不過的會議。羅蘭聚精會神地高談闊論，全程使用阿奇洛斯語，凡妮絲與恩果蘭則對戴門的語言沒那般熟悉，於是羅蘭掌握了這場對談的主控權，使用「方陣」等阿奇洛斯詞語的氣勢，半點不像兩週前才從戴門口中習得生詞。羅蘭體現出精通阿奇洛斯語的鎮定與自信，當初尋找措詞時微微蹙眉的動作，以及「該怎麼形容——？」、「那個叫什麼——？」等問句全消失無蹤。

「他能這麼流利地使用我們的語言，算他走運。」回阿奇洛斯軍營的路上，尼坎德洛斯說道。

「和他扯上關係的一切事物，都和運氣沒半點關係。」戴門告訴他。

沒有旁人時，戴門眺望營帳外看似平和的原野，深知不久後兩支軍隊將會動身。天際的紅色輪廓將逐漸接近，那是他過去所知的一切，他所屬的世界。他用視線描繪山巒的輪廓，結束時，他別過了臉。他沒有望向迅速增長的維爾營區，沒有望向隨微風飄動的彩旗，沒有望向偶爾從草地彼方飄來的談笑聲。

雙方已同意分開紮營。阿奇洛斯軍看見維爾營帳如雨後春筍般出現在草地上，插著亮麗的絲旗與繽紛的壁板，紛紛不屑一顧，不願與這些奢華的新盟友並肩作戰。在這方面，羅蘭沒能趕上查爾希之戰實為重大失誤，那是他首次犯下真正的戰略失誤，阿奇洛斯軍至今仍對此耿耿於懷。

另一方面而言，維爾士兵也對阿奇洛斯人心存芥蒂，在他們眼裡，阿奇洛斯人是與私生子女為伍、成天半裸身體的野蠻人。戴門聽過兩軍營地邊緣的流言蜚語，聽過維爾人粗俗的叫罵、譏嘲與笑語，帕拉斯從旁走過時，拉札爾還對他呼哨挑逗了一番。

那還是在某些特定傳聞傳開之前的情況——士兵們開始竊竊私語、暗自揣測，以致尼坎德洛斯在暖和的夏夜勸道：「找個奴隸去用吧。」

戴門回道：「不。」

他全心全意投入工作與肢體勞動，白日專注於策略與規畫，構想遠征的策略基礎、策畫行軍路線、設立補給線、操練部隊。到了夜晚，他獨自離開軍營，在無人之地拔劍訓練，直到他汗流浹背、肌肉顫抖、除了站立以外什麼都做不到，甚至連劍也舉不起來，只能任由劍尖指地。

他每夜單獨入睡，只讓侍從不帶絲毫感情地幫助他更衣洗漱。

他告訴自己，他要的就是這種關係。他與羅蘭之間存有合作關係，兩人不再是……朋友……但那打從一開始就不可能。戴門早就明白，他不可能帶羅蘭到他的國家遊山玩水，羅蘭不可能倚著伊奧斯的大理石露臺，在眺望大海的清涼空氣中轉身向他打招呼，因美麗壯闊的風景而雙眼發亮。那不過是愚蠢的妄想。

於是，戴門奮力工作，完成待辦的一件件事項。他對阿奇洛斯諸侯派出信使，宣告他的回歸，不久後，他將知曉國內有多少諸侯願意支持他，開始規畫導向勝利的路徑與戰略。

獨自練劍三小時過後，戴門帶著滿身大汗回到營帳，由於奴隸全被他遣走，負責替他擦身的是侍從。即使已忙碌一日，他還是坐下來開始寫信，在漸漸縮短的蠟燭火光中，親手寫下給故人的書信。戴門沒有提及自己遭遇的細節。

原野另一頭，喬德、拉札爾與王子衛隊其餘成員身在夜晚的維爾軍營，遵照羅蘭的新制度生活。戴門想到喬德，留守愛默里克故居的喬德，以及他曾經說過的一句話：**你有沒有想過，假如你是他，你發現自己為殺死哥哥的凶手張開雙腿，你心裡會怎麼想？感覺應該跟這差不多吧。**

帳內一片死寂，只有營地夜間活動的聲音透過帳幔，模糊不清地傳入，空虛的時間充斥戴門的帳篷。回神時，他發現最後一封信已書寫完畢。

給卡斯托的信上只有一句話：*我來了*。他沒有目送那名信使離去。

你不過是信了自己的家人，這不算天真。

他曾如此說過。

桂恩所在的房間，與愛默里克當初自盡的房間有幾分相像，桂恩與兒子的外貌倒是一點也不像。桂恩年近五十，從身形來看不似經常在戶外活動的人，他沒有兒子那頭梳理得漂漂亮亮的鬈髮，也不見兒子那頑固的眼神與美麗睫毛。看見戴門時，桂恩由衷深深鞠躬，彷彿對攝政王行禮。

「陛下。」桂恩說道。

「你就這麼倒戈了。」

戴門嫌惡地瞅著他。就戴門所知，桂恩並沒有遭受監禁或軟禁，他能在城堡中自由發號施令，即使權力掌握在羅蘭的軍隊手裡，許多方面而言桂恩仍是浮泰茵堡的首腦人物。無論桂恩與羅蘭達成了何種交易，他還是以配合換取了極大的好處。

「我有很多兒子，」桂恩說。「但再怎麼多，也總有死光的一天。」

戴門心想，若桂恩決定逃跑，他其實沒太多選項，攝政王不會輕易饒恕叛徒，桂恩除了親切地歡迎阿奇洛斯人踏入家門之外別無選擇。最令人惱火的，是他順應變化的從容——戴門將華貴的室內擺設收入眼底，沒看見桂恩為自己的行為付出任何代價。

他想到在查爾希陣亡的士兵，想到羅蘭在帳中放棄支撐身體，將全身重量壓在桌上，一隻手按著肩膀，蒼白的臉上最後一次顯露真實的神情。

戴門來此，是為了瞭解攝政王的計畫，然而脫口而出的問題卻只有一個。

「在查爾希傷了羅蘭的人是誰？是你嗎？」

「他沒告訴您嗎？」

自從那天傍晚在營帳中相對後，戴門就再也沒和羅蘭單獨對談了。「他那個人不會背叛朋友。」

「這也不是什麼祕密。他在前往查爾希的路上被我俘虜，帶到浮泰茵，他和我談條件，要求我放了他。待到我們談成協議，他已經以俘虜的身分在牢裡待了一段時間，肩膀發生了點小意外。真正受重傷的是戈瓦爾，他被王子殿下重擊頭部，一天後死了，死前還在咒罵醫師和男娼。」

「你把戈瓦爾，」戴門說。「和羅蘭放在同一間牢房？」

「對。」桂恩雙手一攤。「我先前也從中斡旋，謀畫了您國內的政變，但現在，您需要我的證詞才能奪回王位。這就是政治，王子殿下明白這點，這也是他和您結盟的理由。」桂恩微微一笑。「陛下。」

戴門逼自己冷靜地發言，他今日來此，就是為了從桂恩口中得到己方部下無法得到的資訊。

「攝政王之前就知道我是誰了嗎？」

「如果他知道，那他命人將您送來維爾，不就是天大的錯誤嗎？」

「是啊。」戴門說道。他的視線一刻也沒離開桂恩，看著桂恩的臉頰浮現一塊塊紅暈。

「倘若攝政王知道您的身分，」桂恩說道。「那他一定是希望您來到維爾後，王子殿下會認出您，被激怒後犯下失誤。或者，他希望王子殿下和您行房，待他發現真相，他將一蹶不振。幸好這件事情沒有成真，想必是您倆鴻福齊天。」

戴門注視著桂恩，突然發現自己受夠了拐彎抹角與口是心非。

「你曾經發誓為王子死守王位，結果你為了權勢和私利背叛他，最後贏得了什麼？」

他首次瞥見桂恩臉上閃過真實的情感。

「他殺了我兒子。」桂恩說。

「你把兒子推到攝政王面前那天，」戴門說道。「就殺了你自己的兒子。」

戴門明白指揮分裂的軍隊有何難處，也明白自己該注意哪些跡象：消失的食物、本該送至其中一派的兵器送至另一派系、營內日常工作的必需品不知所蹤。從雅雷斯前往拉芬奈的路上，他已經歷過相同的考驗。

但他未曾經歷麥卡頓的考驗。第一道難關來了，麥卡頓拒絕接受浮泰茵提供的糧食，並表示阿奇洛斯軍不是嬌生慣養的軍隊，不需要多餘的糧食，若維爾人想放縱，那就請便。

戴門還來不及開口回應，羅蘭便宣布重新調整維爾軍的糧食配給，消除兩軍之間的差異——這樣吧，不如讓兩軍的士兵、軍官，甚至是國王分配相同的糧食，由麥卡頓決定份量，能勞煩麥卡頓將合適的份量告知眾人嗎？

接著是第二道難題：阿奇洛斯軍營發生鬥毆事件，一名阿奇洛斯軍人流鼻血，一名維爾軍人斷了手臂，麥卡頓笑吟吟地表示那不過是友好的比試，只有懦夫會懼怕競試。

羅蘭聞言，宣布從今以後，任何毆打阿奇洛斯人士兵的維爾人將直接處死。他表示自己相信阿奇洛斯人的信譽，畢竟只有懦夫會對一個不能還手的人出手。

麥卡頓與羅蘭之間的較量，宛如一頭野豬對無盡蒼穹的挑戰。戴門仍深切記得被羅蘭的意志誘導的感覺。羅蘭不需要武力便能讓人服從，不需要其他人喜愛他也能達到目的——羅蘭之所以能達到目的，是因為人們試圖抵抗他時，往往會發現自己被甜言蜜語與精妙計謀擊潰，毫無抵抗之力。

確實，低聲非議的只有阿奇洛斯人，羅蘭的部下全默默接受了兩軍的合盟。事實上，羅蘭部下談論王子的語氣與過去相差不遠，王子在他們眼中依然冰冷無情，只不過現在，他成了無情到能和殺兄仇人打炮的冰塊。

「我們應該以傳統的儀式慶祝結盟，」尼坎德洛斯說道。「屬臣的晚宴、儀式性的體育競賽、武藝展演，還有矛術演武。就在瑪拉斯舉行儀式吧。」尼坎德洛斯將一枚標誌放上沙盤。

「好地點，」麥卡頓說道。「瑪拉斯堡壘幾乎堅不可摧，從沒有軍隊成功突破它的城牆，過去就算城堡易主也是因為一方投降。」

沒有人看向羅蘭，但即使有也無妨，因為他臉上不露任何表情。

「瑪拉斯是防守型的大規模堡壘，和浮泰茵相似，」會議結束後，尼坎德洛斯告訴羅蘭道。「城堡內的營房夠大，能容納我們兩方軍隊，等我們到了，您就會看到它的潛力。」

「我去過瑪拉斯。」羅蘭說。

「那您想必很熟悉那個區域，」尼坎德洛斯說道。「這樣事情就好辦了。」

「是啊。」羅蘭說道。

那之後，戴門到營區外圍練劍，在一小片樹林中找到他中意的空地，開始進行每晚例行的一系列鍛鍊。

在此，他的劍技不受限制，他能逼自己全力揮砍、旋轉，逼自己更快、更快。溫暖的夜裡，他的肌膚很快就泌出一層汗水，然而他繼續推展自己的極限，不斷進攻與反擊，將一切固著在肉體之中。

他將自己所有的情緒投入四肢，模仿真正的戰鬥，但是他無法擺脫那份情緒，它宛如無止無盡的壓力，越是接近它，就變得越強大。

在瑪拉斯，他們是否將睡在相鄰的臥房，晚間坐在一左一右的王座上接見阿奇洛斯的屬臣？

他想要……他不知道自己要什麼，也許，他暗暗希望羅蘭聽見尼坎德洛斯的宣告，聽到他們將在六年前戴門殺死羅蘭兄長之處，舉辦結盟儀式時，能轉頭看他一眼。

戴門聽見西方傳來的聲響。

他喘著粗氣停下動作，大汗淋漓的他再次聽見了——壓抑的笑聲、破風聲與碰撞聲、譏嘲聲，以及低沉的呻吟。他立即認知到自己面對的危險：有人在丟擲長矛。然而林間的笑聲太過明目張膽，不可能是敵軍斥候，這不是敵軍來襲，應該是一小支隊伍破壞軍紀，夜間溜到樹林裡狩獵或私會。戴門本以為自己的軍隊紀律嚴明，沒想到他會撞見違反規則的部下。

他小心翼翼地放輕腳步前去查探，行經一根根暗色樹幹，心中閃過一絲憐憫的愧疚。那些違反宵禁的士兵絕對想不到自己的國王會親自現身，親自懲處他們，與他們的罪行相比，由戴門本人訓斥他們可說是小題大作。

至少，他在到達空地前是這麼想的。

五名阿奇洛斯士兵確實溜出了營地，正一同操練矛術演武。他們從營地帶了一綑長矛與木製標靶，長矛躺在地上觸手可及處，木靶則靠在一根樹幹上。士兵們站在他們在地上畫的線後方，輪流擲出長矛，其中一人正舉著長矛就定位。

木製標靶上，一名面色蒼白、嚇得全身僵硬的少年被綁在標靶上，手腕與腳踝綁成大字形。從他繫帶半解、被人撕開的衣衫看來，少年明顯是維爾人，而且年紀相當輕——才十八九歲。他的一頭褐髮糾結地平貼在頭頂，臉上的瘀青遮覆了一隻眼睛。

士兵顯然已朝他擲出幾根長矛，矛頭如針一般釘在木板上，一根插在他手臂與身體之間的位置，一根插在他頭部左側。少年雙眼無神，全身靜止。從長矛的數量與刺中的位置看來，遊戲的目標是讓矛頭盡量接近少年，但不能刺中他。準備就緒的士兵，手臂向後，準備拋擲——

戴門只能佇立原地，看著士兵的手臂向前一揮，長矛脫手後在空中畫出純粹的弧——他無法插手，以免令士兵失手刺死少年。矛頭畫破空氣，擊中目標，釘在與少年的血肉極近的雙腿之間，猥褻地插在木板上。士兵們發出下流的大笑。

「下一個輪到誰丟？」戴門說道。

擲矛者猛然轉身，譏嘲的神情轉變為震驚與駭然。五人立即停下動作，拜伏在地。

「起來，」戴門說道。「你們以為自己是真男人，就給我起來。」

他感到怒不可遏，不過站起身來的五人也許看不出他的憤怒。他們沒見過他緩緩接近的步伐，沒聽過他平靜的語調。

「告訴我，」他說。「你們在這裡做什麼。」

「練習矛術演武。」一人回答。戴門掃視五人，卻看不出是何人出聲。答話者也許在話音甫落時沒了血色，但五人都面色蒼白、神色緊張。

五名士兵的腰帶都有著屬於麥卡頓部隊的刻痕，一道刻痕代表殺過一人。他們也許認為麥卡頓會讚揚他們的行為，不過五人的站姿顯露了他們不安的期待，他們似乎不確定國王將如何反應，心中存有獲得讚賞或至少被無罪釋放的希望。

戴門說道：「不許再出聲。」

他走向那名少年。少年的衣袖被矛頭釘在樹幹上，頭部被另一把矛擦傷而不停流血。走近時，戴門看見少年的眼瞳充滿恐懼，戴門血液中的盛怒彷彿化為酸液，侵蝕他的血管。他握住少年雙腿之間的長矛，將它拔了起來，接著他拔出少年頭邊與袖口的長矛，抽劍割斷束縛他的繩索。聽見金屬摩擦聲，少年的呼吸猛然變得高亢而古怪。

少年身上有嚴重的瘀傷，割斷繩索後他無法支撐自己的身體重量，於是戴門緩緩將他放到地面。他受的苦不只有成為標靶，也不止於一頓毒打，士兵們將他左手手腕銬上了鐵銬，類似戴門手上的金銬——類似羅蘭手上的金銬。戴門胃裡一陣噁心，想像到發生在少年身上的慘事，以及事件發生的原因。

少年聽不懂阿奇洛斯語，他不明白現況，也不知自己已脫離險境。戴門開口用和緩的維爾語安撫他，過了半晌，少年空洞的雙眼在他臉上聚焦，浮現近似理解的神情。

少年說道：「請告訴王子殿下，我沒有還手。」

戴門轉身，語氣平穩地對一名部下下令：「找麥卡頓過來。現在就去。」

士兵領命離去，其餘四人立在原地。戴門在少年面前單膝下跪，溫言與少年交談。四名阿奇洛斯士兵垂著眼簾，不敢看他，他們位階太低，沒有直視國王的資格。

麥卡頓並不是獨自前來，而是帶了二十多名部下，緊接著尼坎德洛斯也攜二十多名部下到場，接著一列舉著火炬的僕從以閃爍不定的橘光照亮林間空地。尼坎德洛斯面色凝重，他攜部下到此，多半是為平衡麥卡頓的勢力。

戴門說道：「你的部下違反了和平協議。」

「我會處死他們。」麥卡頓瞟了仍在流血的維爾少年一眼，說道。「他們侮辱了他們的腰帶。」

這是由衷的發言。麥卡頓對維爾人毫無好感，更不想看見自己的部下在維爾人面前喪失信譽，讓維爾人成為得理的一方。戴門看見了麥卡頓的想法，同時也看出麥卡頓將此事歸咎於維爾人，他認為自己的部下犯錯、自己遭國王問罪，是維爾人的過錯。

橘紅火光毫不留情地照耀空地。五人中有兩人掙扎抵抗，最後不省人事地被帶離空地，其餘三人被士兵用方才束縛維爾少年的粗糙繩索綁在一起。

「把那孩子帶回我們的營地。」戴門對尼坎德洛斯下令。若阿奇洛斯士兵將瘀傷、流血的少年送回維爾軍營，接下來會發生什麼事他十分清楚。「派人去找維爾的軍醫——帕司查——然後把這裡發生的事告知維爾王子。」尼坎德洛斯簡促地點頭領命，帶著少年與一部分火炬離開現場。

戴門接著說：「你們其他人都可以走了。你留下。」

火光退去，人聲消失在樹林外，直到夜晚的空地上只剩戴門與麥卡頓兩人。

「北境的麥卡頓，」戴門說道。「你過去是我父親的摯友，為他征戰了將近二十年，我不會忘記你的功勞，我敬重你對他的忠心、敬重你的力量，也需要你的部下。但是，如果你的部下再敢傷害維爾人，我就只能用劍對著你了。」

「遵命。」麥卡頓應道。他垂下頭，隱藏眼中的神情。

「你這是在挑戰麥卡頓的底線。」回營的路上，尼坎德洛斯對戴門說道。

「是他在挑戰我的底線。」戴門回道。

「他那個人遵循傳統，願意支持你搶回王位，但是他遲早會受不了。」

「受不了的人是我。」

他沒有回營帳休息，而是動身前去維爾少年接受治療的帳篷。戴門命帳前的守衛退下，在帳外等醫師出來。

夜晚的軍營寧靜而黑暗，然而這頂帳篷外燃著火把，他也看見西方遠處，維爾軍營的火光。戴門知道自己在此等候相當奇怪，一國之君竟如靜待主人的獵犬，不過帕司查走出營帳時，戴門還是快步上前。

「陛下。」帕司查詫異地說。

「他狀況怎麼樣？」在火炬的橘光下，戴門面對帕司查，對著古怪的寂靜發問。

「瘀傷，一根肋骨斷裂，」帕司查說道。「驚嚇過度了。」

「不是，我是說——」

他沒有說完。漫長的沉默後，帕司查緩緩開口：「他沒有大礙，傷口沒有感染，雖然流了不少血，但不會有永久傷害。他很快就會復原了。」

「謝謝你。」戴門說。他聽見自己接著說道：「我不期望——」他頓了頓。「我知道我辜負了你的信任，騙了你，我不期望你原諒我。」

他聽見自己話語的不協調，聽見語句尷尬地落在兩人之間。他感到呼吸淺促，渾身不對勁。

他問道：「他明天有辦法騎馬嗎？」

「您是說，騎去瑪拉斯？」帕司查問道。

又一陣沉默。

「我們都有不得不做的事。」帕司查說。

戴門不發一語。片刻後，帕司查接續道：

「您也該做足準備，到時深入阿奇洛斯國境，您才能夠對付攝政王。」

沁涼的晚風拂過肌膚。「桂恩說他不知道攝政王對阿奇洛斯的打算。」

帕司查睜著棕色雙眼，定定凝視著他。

「維爾沒有一個人不知道攝政王對阿奇洛斯的打算。」

「那他打算如何？」

「統治阿奇洛斯。」帕司查說道。

7

維爾與阿奇洛斯聯軍第一次合作行動，是在次日早晨，麥卡頓的五名部下處刑後，從浮泰茵堡開始。他們沒遭遇太多問題，阿奇洛斯士兵公開處斬，整頓了士氣和軍心。

麥卡頓本人的士氣卻大受打擊。戴門看著這位老將翻身上馬，大力一拉韁繩，麥卡頓披著紅斗篷的軍隊綿延至隊伍長度的一半。

號角聲響起，傳令官高舉旌旗、各就各位，阿奇洛斯傳令官位於右側，維爾傳令官則在左側，兩支旌旗小心翼翼地舉至相同的高度。維爾傳令官名為亨德里克，因平時負責高舉沉重的旌旗而擁有粗壯的手臂。

戴門與羅蘭將乘馬並行，兩人的坐騎優劣相當，兩人的盔甲同樣昂貴。戴門身高較高，但如亨德里克所說，那也沒有辦法。戴門發現亨德里克與羅蘭的表情同樣難以讀懂，他不好判斷傳令官究竟是否在說笑。

戴門策馬行至排首的羅蘭身邊，王子與國王並肩而行是友誼與聯盟的象徵。他直視道路前方。

「到了瑪拉斯，我們會睡在兩間相鄰的臥房。」戴門說道。「這是慣例。」

「那當然。」羅蘭同樣望著道路說。

羅蘭沒表現出任何異樣，而是抬頭挺胸地坐在馬鞍上，彷彿肩膀不曾受傷。他與將士談笑風生，甚至在尼坎德洛斯對他說話時，和善地應答。

「受傷的少年平安回到你們那裡了嗎？」

「多謝關心，帕司查帶他回來了。」羅蘭回道。

回去塗藥膏？戴門張口欲言，最後還是默默閉上嘴。

瑪拉斯距離浮泰茵一日路程，兩軍行進的速度恰到好處。空氣中充斥吵雜的聲響，士兵列隊行進，先遣騎兵來回查探情勢，隊伍最後則是僕從與奴隸。隊伍經過時，鳥兒紛紛飛走，一群山羊也逃到山丘另一側。

抵達尼坎德洛斯部下鎮守的關卡與阿奇洛斯信號塔時，已經是下午了，眾人順利通過。

關卡內外景色無異，都是因春季降雨而蓊鬱青翠的綠色草原，草地邊緣因行經的軍隊而受損。下一刻，喜悅卻又孤獨的號角聲傳出，純粹的聲響消失在浩瀚穹空與廣闊的原野間。

「歡迎回家。」尼坎德洛斯說道。

阿奇洛斯。戴門吸入一口阿奇洛斯的空氣，淪為奴隸的過去數月，他不停期盼此時此刻的到來。他忍不住瞟向身旁的羅蘭，只見羅蘭神情與姿態無不從容。

一行人穿過數座村莊。如此接近國界的村子裡，只要是規模稍大的農園都有粗糙的岩石外牆，有些甚至像簡單的堡壘，附有瞭望臺或幾經考驗的防衛系統。村民不會因行經的軍隊而感到訝異，戴門也已做足心理準備，準備面對阿奇洛斯國民對這支軍隊的反應。

他都忘了，德爾法是六年前才成為阿奇洛斯的省份，在此之前，這些男女村民當了一輩子的維爾國民。

女人、男人與孩童聚集在門前與屋簷下，默默站在一起，看著軍隊從家門口走過。

六年來，維爾旗幟首次飛揚在德爾法。村民緊張害怕地走出門，其中一人以樹枝拼組了粗糙的星芒輝飾，一名女童高高舉起簡易的星芒，對應傳令官手中的旌旗。

在維爾邊境，這面星芒旗還是在人們心中占有一席之地。羅蘭曾如此說過。

此時，羅蘭沉默不語，身姿英挺地騎在隊伍最前，沒有對他那些使用維爾語、習慣了維爾習俗、對維爾仍懷有忠心、在邊境養家餬口的子民表示什麼。羅蘭身後是一支全面掌控德爾法省的阿奇洛斯軍隊。他直視前方，戴門也同樣望向前方，隨著前進的每一步，感受到目的地對他施加的沉重壓力。

戴門至今仍記得瑪拉斯的每一個細節，也因此沒在第一時間認出它——林立的斷矛消失了，地面不見車轍與凹溝，也沒有面朝下倒在泥濘中的士兵。

現今的瑪拉斯已成為野花盛開的草原，植株在甜美的薰風中搖曳，昆蟲慵懶的嗡嗡聲不時傳來，一隻蜻蜓點過草地，迅速飛遠。眾人的坐騎涉入長草，踏上大路，走在灑了斑駁陽光的大道上。

軍隊穿行草原時，戴門不由自主地尋找那場戰役留下的痕跡，卻一無所獲。沒有人提及此事，沒有人說：**就是這裡**。越是接近瑪拉斯堡，那種感覺越是明顯，彷彿那場血戰發生過的唯一證據，只存在他胸中。

此時，瑪拉斯堡終於映入眼簾。

瑪拉斯從過去便是座美麗雄偉的維爾堡壘，有著齒狀城垛的城牆高高在上，優雅的拱門俯瞰茵茵綠地。

遠遠望去，它仍不減當年風采，帶有維爾風格的建築輪廓彷彿告訴戴門，城堡內部是挑高的迴廊、精緻的雕刻、華貴的金絲銀邊與裝飾性的瓷磚。

戴門猛然回憶起六年前的慶功，想起他們割下掛幔、撕毀旗幟的場面。此時，阿奇洛斯男男女女聚集在城門口，伸長脖子想看歸來的國王一眼。城堡內院滿是阿奇洛斯士兵，處處高掛阿奇洛斯的紅底金獅旗。

戴門望向中庭，只見原初的胸牆遭拆除後重建，精美石雕全數被削除，岩石運至別處，用在新的建築物上了。城堡壯麗的屋頂與塔樓全遭剷平，以阿奇洛斯風格改建。

戴門告訴自己，那些維爾飾物太過鋪張了。被囚禁在雅雷斯時，所有的華麗擺設令他眼花撩亂，他只求面前出現一面未經矯飾的牆，而現在，他眼中只見剝除了瓷磚的地板、被摧毀的天花板，以及裸露得令人心痛的石塊。

羅蘭翻身下馬，感謝尼坎德洛斯安排的歡迎，並從容行經一排排隊列整齊的阿奇洛斯軍人。

進入室內，只見城堡的一眾下人興奮又驕傲地聚集，準備與國王見面並努力服侍他。戴門與羅蘭一同見過此次將為他們服務的僕役總管，從第一組廳堂走至第二組，拐了個彎後進入展示廊。

廳廊兩側，二十四名奴隸排成了兩排。

奴隸個個五體投地，額頭貼著地面，全都是約十九到二十五歲的男奴，每人擁有獨特的長相與膚色、髮色、瞳色，妝彩為他們的眼眸與唇增添畫龍點睛的美麗。奴隸總管站在他們身旁。

尼坎德洛斯皺起眉頭。「陛下已經吩咐過了，他不要奴隸。」

「這些是為國王的貴客——維爾王子——準備的奴隸。」奴隸總管科納斯恭敬地鞠躬道。羅蘭緩步上前。

「我喜歡那個。」羅蘭說。

二十四名奴隸都穿著阿奇洛斯北部的服飾，輕薄的絲布穿過項圈的鏈孔掛在身前，幾乎沒有遮蔽身體的效果。羅蘭示意的是左邊數來第三名奴隸，男奴低垂頂著深棕色頭髮的頭顱。

「好眼光。」科納斯說道。「伊山達爾，上前。」

伊山達爾擁有黃褐色肌膚，肢體與初生幼鹿同樣柔軟，頭髮與眼眸同樣是深棕色——典型的阿奇洛斯髮色與瞳色，和尼坎德洛斯相似，也與戴門相似，不過約莫十九、二十歲的他較戴門年輕。科納斯供羅蘭挑選的盡是男奴，也許是考慮到維爾習俗，也可能是為滿足傳聞中羅蘭的偏好。戴門心想，他看上去像尼坎德洛斯最優秀的奴隸，應該甚少供賓客使用。不對，他應該是未經人事的新人，尼坎德洛斯為王室提供的必定是奴隸的初夜。

戴門皺起眉頭。伊山達爾因被選中的榮耀而羞紅了臉，散發羞赧的氣息，他起身後向前跨出一身長距離，甜美而優雅地下跪。身為訓練有素的宮奴，他不會招搖地靠近羅蘭。

「我們會讓他做好準備，今晚帶到您房裡獻出初夜。」科納斯說道。

「初夜？」羅蘭問道。

「我們的奴隸經過房事的訓練，不過在初夜之前，他們不會和任何人同床。」科納斯解釋道。「我們這裡採用和王宮同樣嚴格的標準訓練，由專人指導奴隸學習技巧，即使是練習也是用非直接的方法。這名奴隸還是處子之身，在大人使用前一直保持純潔。」

羅蘭抬眼對上戴門的視線。

「我沒學過使喚床奴的方法，」羅蘭說道。「你教我。」

「殿下，他們聽不懂維爾語。」科納斯解釋道。「對他們下令時，用最平直的阿奇洛斯語即可。您只要命令奴隸服侍您，就是給他榮耀，您要求的服務越是私密，對奴隸而言就越是光榮。」

「是嗎？過來。」羅蘭令道。

伊山達爾再次起身，輕微顫抖著走上前，壯著膽子來到離羅蘭近一些的位置，然後又雙頰緋紅地跪落在地，似乎因尊客的關注而頭暈目眩。羅蘭伸出靴子尖端。

「吻它。」說話的同時，他注視著戴門。

羅蘭的靴子以完美的角度伸在伊山達爾面前，即使騎馬旅行了一整天，他的衣衫仍一絲不苟。伊山達爾親吻靴尖，接著輕吻足踝。戴門心想，若羅蘭腳上穿的是皮帶鞋，那就是肌膚裸露的位置。然後，在驚人的勇氣驅使下，伊山達爾靠上前，用臉頰磨蹭羅蘭小腿的皮革靴筒，展示不同於平常的親暱與討好意味。

「好孩子。」羅蘭說道。他伸手摸摸伊山達爾的深棕色鬈髮，使男奴闔上雙眼，滿面羞紅。

見貴客對他挑選的奴隸如此滿意，科納斯得意不已，戴門看得出城堡其餘下人也同樣高興，可見他們為迎接羅蘭下了不少功夫。戴門知道他們花費大量心思考慮維爾文化與風俗，供挑選的奴隸都相貌動人，也盡是男奴，以免冒犯了維爾王子。

但這都沒有意義。這裡有二十四名奴隸，而羅蘭此生發生性行為的次數應該屈指可數，到時這二十四名青年只會被羅蘭拖回房間乾瞪眼，畢竟他們連解開維爾服裝的方法也不懂。

「他能在澡堂服侍我嗎？」羅蘭問道。

「殿下您高興的話，也能讓他在今晚的屬臣晚宴上為您服務。」科納斯答道。

「我很高興。」羅蘭說。

這不是家鄉該有的感覺。

侍從為戴門裹上阿奇洛斯傳統的慶典服飾，布料纏在腰間後垂掛肩頭，別人只需拉抓布匹一頭，在戴門轉身時拉扯，便能解開衣衫。侍從幫他穿上皮帶鞋，為他戴上桂冠，靜靜完成儀式性的動作，戴門則站在原地。下人本就不該直視君王，或在國王面前交談。

遵命。戴門感受到他們的不安，感受到他們刻意貶抑自己，因為平時只有極度順從的奴隸有資格如此親近王族。

但他就如之前在軍營那般，遣走了奴隸，而後站在寂靜無聲的房裡，等待侍從的伺候。

他知道羅蘭就在隔壁房，和他只相隔一道牆。戴門所在的是國王的房間，任何興建城堡的領主都會建一套華貴的房間，期盼國王大駕光臨，但即使是瑪拉斯前任領主，也沒有樂觀到認為會同時有兩支王族的首腦人物光臨城堡。為了確保絕對的平等，羅蘭被安排入住王后的房間，與戴門相鄰。

侍奉他的多半是伊山達爾，未曾接觸過維爾服裝的男奴必須盡可能拆解繫帶，解下羅蘭那身皮革馬裝後領的繫帶，將繩帶拉出圓孔。羅蘭也可能將伊山達爾帶入澡堂，讓伊山達爾在那裡為他寬衣，而被選中的男奴想必會因這份榮耀而欣喜不已。**來服侍我**。戴門感覺到自己的十指緊握成拳。

他將思緒轉向政治。接下來他與羅蘭將在大廳會見阿奇洛斯北方勢力較小的地方領袖，尼坎德洛斯麾下的屬臣將在酒宴中一一上前，立誓效忠，擴增軍隊的勢力。

最後一片月桂葉調整至恰到好處的位置，最後一塊布纏繞完畢後，戴門率侍從走入大廳。

男人與女人斜靠在長沙發或鋪著軟枕的矮凳上，面前是一張張矮几。麥卡頓傾身拿起一片剝了皮的柳橙，英俊的軍官帕拉斯自在地斜臥著，展示身為貴族的高傲，斯特拉頓則拉起短裙，雙腿交疊放上沙發。所有位階夠高的人都聚集於此，阿奇洛斯北部有聲譽地位者全準備宣誓效忠，大廳人滿為患。

在場的維爾人多半尷尬地三五成群站著，只有一兩人謹慎地坐在座椅邊緣。

除了賓客之外，大廳各個角落盡是奴隸。

圍著腰布的奴隸有的端著一盤盤珍饈美饌，有的手持棕櫚葉編成的扇子，為靠坐在各處的阿奇洛斯賓客扇風。一名男奴替阿奇洛斯貴族斟酒，一名奴隸拿出了洗手用的玫瑰水，一位阿奇洛斯的貴族仕女將手指浸入清水，連看也沒看奴隸一眼。走進廳門前那一瞬間，戴門聽見西塔拉琴的樂聲，瞥見奴隸隨節拍起舞。

戴門入內時，廳堂立刻鴉雀無聲。

這裡沒有維爾的喇叭手或傳令官宣布戴門的到來，然而他入室時，所有人立即拜伏在地。賓客紛紛從沙發起身，對戴門跪拜，額頭平貼岩石地面，奴隸們甚至五體投地。在阿奇洛斯，君王不必抬高自己的身分，而是由旁人自我貶低以彰顯王者尊貴。

羅蘭沒有起身，也不必起身，而是姿態雍容地靠在躺椅上，一條手臂掛在椅背、一條腿屈起，露出穿著華貴長褲的大腿。他靜靜看著大廳其餘人向戴門跪拜，自己的十指則悠閒地下垂，膝部的絲布因屈腿而褶皺。

伊山達爾同樣拜伏在地，距離羅蘭的手指不到一英寸，柔軟的身體幾乎一絲不掛，只有腰間圍著一塊布料，類似瓦斯克男人慣用的兜襠布，項圈則如同第二層皮膚般貼著頸項。羅蘭泰然自若地坐著，身體每一條線條皆優雅地呈現在躺椅上。

戴門迫使自己在靜默中走上前，走至與羅蘭相鄰的躺椅。

「兄弟。」羅蘭和顏悅色地說。

大廳裡每一雙眼睛都注視著戴門，他感受到人們好奇的視線，聽見人們的低語：**真的是他，戴門諾斯，他竟然活著，竟然在這裡**。伴隨竊竊私語的，是人們厚顏無恥的視線，他們看著他，看著他腕上的金銬，看著身穿維爾服飾、貌似異國飾物的羅蘭。**這就是傳說中的維爾王子**。而隱藏在此下的，是無人說出口的揣測。

面對眾人私下的議論，羅蘭表現得無可挑剔，就連使用奴隸的方式也完全合乎禮節。在阿奇洛斯，賓客享用主人的招待，主人會因此而感到欣喜。阿奇洛斯人也喜歡看到王室成員使用奴隸，彰顯他們的精力與權勢，人民見了必然驕傲不已。

戴門坐在躺椅上，全身都深切感受到身旁的羅蘭。在此，他能放眼將廳內一切收入眼底，俯瞰所有人恭敬低垂的頭。戴門揮手示意眾人起身，他看見梅索斯的巴利厄斯——這位權勢僅次於麥卡頓的屬臣約四十多歲，擁有深棕色頭髮、蓄了短鬍子。在場還有攜六百名士兵前來瑪拉斯的查隆的阿拉托斯，以及帶菁英弓箭手隊伍來此的伊提斯的優安德洛斯，後者雙手環胸站在大廳最後方。

「德爾法的各位屬臣，你們已經看到證據，知道當初是卡斯托殺死我們的父親、我們的先王。你們也知道，他和篡奪維爾王位的攝政王聯手，此時攝政王的部隊駐紮在伊奧斯，隨時準備攻占阿奇洛斯。今晚，本王號召各位立下誓言，隨本王與本王的盟友——維爾王子羅蘭——一同對抗卡斯托和維爾攝政王。」

話音甫落，廳堂瀰漫著不安的沉默。麥卡頓與斯特拉頓已在拉芬奈宣示效忠，但那是在戴門與羅蘭結盟之前，此時距離兩國交戰還不到一代人的壽命，他們兩人與其餘屬臣竟被迫接受來自維爾的羅蘭。

巴利厄斯踏上前來。「我要您證明維爾對阿奇洛斯沒有過分的影響力。」

過分的影響力。「你想說什麼，直接說出來吧。」

「有人說維爾王子是您的情人。」

死寂。在戴門父親的宮廷，絕不可能有任何人如此大膽發言，這顯示了諸侯的不安定、他們對維爾的仇恨，以及戴門自身立場的不穩定。問題點燃了怒火。

「本王和什麼人上床，不用勞煩你操心。」

「如果我們的國王和維爾上床，我們就不得不操心了。」巴利厄斯說道。

「既然他們想知道，何不把我們之間真正發生的事告訴他們呢。」羅蘭說道。

羅蘭動手解開袖口，將繫帶拉出布料圓孔，露出手腕內側細滑的肌膚——以及令人一目瞭然的奴隸金銬。

戴門感受到震驚的漣漪傳遍廳堂，感受到一絲淫靡的暗潮。人們先前聽聞維爾王子手上戴著阿奇洛斯的奴隸腕銬，但傳聞與親眼見證是兩回事，羅蘭的恥辱就這般暴露在所有人的視線中。金銬意味著歸屬，表示羅蘭是阿奇洛斯王室的所有物。

羅蘭優雅地將手腕擱在躺椅的弧形扶手上，鬆開的袖口令人聯想到微微開啟的領口、垂落的繫帶。

「我沒有誤會吧？」羅蘭用阿奇洛斯語說道。「你想問的是，我是否和殺死我親兄長的男人上過床？」

羅蘭氣定神閒地戴著金銬，以僅屬貴族的高傲姿態告訴眾人，他不屬於任何人。羅蘭一向帶有高不可攀的氣質，靠坐在躺椅上的姿勢優雅得完美無瑕，鮮明的輪廓與大理石般冷硬的雙眼，宛若雕像。沒有人能想像他讓任何人上他。

巴利厄斯說道：「只有和冰一樣無情的人才會和殺兄仇人同床。」

「這就是你要的答案了。」羅蘭說。

那之後是一段沉默，羅蘭的視線一刻也沒放開巴利厄斯。

「是的，大人。」

巴利厄斯垂首恭立，不知不覺地說出阿奇洛斯人慣用的「大人」，而非維爾人的「殿下」等稱謂。

「滿意了嗎，巴利厄斯？」戴門問道。

巴利厄斯在距平臺兩步的位置跪下。「我看得出維爾王子和您站在同一陣線，我會宣誓效忠。這裡是您大勝的所在，我們在此宣誓也正好。」

戴門撐過了諸位屬臣的宣誓。

他對諸位屬臣進行儀式性的答謝，並在食物端來，示意宣誓結束、宴會開始時，充分表現自己的感激。

奴隸為眾人奉上飲食，考慮到戴門先前的吩咐，侍奉他的則是侍從。彆扭的安排令大廳內的所有人感到不滿。

伺候羅蘭的是伊山達爾，他顯然完全愛上了新主人，時時刻刻貼心服侍羅蘭，以小淺盤替羅蘭盛裝一道道美食，不時更換水盆裡的水，讓羅蘭洗淨雙手。過程中，伊山達爾絲毫不逾矩，一直低調地注意主人的一舉一動，從不引人注目。

但他不必言語，睫毛便十分引人注目。戴門逼自己別開視線。

兩名奴隸在大廳中央就定位，一人懷抱西塔拉琴，另一人站在他身後。第二名奴隸年紀較長，想必是朗誦與歌唱技巧上有出眾之處。

羅蘭說道：「唱一曲《伊納克托斯亡國記》吧。」聞言，廳內眾人讚許地低語，奴隸總管科納斯也出言稱讚羅蘭對阿奇洛斯史詩的認識。「這不是你最愛聽的一首嗎？」羅蘭的目光轉向戴門。

這的確是戴門最愛聽的史詩之一，他曾在伊奧斯王宮的大理石廳堂裡，無數個與今夜相似的夜晚，令奴隸演唱這首詩。他從以前就愛聽詩中的阿奇洛斯人斬殺敵人，尼索斯率軍討伐伊納克托斯，奪取高牆守衛的城池。現在，戴門不想聽了。

與兄弟同胞太過遙遠的他，
擊向尼索斯卻揮了個空。
一千把刀劍已然失敗，
但尼索斯舉起手中的劍。

扣人心弦的戰歌令眾屬臣欣然叫好，隨著奴隸唱過每一節詩，他們對羅蘭的認可就愈發增長。戴門拿起酒杯，發現杯中空無一物，於是打了個手勢。

酒來了。接過酒杯時，戴門看見喬德走向他的左手邊，桂恩與妻子蘿伊絲所在的位置，然而他接近的不是桂恩，而是蘿伊絲。蘿伊絲草草掃了喬德一眼。「有什麼事嗎？」

一陣尷尬的沉默。「我只是想告訴您……令公子的事，真的非常遺憾。他是很了不起的戰士。」

「謝謝你。」

她對喬德的注意，僅止於貴族仕女對下人的注意，簡單的對話結束後，她又轉頭與丈夫交談。

戴門還未意識到自己的行為，便抬手將喬德招呼過來。喬德走近平臺，極為彆扭地跪拜三次，動作像是剛穿上新盔甲似的。

「你的直覺不錯。」戴門聽見自己如此說。

這是查爾希一役過後，他首次與喬德交談。相比過去在營火前談天說地，此時的光景太過不同，一切都與過往天差地遠。喬德注視著他，瞧了良久，然後才用下巴示意羅蘭。

「你們能當朋友，真是太好了。」喬德說道

燈火太過耀眼。戴門舉杯，一飲而盡。

「我還以為他發現你的身分以後，會拚死對你復仇。」喬德又說。

「他從一開始就知道了。」戴門說道。

「你們能互相信任也好。」喬德說完，又補充道：「在你來之前，他好像誰也不信任。」

戴門應道：「是啊。」

一陣陣音量漸增的笑聲從廳堂另一頭傳來。伊山達爾將裝著一串葡萄的小盤奉到羅蘭面前，羅蘭說了句讚賞的話，示意伊山達爾坐上他的躺椅。伊山達爾閃耀著羞怯的喜悅光芒，在戴門的注視下，他摘下一顆葡萄，將之送至羅蘭唇邊。

羅蘭傾身向前，一根手指捲了伊山達爾一綹棕髮，允許新的愛寵將葡萄一顆顆餵到他口中。戴門看見大廳對面的斯特拉頓，只見他拍了拍侍奉他的奴隸的肩，表示自己希望靜靜離場，私下享用奴隸的伺候。

戴門盲目地舉起酒杯，然而杯中的酒已消失無蹤。帶奴隸離場的阿奇洛斯人不只有斯特拉頓，大廳內的男女貴族紛紛開始挑選中意的奴隸。酒水與扮演詩中角色演出戰爭場面的奴隸，漸漸瓦解了人們的自制力，阿奇洛斯語聲在酒精的助長下漸漸吵雜。

羅蘭又湊上前，親暱地在伊山達爾耳邊呢喃一句，接著，就在表演到達高潮，刀劍碰撞聲與胸中的重鎚同步之時，戴門看見羅蘭輕拍伊山達爾的肩，站了起身。

你應該從來沒想過，堂堂王子竟然會嫉妒一名奴隸吧？如果問我想不想和你互換身分，我一定馬上答應。托維德曾這麼說。

戴門說道：「失陪了。」

他起身離開躺椅王座時，周遭眾人跟著起立，本來想隨羅蘭離場，卻被推擠著接近他、向他道別的眾人阻攔，大廳化為令人窒息的人海與噪音，人們源源不絕地擋在他面前，那一頭金髮已消失在門外。戴門也該攜奴隸離場的，如此一來眾人便會明白：國王不希望被人打擾。

終於走出大廳時，迴廊已空無一人。戴門帶著大聲鼓譟的心，走至第一個路口後拐彎，心存一絲期待——本以為他會望見羅蘭漸行漸遠的背影，然而眼前只有剝除了維爾裝飾、空空蕩蕩的拱門。

伊山達爾悄立在拱門下，幼鹿般的眼眸透出被遺棄的不解。困惑似乎充滿了他的身心，以致他睜著大眼與戴門互視片刻，然後才猛然驚醒，趕忙五體投地。

戴門說道：「他在哪裡？」

即使今晚沒發生他預期的事，即使國王要求他道出令人羞愧的事實，伊山達爾也沒忘記自己受過的訓練。

「維爾的王子殿下出去騎馬兜風了。」

「他要騎去哪裡？」

「馬廄裡的人也許知道，小奴能替大人詢問他們。」

夜裡離開為他而設的筵席，單獨乘馬外出。

「不必了，」戴門說道。「我知道他要去什麼地方。」

夜間的景色與日間迥異，這是回憶拼湊而成的地貌，是古舊的岩石與建築、舊時殞落的王國。

戴門離開城堡，乘馬來到他記憶中的戰場，一萬名阿奇洛斯士兵與維爾軍對峙的戰場。他小心引導坐騎走過凹凸不平的地面，行經歪斜的石板、階梯的殘骸。比戰鬥更加古遠的殘骸散落在瑪拉斯，崩毀的石拱門、長滿青苔的斷牆，默默見證了一切。

戴門還記得那些與地面融為一體的石塊，記得當初因石塊而變得不連續的陣線。早已逝去的帝國遺骸比瑪拉斯之戰還要久遠，比瑪拉斯堡還要久遠，它們是指引回憶的標的，在抹消了一切的戰場上記錄過往。

前進的過程相當艱難，散落尖銳的回憶。這是阿奇洛斯軍左翼陷落的位置，這裡是他命部下攻擊敵方堅不可摧的前線、攻擊那傲然高舉的星芒旗的位置，這裡是他殺死王子衛隊最後一人，與奧古斯正面交鋒的位置。

戴門下馬後，將韁繩纏在一根龜裂且被植株覆蓋的石柱殘骸上。這是一片古老的土地，散落著古老的石塊與建築遺跡。他仍然記得當初被踩得亂七八糟的泥土，以及戰鬥的絕望。

戴門繞過最後一塊凸出的岩石，在月光下看見肩膀的弧形，以及脫去外衣時露出的鬆軟白襯衣、裸露的手腕與頸項。羅蘭坐在一塊露出地面的岩石上，外衣不是像平時那般嚴嚴實實地穿在身上，而是被他壓在身下。

石塊在戴門腳下滾動，羅蘭回過頭。在那一瞬間，羅蘭儼然是天真無辜的少年，但下一秒，他的眼神變了，宇宙似乎滿足了無可逃避的承諾。「喔，」他說。「太好了。」

戴門說道：「我想說，你可能希望身邊有個——」

「有個？」

「朋友。」戴門借了喬德的話語，胸口緊繃地說。「你要我走的話，我馬上就走。」

「何必拐彎抹角呢？」羅蘭說。「來打炮啊。」

解開了繫帶的上衣敞開著，晚風撫過衣襟。兩人直視對方。

「我不是那個意思。」

「你不是這個意思，但你想的就是這個。」羅蘭說道。「你想上我。」

換作是別人，此時想必喝得酩酊大醉，羅蘭卻十分清醒、萬分危險。戴門清楚記得羅蘭的手掌按在他胸前，將他推倒在床上。

「從拉芬奈那時，從奈松那時，你就一直想上我。」

戴門見過這般狀態的羅蘭，他早該有所預期的。他強迫自己擠出字句：「我來這裡，是因為我以為你會想說說話。」

「我不怎麼想。」

戴門接著說：「說你哥哥的事。」

「我沒和我哥哥上過床，」羅蘭的語調帶有古怪的銳角。「那叫亂倫。」

兩人就在羅蘭兄長死去的地點。戴門不知所措地發現，他們談論的不會是奧古斯之死，而是此事。

「你說得對，」戴門說道。「我從我們在拉芬奈那時候，就一直在想那件事，到現在還在想。」

「為什麼？」羅蘭說。「我的技術那麼好嗎？」

「不對，有時候你的技術和處男一樣差，」戴門說。「不過有時候你好像——」

「技巧高超？」

「很熟練，像是早就習慣了。」

他看見話語的衝擊，羅蘭彷彿挨了一拳，原地搖晃。

羅蘭說道：「我現在可沒法接受你這種誠實。」

戴門說：「好奇的話，我可以告訴你，我沒有比較喜歡老練的床伴。」

「是呢，」羅蘭說。「你喜歡簡單地來。」

戴門喉頭的空氣被全數抽離，沒有任何心理準備的他呆立在原地，彷彿全身一絲不掛。**就連這個細節，你也會用來攻擊我嗎？**他想這麼問，卻沒有出聲。羅蘭也同樣呼吸淺促，但沒有退讓的意思。

「他死得很光榮，」戴門聽見自己的聲音傳出。「我從沒見過那麼強的戰士。我們的決鬥很公平，他最後沒有受苦，很快就走了。」

「就和殺豬一樣俐落？」

戴門感到一陣暈眩，差點沒聽見隆隆聲響。羅蘭猛然扭頭，望向周遭的黑暗，雷鳴般的馬蹄聲音量漸增。

「你還派你的部下出來找我？」羅蘭的嘴扭曲了。

「我沒有。」說罷，戴門一把將羅蘭推到一旁，讓他隱沒在一大塊漸漸剝落的岩石後方。

下一秒，隊伍近距離行經，少說兩百人的騎兵隊使空氣充滿馬匹的聲響。戴門將羅蘭緊按在岩石側面，用自己的身體壓住他。即使在黑暗中、在崎嶇不平的地域，騎兵隊也沒有放慢速度，擋在前方的人只有被踏平、踢死的命運。戴門與羅蘭面臨被人發現的威脅，貼著手掌的冰涼岩石隨周遭黑暗中的隆隆馬蹄與致命的速度，震顫。

他感覺到羅蘭的身體緊貼著他，感受到羅蘭幾乎潰堤的緊張、腎上腺素，以及對近距離接觸的厭惡。他知道羅蘭恨不得遠離他的身軀，卻因情況所需，奮力壓抑了那份情緒。

戴門猛然想起羅蘭的外套，它仍平攤在岩石上，他們兩人的坐騎此時也栓在離此不遠處。若被騎兵隊發現，他們將面對被俘或更加不堪設想的命運，而且在黑暗中，他們看不出來者究竟是何人。戴門的指尖緊抓著岩石，觸碰到青苔與碎石形成的沙粒。馬匹從兩旁飛奔而過，川流不息。

然後，騎兵隊與出現時同樣突然地消失了，消失在曠野中，目的地似乎在西方某處。馬蹄聲漸漸淡去。戴門沒有挪動身軀，兩人的胸膛緊貼著對方，羅蘭淺促的氣息吹在他肩頭。

他感覺到自己被用力推開，羅蘭撐著岩石起身，背對戴門劇烈呼吸。

戴門單手扶著岩石而立，目光追隨羅蘭，望向撒了奇岩的原野。羅蘭沒有轉身面對他，而是靜止不動地佇立原地，在戴門眼中，羅蘭再次化為薄上衣的輪廓。

「我知道你不是無情的人。」戴門說道。「你讓人把我綁上刑柱的時候，你把我推倒在床上的時候，那都不是無情的表現。」

「我們該走了。」羅蘭頭也不回地說。「我們不知道那些騎兵是什麼人，也不知他們是如何躲過我們的斥候的。」

「羅蘭——」

「公平的決鬥？」羅蘭一面說，一面轉身。「世界上不存在公平的戰鬥，一定有一方強過另一方。」

就在這時，瑪拉斯堡的警鐘敲響，衛兵現在才發現神祕騎兵隊的存在。羅蘭伸手抄起外衣，匆匆套上，繫帶仍垂在胸前。戴門解下纏著石柱的韁繩，將兩匹馬牽來，羅蘭默不作聲地翻身上馬、雙腿一夾，兩匹馬急速奔回城堡。

8

騎兵隊也許只是來犯的小軍隊，但也可能有不為人知的目的。決定跟蹤隊伍的是戴門，他一聲令下，叫醒了部下，準備在黎明前的昏暗乘馬出行。他們出了瑪拉斯後向西行，穿過一片片草原，卻沒有任何收穫……直到他們抵達第一座村莊。

眾人最先注意到的，是氣味。濃稠、嗆鼻的煙味自南方飄來，村莊外圍的農莊被燒得焦黑，不見人影，某些地方仍燃著火苗。地面多了大塊大塊的焦土，戴門等人行經時，坐騎被蹄下突如其來的熱意嚇一大跳。

進入屋舍成群的村莊時，四周情況更是慘不忍睹。身為經驗豐富的指揮官，戴門深知軍隊行經村鎮的後果。若提前收到警告，男女老少村民會逃往附近的郊外，帶著物資與最好的牛羊躲到丘陵地。若軍隊無預警行來，村民就只能任軍隊指揮官決定他們的命運。最仁慈的指揮官會命令部下為他們取用的物資、享用的村民兒女付費……至少，一開始會。

但這個村莊遭遇的並非以上兩者，而是夜裡的馬蹄震顫與驚醒時的不知所措，村民根本沒機會逃跑，只能堵上家門。人們的直覺反應是拴上門死守家園，但這並沒有用，因為當士兵縱火燒屋時，他們還是只能出來。

戴門翻身下馬，焦黑的土壤在鞋下嘎吱作響，視線掃向村莊的殘骸。羅蘭在他身後勒馬，稀薄晨曦中，與麥卡頓等阿奇洛斯人同行的他，更顯得纖細、白皙。

在場所有維爾人與阿奇洛斯人，臉上都浮現熟悉的嚴肅。布麗托不久前也是這副景象，塔拉希斯也同樣悲慘，毫無防備、慘遭戰火波及的村莊不只有這一座。

「派一支小隊去跟蹤騎兵隊。我們留下來掩埋死者。」

說話的同時，戴門看見一名士兵放開不停拉扯鏈條的一條狗，他皺著眉，看著那條狗飛奔到村莊另一頭，在一棟附屬屋舍外停下腳步，開始抓門。

戴門的眉頭皺得更深了。屋舍距離其他房屋較遠，並未遭到破壞。在好奇心的驅使下，戴門一步步走近，鞋底沾上灰燼。狗發出又尖又細的嗚咽聲。戴門一手搭上小屋的門，它卻沒有動彈——顯然是從內側上鎖了。

他身後傳來女孩微微顫抖的聲音：「裡面沒東西，不要進去。」

戴門轉身，只見一名雌雄莫辨、約莫九歲的孩子，聽聲音也許是女孩。孩子面色蒼白地鑽出堆疊在屋側的木柴堆。

「既然裡面沒東西，為何不進去？」羅蘭的嗓音。羅蘭跟著徒步走來，同時帶來鎮定得令人惱火的邏輯，與三名維爾士兵。

女孩說：「這只是工具間而已。」

「妳看，」羅蘭在女孩面前單膝跪下，讓她看見戒指上的星芒圖章。「我們是妳的朋友。」她說道：「我的朋友都死了。」

戴門下令：「把門破開。」

羅蘭拉住女孩，不讓她上前。一名士兵用肩膀撞擊屋門兩次後，木門從中斷裂。戴門的手從劍柄移至短刀柄，他率先走入室內狹小的空間。

狗跟著戴門快步進屋。屋舍中，一名男子躺在鋪著稻草的泥土地面，腹部插著半截長矛，一名女子則擋在他與屋門之間，手中握著另外半截矛杆。

屋內飄著血腥味，血液已滲入稻草。躺在稻草上的男人面無血色，表情卻不由得因震驚而大變。

「殿下。」他說道。儘管腹部插著矛頭，他仍試圖單手撐起身體，向王子致意。

他看的不是戴門，而是戴門身後，站在門口的羅蘭。

羅蘭頭也不回地下令：「去把帕司查叫來。」他踏進簡陋的屋內，經過女人時輕輕推開她手中的矛杆，接著，他在泥土地面跪下。受傷的男人又癱倒在稻草上，但他沒有從羅蘭臉上移開視線，他認得羅蘭。

「我擋不住那些人。」男子說道。

「躺好。」羅蘭告訴他。「醫師馬上就來。」

男子的呼吸聲十分混濁，他試著告訴羅蘭，他是曾在瑪拉斯服役的老兵。戴門環視簡陋的小屋。年邁的男子為了村民力抗乘馬的年輕士兵，或許全村只有他一人受過戰鬥訓練，但男人年事已高，即使受過訓練也是過去的事了。儘管如此，他還是奮力戰鬥了，女人與她的女兒也盡量幫助他，將他窩藏在小屋中。這都不重要了，再過不久，他將死於腹部的傷。

轉身時，這些想法在戴門腦中閃過。他看見地上的血跡，是女人和女孩將男人拖進屋時留下的。他跨過血跡，學羅蘭在女孩面前跪下。

「是誰把村子弄成這樣的？」一開始，女孩沒有答話。「我對妳發誓，我會找到罪魁禍首，讓他付出代價。」

女孩對上他的眼睛。戴門本以為女孩會回憶起因恐懼而模糊的片段，以模稜兩可的言詞描述敵人，至多說出斗篷的顏色。然而，女孩清楚說出那人的名字，彷彿將它刻在心頭。

「戴門諾斯，」她說道。「是戴門諾斯做的，他說這是給卡斯托的示意。」

室外，他擠到室外時，周遭一切似乎都失去了色彩，變得灰暗。

回神時，戴門發現自己扶著樹幹，身軀因憤怒而顫抖。一隊騎兵高喊著他的名字，趁夜襲擊村莊，揮劍砍殺村民，將他們燒死在家中，這顯然是在政治上抹黑戴門的計畫。他感受到胃在腹中翻騰，彷彿剛嘔吐過，一想到敵人骯髒的手段，他心中便湧生一股黑暗的無名火。

微風吹得樹葉窸窣作響，他盲目地抬頭環顧四周，看見自己站在一片小樹林中，彷彿是想逃離村莊。此處離被毀的屋舍夠遠，他的部下沒有過來，因此是戴門最先看見它——在釐清思緒之前，他就看見了。

屍體在林木線不遠處。

那不是村民的屍體。男屍身穿盔甲，以不自然的角度趴在地上。戴門推離樹幹，一步步走近，心跳因憤怒而狂躁。這就是解答，這就是犯人，這就是攻擊村莊的士兵，他想必在臨死前爬到了此處，沒有被同伴發現。戴門用鞋尖翻轉僵硬的屍體，讓它將自己的身分暴露給蒼天。

士兵擁有阿奇洛斯人的五官，腰間繫著劃有刻痕的腰帶。

是戴門諾斯做的，他說這是給卡斯托的示意。

還未意識到自己的動作，戴門便展開行動。他大步行經村莊外圍的屋舍，行經忙著掩埋屍體的部下，踩著仍然暖得出奇的地面一步步前行。他看見一名士兵用袖子擦過沾了灰燼、滿是汗水的臉，看見另一人將沒有生命跡象的東西拖向已經掘好的坑洞。腦中思緒尚未明朗，戴門的拳頭就緊緊握住麥卡頓的衣領，將他猛地向後推。

「你沒資格要求比武審判，但我會給你這個面子。」戴門說道。「然後，我會讓你為你在這裡犯下的罪行償命。」

「您要和我決鬥？」

戴門拔劍出鞘。阿奇洛斯士兵紛紛聚攏，半數是繫著刻痕腰帶的軍人，是麥卡頓的部下。那具男屍也是，在這座村莊大肆殺戮的每個人都是。

「拔劍。」戴門令道。

「為什麼？」麥卡頓輕蔑地環顧四周。「就為一些維爾死人？」

「拔劍。」戴門重複道。

「這是維爾王子搞的鬼，是他讓你和自己的臣民反目成仇。」

「不准說話，」戴門說。「除非那是你死前的懺悔。」

「我不會因為維爾人死了，就裝出悲傷的樣子。」

麥卡頓跟著拔出長劍。

戴門知道麥卡頓是阿奇洛斯北境不敗的猛將，他年紀比戴門大十五歲，據傳聞，他每殺死一百人才在腰帶上劃一道刻痕。在村中工作的士兵全都放下鏟子與桶子，聚集過來。士兵之中，麥卡頓的部下深知這位將領的能力，麥卡頓臉上的神情，也像是準備教訓後輩的長輩。雙劍相交時，他的表情變了。

麥卡頓慣用北部人殘暴的劍法，不過戴門力量夠強，能夠抵擋麥卡頓雙手握劍的攻擊，並以同樣猛烈的招式還擊，他甚至不必用到自己的速度與技術優勢。戴門與麥卡頓以純粹的力量相鬥。

第一次兵器相撞，麥卡頓踉蹌地倒退。第二次，他的劍被猛地彈飛。

第三擊，鋼鐵與死亡斬向麥卡頓的頸項。

「**住手！**」

羅蘭的聲音從中阻斷戰鬥，迴響著不容忽視的威嚴。

麥卡頓從戴門眼前消失，取而代之的是羅蘭。羅蘭一把將麥卡頓拽到土裡，此刻，戴門的劍正全速斬向羅蘭毫無防備的脖頸。

若戴門沒有服從，全身因那威嚴的命令而有所反應，羅蘭必然會身首異處。

然而，聽見羅蘭那聲命令的瞬間，直覺猛力拉扯他全身每一條肌肉，劍鋒在羅蘭頸邊硬生生停下。

戴門站在原地劇烈喘息。羅蘭剛才推開旁觀者，獨自闖進了臨時決鬥場，緊隨在後的部下則在其餘觀眾身旁停下了腳步。鋼鐵輕輕滑過羅蘭頸項細緻的肌膚。

「再一吋，你就是兩個王國的國王了。」羅蘭說道。

「羅蘭，讓開。」戴門的話語刮過喉嚨。

「你仔細看看四周，犯人顯然是經過冷酷無情的計算才決定攻擊這座村子，挑撥你和部下的感情，讓你們反目成仇。麥卡頓是會做這種事的人嗎？」

「他在布麗托也殺了人，像這樣殺了一整座村子的人。」

「那是因為我叔父先攻擊了塔拉希斯。」

「你在幫他說話？」戴門問道。

羅蘭說：「任誰都能在腰帶上刻幾道痕跡。」

戴門握緊劍柄，在那一瞬間，他只想割穿羅蘭的血肉，濃烈、滾燙的暴力情緒湧上心頭。

他重重將劍插回劍鞘，憤怒的目光刮過麥卡頓，只見麥卡頓呼吸不穩地跌坐在地上，視線在戴門與羅蘭之間飄移。兩人剛剛是用維爾語急速交談。

戴門說道：「你被他救了一命。」

「所以我該感謝他？」仍然癱在地上的麥卡頓說道。

「不，」羅蘭用阿奇洛斯語說。「如果交由我決定，你早就死了，你的每一次失誤都正中我叔父下懷。之所以救你，是因為這個聯盟需要你，我也需要聯軍幫我推翻我叔父。」

空氣中飄著焦炭的氣味。戴門大步走至無人的高處，俯瞰整座村莊——村子化成了焦黑廢墟，宛如大地表面的一道傷疤，東方瓦礫滿布的地面仍不斷冒煙。

他一定會讓犯人為自己的行為付出代價。他想到身在伊奧斯、安全地待在阿奇洛斯王宮裡的維爾攝政王。**犯人顯然是經過冷酷無情的計算才決定攻擊這座村子，挑撥你和部下的感情，讓你們反目成仇。麥卡頓是會做這種事的人嗎？**卡斯托也不是會制定這種計畫的人。罪魁禍首另有其人。

攝政王是否也感受到與戴門相同的憤怒與堅持？戴門心想，攝政王究竟何來的自信，一次次做出慘無人道的行為，卻又確信自己不必承受後果？

他聽見漸漸接近的腳步聲，於是默默讓來者走至身邊。他想對羅蘭說：**我一直以為我知道和你叔父明爭暗鬥是什麼感覺，但是我錯了。在今天之前，他明爭暗鬥的對象從來不是我。**他轉身，張口欲言。

來者不是羅蘭，是尼坎德洛斯。

戴門說：「幹了這件事的人就是要我怪罪麥卡頓，失去北方諸侯的支持。」

「你不覺得犯人是卡斯托。」

戴門答道：「你也這麼想嗎。」

「兩百名騎兵在開闊的郊外行軍數日，不可能沒有人注意到。」尼坎德洛斯說。「如果我們的斥候和盟友都沒發現他們，那他們是從哪裡出發的？」

戴門過去也見過嫁禍給阿奇洛斯的行動，之前在維爾王宮中就有刺客持阿奇洛斯短刀刺殺羅蘭，戴門清楚記得短刀的樣式與來歷。

他回眸望向村莊，以及通往南方的蜿蜒小徑。他說道：「希錫安。」

瑪拉斯的室內訓練場是間長形房間，牆上鑲了木板，地上鋪了木屑，房間一頭擺著粗木柱，與雅雷斯的訓練場大同小異，令戴門感到有些不安。在夜間，火炬的光芒閃爍在牆板與靠在房間四邊的長凳上，以及掛在牆上的種種武器上：有鞘與無鞘的短刀、相互交叉的長矛，與一排排長劍。

戴門命士兵、侍從與奴隸全數退下，接著從牆上取下最重的一把劍，他喜歡劍的重量。他為身體制定任務，開始一次又一次揮劍。

他沒心情與人爭辯，甚至是談話，只想將心中一切的情緒轉變成肢體行動。汗水浸溼了白色棉布，於是他脫下上衣，用衣衫抹去臉上與後頸的汗水，然後將上衣抛到一旁。

奮力挑戰自己的極限，用每一條肌筋感受運動的疲勞，讓全身上下為同一任務而動，感覺非常棒。面對令人不齒的策略、重重陰謀，以及用言語、暗影與騙術作戰的敵人，他需要身體活動的踏實與實在感。

戴門不停奮鬥，直到他只剩下熱痛的肉體、鼓譟的血液、溼熱的汗水，直到一切聚焦成簡單的一個目標，他只記得沉重的鋼鐵與死亡的力量。在他暫停——停止——的瞬間，訓練場上除了他的呼吸聲之外一片寧靜。他轉身。

羅蘭站在門口，注視著他。

戴門已經練了超過一個小時，他不知道羅蘭在那裡站了多久。一層汗水為戴門的皮膚與肌肉添上油光，但他毫不在乎。他知道自己與羅蘭之間的問題尚未解決，但他毫無興趣解決問題。

「你這麼火大，」羅蘭說道。「就該找個真人陪你練劍。」

「沒有人——」戴門沒有說完，但未說出口的字句與危險的真相仍懸掛在空中。沒有人有能力與他對戰，尤其當他處在當下的心境，也許會因憤怒而失控，誤殺對手。

「有我。」羅蘭說。

這個主意非常糟糕，在血管裡鼓動的血流如此告訴戴門。他看著羅蘭拿下牆上的一把劍，想起先前羅蘭與戈瓦爾對決時展現的劍技，想起自己當時的手癢。他還想起過去其他的感受——羅蘭拉著鏈條扯動他的金項圈、鞭子甩落後背、被守衛推倒在地後痛毆一拳。他聽見自己低沉、混濁的聲音。

「你要我把你放倒？」

「你以為你做得到？」

羅蘭將劍鞘放到一旁，它靜靜躺在一旁的木屑中。羅蘭手持開鋒的長劍，鎮靜地面對戴門。

戴門掂了掂手中的劍，此時的他做不到絲毫謹慎。

他已經充分警告過羅蘭了。

他猛然進攻，三連擊被羅蘭擋下，清脆的金屬碰撞聲傳了開來。羅蘭轉了半圈，不再背對房門，而是背對訓練場。戴門再次進攻時，羅蘭退入身後較寬敞的空間。

羅蘭繼續後退。戴門很快就發現，自己正陷入羅蘭當初打敗戈瓦爾的陷阱：他本以為這會是場直接的比試，沒想到羅蘭會如此難以掌握。羅蘭的劍招充滿挑釁意味，一擊過後沒有追擊，而是悄悄溜走。他一再挑逗，又一再後退。

戴門越打越煩躁。羅蘭劍技高超，卻沒有使出全力，伴隨腳步聲與劍刃碰撞聲，兩人幾乎從訓練場的一邊打到另一邊，木柱就近在眼前。羅蘭仍舊氣定神閒。

戴門再次進擊時，羅蘭閃身繞過木柱，背後再次是整片長形訓練場。

「我們要繼續來回跑嗎？我還以為你會稍微挑戰我的能力呢。」羅蘭說道。

戴門猛然以全身的力量與殘暴的速度揮砍而出，羅蘭除了舉劍格擋外別無選擇。戴門感受到劍刃伴隨尖響相撞，看見衝擊力傳過羅蘭的手腕與肩膀，看見羅蘭的劍幾乎脫手飛出。羅蘭終於失去平衡，腳步不穩地倒退三步。

「像這樣？」戴門說道。

羅蘭很快便恢復狀態，他又倒退一步，瞇著雙眼觀察戴門。他的姿勢與剛才有微妙的不同，多了一絲前所未見的戒備。

「我本想讓你來回跑幾趟，」戴門說。「再解決你的。」

「你在這裡練劍，不就是因為你『解決』不了我嗎。」

這回，面對戴門的攻勢，羅蘭以全身的力量迎擊。劍刃顫抖著刮過另一把劍，而後他陡然欺入戴門的守備範圍，戴門被迫愕然揮劍，一系列劈砍過後才將羅蘭格開。

「你**果然**很強。」戴門聽見自己語氣中的滿意。

羅蘭的氣息變得粗重一些，這也令戴門相當滿意。戴門繼續逼近，不給羅蘭退避或恢復的時間。羅蘭不得不用盡全力擋架，戴門狂風暴雨般的力量落在他手腕、前臂與肩膀，羅蘭每一次都必須雙手握劍才能擋下他。

不過擋架後，羅蘭又會以致命的高速回擊，敏捷靈巧的他能夠隨時轉身，隨時反攻。戴門發現自己深深投入這場比試，打得不可自拔，一時間沒有誘使羅蘭失誤的打算——等等再說吧。羅蘭的劍技令人著迷，宛如金銀絲線編織而成的謎題，複雜、精細且看似毫無破綻，勝過他反而顯得可惜。

戴門暫時退開，繞著羅蘭走了一圈，給對手喘息的時間。羅蘭的金髮開始因汗水而加深，呼吸也變得急促了，他稍微調整握劍的姿勢，動了動手腕。

「你的肩膀還行嗎？」戴門問道。

「我和我的肩膀，」羅蘭答道。「還在等一場真正的戰鬥。」

羅蘭的劍忽然向上一挑，正好接下戴門的攻擊。看見羅蘭被迫使出扎實的劍技，戴門感到頗為滿意，他繼續全力挑戰羅蘭精美的反擊，強迫對手與他記憶中的影子重疊。

羅蘭不是奧古斯，他的身材與兄長大不相同，心態與智力也危險許多，然而兩者的劍技仍有相似之處，也許是學自同一位訓練師，也許是弟弟在訓練場上模仿兄長所致。

戴門感受到自己與羅蘭之間的事實，感受到自己與羅蘭之間的一切。狡猾的劍術與羅蘭為所有人設下的陷阱太過相似，他一再撒謊、一再欺騙、一再迴避直截了當的戰鬥，利用身旁的人達成他自己的目的——利用一批奴隸，利用一村的無辜民眾。

戴門一劍掃開羅蘭的劍，自己的劍柄重重砸在羅蘭腹部，接著將羅蘭推倒在地。羅蘭摔在鋪了木屑的地上，勢道重得擠出他肺裡的所有空氣。

「在真正的戰鬥中，你贏不了我。」戴門說道。

他的劍直指羅蘭的喉結，羅蘭癱躺在地上，雙腿分開，一腿屈起。他的指尖滑入地上的木屑，胸膛在薄上衣的布料下起起伏伏，戴門的劍尖從他咽喉往下挪，對準他毫無防備的腹部。

「投降。」戴門說。

黑暗與沙土突然在他眼前爆開，戴門反射性緊閉眼，劍尖後退了關鍵的半英寸——是羅蘭甩出手臂，將一把木屑撒向他的臉。再次睜眼時，羅蘭已滾地逃生，握著劍重新站起來。

如此幼稚的招式，不該出現在男人之間的對決。戴門一面用前臂抹去木屑，一面看著劇烈喘息、臉色與方才截然不同的羅蘭。

「你是用懦夫的招式戰鬥。」戴門說道。

「我是用勝者的招式戰鬥。」羅蘭回道。

「你沒有獲勝的實力。」戴門說。

羅蘭眼中閃過異光，這唯一的警告過後，他以致命的力道斬向戴門。

戴門往旁一轉又突然轉正，劍鋒往上一挑，身體卻還是不得不退避。一瞬間，周遭萬物彷彿鍍上銀邊，他的心思凝聚成一個極度專注的點。羅蘭使出渾身解數進攻，之前優雅的對招、漫不經心的格擋全都消失無蹤，被戴門摔倒在地時，他心中的一道壁壘似乎潰堤了，此時他全心全意打鬥，不再掩飾眼中的情緒。

戴門暢快地迎接狂風驟雨，與使出精湛劍技的羅蘭對戰，開始一步步逼近、逼得羅蘭一步步倒退。

而這——這和禁止部下插手的奧古斯截然不同。羅蘭一劍劈斷一條繩索，戴門不得不向旁讓開，以免被跟著垮下的滿架盔甲砸傷。羅蘭一腳踢飛長凳，它猛然滾向戴門。剛剛散落在木屑上的盔甲成了重重障礙，影響了戴門的步法。

羅蘭窮盡一切手段，將周遭事物全用以干擾戴門，卻仍然無法占上風。

到了木柱旁，羅蘭沒有格擋，而是低頭閃過一劍，戴門威猛的橫斬劃破了空氣，重重砍在木柱上。劍刃深深咬入木柱，戴門還得暫時鬆手、閃過羅蘭的揮砍，才能將劍拔出。關鍵的數秒內，羅蘭彎腰抄起隨著長凳掉落在地的一把短刀，猛然一擲，短刀以致命的準度射向戴門咽喉。

戴門揮劍擊落飛刀，繼續進擊。他又是一劍砍落，鋼鐵相撞，兩劍相交的位置一路滑到柄腳。羅蘭肩膀一顫，戴門不留情地進逼，羅蘭的劍終於脫手。

戴門猛力將羅蘭按在木板牆上，羅蘭撞得牙齒相碰、胸中的一口氣散了開來，喉中哽著未經假飾的惱怒聲音。戴門用身軀迫近，前臂猛力壓在羅蘭喉前，自己手中的長劍拋到一邊——與此同時，羅蘭一隻手往旁探出，硬扯下掛在牆上的一把短刀，迅速刺向戴門沒有防備的側腹。

「**想得美。**」戴門說。放開劍柄的手一把抓住羅蘭手腕，重重往牆上撞了一次、兩次，直到羅蘭五指鬆開，短刀落地。

羅蘭試圖以全身的力量掙脫他的掌握，野獸般狂暴的掙扎使兩人滿身熱汗的軀體更加貼近。戴門使力撐住，奮力將自己與羅蘭的身體推向牆面，力道大得足以克制羅蘭的動作，然而羅蘭沒被壓制的手臂突然揮出，撞在戴門喉頭。戴門呼吸一滯，稍微鬆手，羅蘭把握一瞬間的機會，用盡全身的凶狠提膝猛力一擊。

黑暗在戴門眼前炸開，但戰士的本能讓他堅持了下去，他將羅蘭拖離牆板，用力甩在地上。羅蘭的身體重重砸在木屑上，一時間無法呼吸，不過他還未調整氣息便暈眩地撐起身體，目光狠毒地瞪著戴門。羅蘭的手又伸向短刀，五指握住刀柄，卻來不及了。

「**夠了**。」說話的同時，戴門的膝蓋猛力砸在羅蘭腹部，他將羅蘭撞倒在地，自己也跟著下去。他緊握住羅蘭的手腕，猛撞地板，迫使羅蘭鬆開握刀的手。他的身體在羅蘭上方弓成拱形，用體重壓制羅蘭，雙手按住羅蘭的手腕。羅蘭的身軀緊繃無比，戴門能感覺到他胸口的起伏，握住羅蘭手腕的雙手緊了緊。

發覺自己無法從戴門身下掙脫時，羅蘭發出絕望的聲響，最後才氣喘吁吁地停止動作。他劇烈喘息，雙眼充滿了怨憤與懊惱。

兩人都氣喘如牛。戴門仍能感覺到羅蘭身體的抗拒。

「還不說。」戴門說道。

「我**投降**。」字句從咬緊的牙關迸出，羅蘭的頭轉向一邊。

「我要你知道，」厚重的字句掙脫了他的唇舌。「我還是奴隸的時候，隨時都能做到這件事。」

羅蘭開口：「**給我下去。**」

戴門撐著身體離開。最先起身的是羅蘭，他扶著木柱站立，背上仍沾黏一片片木屑。

「你要我說出口嗎？說我永遠不可能贏你？」羅蘭的聲音扭曲了。「我永遠不可能贏你。」

「是，你不可能贏我，你不夠強。你來對我復仇，我就會殺了你，我們的關係本該是如此。那就是你要的嗎？」

「**對。**」羅蘭說道。「他曾是我的一切。」

字句懸掛在兩人之間。

「我知道，」羅蘭又說。「我不夠強。」

戴門說道：「你哥哥也是。」

「你錯了，他——」

「他怎樣？」

「他比我強，肯定能——」

羅蘭沒有說完，而是緊緊閉上雙眼，吐息的聲音近似笑聲。「阻止你。」說出口的同時，他似乎也聽見了這句話的可笑。

戴門拾起掉落在地的短刀，羅蘭睜眼時，戴門將刀柄放在羅蘭手心，讓他握緊。戴門將羅蘭握刀的手引導到自己小腹前，羅蘭背對木柱，兩人以熟悉的姿勢相對。

「阻止我。」戴門說道。

他看見羅蘭的神情變換，看見羅蘭的渴望與掙扎。

他說：「我知道這是什麼感覺。」

「你手無寸鐵。」羅蘭說道。

你也是。他沒有將無意義的話語說出口。戴門感受到這一刻的變化，握住羅蘭手腕的手改變了姿勢，短刀「咚」一聲落在木屑中。

他強迫自己退開，站在距羅蘭兩步的位置盯著他，粗重的呼吸不再是肢體運動所致。訓練場仍因兩人的戰鬥而一片狼藉，椅凳翻倒、盔甲部件散落一地、牆上一面旗幾乎完全被扯下。

戴門開口：「如果——」

但他無法以言語抹消過去，即使他做得到，羅蘭也不可能感謝他。於是他撿起長劍，默默離開了訓練場。

9

隔日一早，兩人還是得並肩坐在席位上。戴門在築起的高臺上就座，俯視長滿青草的橢圓形競技場，心中恨不得立刻整頓裝備進軍卡薩斯。現在是率軍南征的的時候，怎麼能悠閒地舉辦競賽？

今日，兩張王座擺在同一塊絲布棚下，布棚是為保護羅蘭少女般的肌膚而建，但這其實是多此一舉，因為羅蘭幾乎全身都由衣褲裹得密不透風。明媚的陽光照耀整片競技場、階梯狀看臺與綠草茵茵的山坡，場地準備迎接參賽者的表演與競爭。

戴門的手臂與大腿則沒有衣料遮覆，他身穿短袍，由別在肩頭的飾針固定布料。他身旁的羅蘭毫無動靜，宛如鑄造錢幣的模具。羅蘭另一側是維爾貴族的席位，凡妮絲女爵在新的女性寵奴耳邊低語，而後是桂恩與夫人蘿伊絲，以及王子衛隊隊長恩果蘭。一干貴族再過去是王子衛隊——喬德、拉札爾等人身穿藍制服，列隊肅立，星芒旗在他們上方飄盪。

而戴門右手邊是尼坎德洛斯，尼坎德洛斯另一側，則是麥卡頓的席位——座位明顯空無一人。

未到場的不只有麥卡頓一人，山坡草地上與看臺上不見麥卡頓的部下，半數士兵都不在場。昨日的怒火平息後，戴門看出在村子裡，羅蘭賭上性命也要防止的，正是此時的場面。羅蘭用肉身阻擋戴門的劍，就是為防止麥卡頓變節。

戴門心中，一個愧疚的小聲音說道，羅蘭冒生命危險換來的，不該是昨晚在訓練場那頓毆打。

尼坎德洛斯說道：「他不會來了。」

「給他一點時間。」戴門雖如此說，卻也知道尼坎德洛斯說得對，麥卡頓沒有露面的意思。

尼坎德洛斯連看也不看身旁的空位。「您的叔父只用兩百人，就滅了我們軍隊的一大半。」

「兩百人，和一條腰帶。」羅蘭說。

戴門眺望只有半滿的看臺與草地，看見找到了最佳位置的維爾人與阿奇洛斯人，看見王家看臺旁的帳篷裡，奴隸忙著準備食物，以及較遠的帳篷，侍從正幫助選手準備參賽。

戴門說道：「至少這麼一來，其他人就有機會拿下標槍冠軍了。」

他站了起來，身邊的人紛紛起立，形成向外擴散的漣漪，從看臺擴散至草地。戴門學已故的父親抬手。這些人不過是北方各軍集結而成的烏合之眾，這裡不過是臨時搭建的地方競技場，但他們是戴門的子民，而這是他以國王之名舉辦的第一場賽事。

「今天，我們要紀念先烈，維爾人與阿奇洛斯人一同戰鬥，一同展開公正的競賽。比賽，開始。」

射箭比賽發生了一些小糾紛，所有人都看得津津有味。在阿奇洛斯人驚訝的注目下，拉札爾奪得射箭冠軍，而丟長矛的結果沒有讓阿奇洛斯觀眾失望，最後是阿克提斯獲勝。維爾人對裸露雙腿的阿奇洛斯人吹口哨，自己則穿著長袖上衣，不停冒汗。看臺上，奴隸規律地為觀眾扇風，並用淺杯斟了葡萄酒，除羅蘭以外的所有人都喝了一杯又一杯。

名叫萊多斯的阿奇洛斯人在三叉戟競賽中拔得頭籌，喬德則在長劍的比武中獲勝。年輕的帕拉斯在短劍比試中奪冠，接著贏得長矛對戰的冠軍後，他再次上場，準備在摔角競賽中拿下三連冠。

帕拉斯遵循阿奇洛斯的傳統，全身赤裸地上場，這名英俊的年輕人擁有健壯的戰士體魄。他的對手——伊隆——是來自阿奇洛斯南部的年輕人。一旁的僕人端來油盅，兩人將油捧出後塗滿全身，然後將手臂掛在對手的肩膀上。裁判一聲令下，兩人開始互相推拉。

在觀眾的歡呼聲中，兩人奮力扭打，想辦法抓住對方塗滿油的身體。最後，帕拉斯將氣喘如牛的伊隆按倒在草地上，觀眾連連喝采。

凱旋而歸的帕拉斯踏上高臺，沾了油的頭髮有些凌亂。觀眾滿心期待地靜了下來，這是阿奇洛斯人深愛的習俗。

帕拉斯在戴門面前下跪，三場勝利給了他這份殊榮，他得以容光煥發地跪在王面前。

「各位爵士、各位女爵，」帕拉斯說道。「我懇求與陛下一戰的殊榮。」

觀眾讚許地歡呼。帕拉斯是今日賽事中的新星，所有人也都盼望一睹國王戰鬥的手采。阿奇洛斯人多見慣了大大小小的格鬥賽，在場許多人打從心底渴望這樣的戰鬥：勝者中的勝者，挑戰王國的常勝冠軍。

戴門自王座起身，單手解開肩頭的飾針，短袍滑落的同時觀眾歡聲雷動。僕從撿起落地的短袍，戴門則走下高臺，進入競技場。

到了草地上，他從僕人手裡的油盅掬起油，抹上自己赤裸的身體。他對帕拉斯一點頭，看得出對方既興奮又緊張，心情近乎欣喜若狂。戴門將手搭上帕拉斯的肩膀，也感覺到帕拉斯的手搭上他的肩。

那是場值得享受的對戰，作為對手，帕拉斯相當可敬，能與經過精密訓練的身體角力，戴門感到十分愉快。兩人扭打了將近兩分鐘，這時戴門用手臂緊鎖帕拉斯的脖頸，壓制住他，用身體吸收每一次推擠、每一次掙扎，直到帕拉斯因用力過度而變得僵硬、開始顫抖，最後力氣用盡。戴門贏了。

戴門心滿意足地站直，讓僕役刮去他身上的油並替他擦拭身體。他回到高臺上，張開雙臂，讓僕人再次為他裹上短袍、別上飾針。

「這場打得好過癮。」他一面說，一面在羅蘭身旁的王座上就座。

他揮手示意下人奉酒。「怎麼了？」

「沒事。」羅蘭說。他移開視線，看著僕役為接下來的矛術演武清理場地。

「接下來會是什麼比賽呢？今天的活動，」凡妮絲說道。「還真是無奇不有啊。」

競技場上，僕役一一架起矛術演武的標靶，靶與靶之間相隔特定的距離。尼坎德洛斯霍然起身。

「我去檢查接下來比賽用的矛。」尼坎德洛斯說。「如果您能和我一同前去，那就是我莫大的榮幸。」

這句話是對戴門說的。在矛術演武前仔細檢查器具，是戴門從小到大的習慣，戴門也想到自己身為國王，應該在活動之間的時間巡視帳篷、檢視競賽用的武器、向侍從與正在整裝的競爭對手打聲招呼。

他也站了起來。走向帳篷的路上，兩人聊起過去的競賽——目前為止，戴門還是矛術演武場上的常勝軍，但尼坎德洛斯也不遑多讓，他特別擅長在馬匹轉身時丟擲長矛。戴門越聊越興奮，能再次上場競賽真好。他拉開帳幔，踏了進去。

帳中沒有別人，戴門轉身，赫然發現尼坎德洛斯朝他大步逼近。

「什——」

一隻手粗暴地緊扣住他的上臂，戴門驚訝地任由尼坎德洛斯抓住他，一刻也沒想過兒時玩伴可能會傷害自己。他讓尼坎德洛斯將他往後推，讓尼坎德洛斯抓住他肩頭的布料，用力一扯。

「尼坎德洛斯——」

戴門困惑地盯著尼坎德洛斯，短袍掛在腰間，尼坎德洛斯則同樣盯著他看。

尼坎德洛斯開口：「你的背。」

戴門紅了臉。尼坎德洛斯盯著戴門的神情，彷彿非得近距離看清楚，他才肯相信自己的眼睛。真相敗露得令人震驚，戴門早該知道……他早就知道背上有疤痕，知道傷疤從肩胛之間延伸到腰部，也知道傷口癒合得很好，疤痕沒有緊繃糾結，就連進行最艱辛的劍術操練也不會痛，這都要歸功於帕司查那些味道濃重的藥膏。但戴門不曾在鏡中看過自己的背部。

現在，尼坎德洛斯的眼眸成了他的鏡子，戴門清楚看見對方臉上毫無掩飾的震驚。尼坎德洛斯拉著他轉身，雙手平貼在戴門背上，手掌撫了過去，彷彿用觸覺證實雙眼不敢相信的事實。

「是誰把你弄成這樣的？」

「是我。」羅蘭說道。

戴門轉過身來。

羅蘭站在帳篷入口處，站姿優雅從容，慵懶的藍眸將所有注意力放在尼坎德洛斯身上。

羅蘭又說：「我本來想殺了他的，但我叔父不許我下殺手。」

尼坎德洛斯踉蹌地前進一步，然而戴門一手搭上他的手臂，阻止了他。尼坎德洛斯的手握住劍柄，憤慨的雙瞳緊盯著羅蘭。

羅蘭接著說：「他還含了我的肉棒。」

尼坎德洛斯說道：「大人，請准許我和維爾王子一對一決鬥，洗刷他對你的侮辱。」

「我不准。」戴門答道。

「你瞧，」羅蘭說。「他肯原諒我鞭打他這件小事，我也能原諒他殺死我哥哥這件小事。這就是我們的同盟情誼。」

「你剝了他背上的皮。」

「不是我親自下手，我只是在部下動手時旁觀罷了。」

說話時，羅蘭垂著長長的睫毛。尼坎德洛斯努力壓抑胸中的盛怒，似乎隨時會吐出來。

「你抽了他幾鞭？五十鞭？一百鞭？他很有可能被你活活打死啊！」

羅蘭應道：「對，那就是我的打算。」

「夠了。」戴門一面說，一面拉住再次踏上前的尼坎德洛斯，接著說道：「你先出去。出去。尼坎德洛斯，我叫你**出去**。」

再怎麼憤怒，尼坎德洛斯也不會違背君王直接的命令，他受過的訓練在腦中根深蒂固。

戴門站在羅蘭面前，一手捏著短袍大部分的布料。

「你刺激他做什麼？不要逼他叛變。」

「他不會叛變的，他是你最忠心的僕人。」

「所以你要挑戰他的極限？」

「難道我該告訴他，我不享受鞭打你的過程？」羅蘭問道。「但是我非常享受，特別是到最後，你理智崩潰的時候。」

戴門與羅蘭單獨站在帳內。自從兩軍結盟，兩人獨處的次數少得屈指可數，一次是戴門得知羅蘭未死，在羅蘭的營帳中相見，一次是在夜裡的瑪拉斯郊外，一次是在室內，鬥劍之時。

戴門說：「你來這做什麼？」

「我是來找你的，」羅蘭說道。「尼坎德洛斯拖得太久了。」

「你不必親自來，可以派人傳訊就好。」

那之後短暫的沉默中，羅蘭的視線不由自主地橫移。戴門感到古怪的悚然，這才發現羅蘭盯著他身後一面鏡子，以及鏡中的一道道傷疤。兩人對上了視線。羅蘭的心思極少被人讀懂，但此時，一個眼神出賣了他，兩人都心知肚明。

戴門感受到剛硬的痛楚。「在欣賞自己的傑作嗎？」

「你該回看臺了。」

「你先走，我穿上衣服再回去。還是你想靠近一點，幫我插上飾針？」

「你自己插。」羅蘭說道。

兩人歸位時，矛術演武的場地幾乎大致準備就緒。戴門與羅蘭默不作聲地一同坐下。觀眾嗜血的情緒到達沸騰的境界，人人滿心期待接下來的危險，以及選手傷殘的可能性。兩塊標靶中的第二塊被釘上支柱，僕人給出信號，示意場地的準備已經結束。在夏陽的烘烤下，眾人的期待宛若嗡嗡鳴叫的蟲蠅，而場地西南側人聲漸噪。

麥卡頓身披戰甲、攜帶武器乘馬入場，一隊菁英戰士隨之而來，引起觀眾的騷動。尼坎德洛斯幾乎起身，他的三名護衛分別按著各自的劍柄。

麥卡頓在看臺前勒馬掉頭，直接面對戴門。

戴門說道：「你錯過標槍比賽了。」

「有人假冒我的名義，毀了一座村莊。」麥卡頓說道。「我要一次報復的機會。」

麥卡頓擁有將帥的渾厚嗓音，此時他確保在場所有觀眾都聽得見，話音迴盪在看臺與競技場上。

「我手下有八千人，可以為您討伐卡薩斯，但我們拒絕在懦夫或沒有戰功的新領袖手下作戰。」

麥卡頓望向矛術演武場地，視線又轉向羅蘭。

「如果維爾王子參加矛術演武，」麥卡頓說。「我就宣誓效忠。」

戴門聽見四周眾人的反應。乍看之下，維爾王子的體能不敵戴門，他平時甚少踏進訓練場，阿奇洛斯人從沒看過他戰鬥或操練，他今日也未下場參賽。從競賽開始，羅蘭除了如現在這般優雅、閒適地高坐王座之外，沒有任何表現。

「維爾人沒有受過矛術演武的訓練。」戴門說道。

「在阿奇洛斯，矛術演武又叫作君王的競技。」麥卡頓說。「我們的國王也會參賽，難道維爾王子沒有與他競爭的勇氣？」

拒絕雖然丟人，但接受挑戰後在競技場上獻醜，肯定更加丟人。麥卡頓的眼眸告訴戴門，這就是他要的：只要能讓羅蘭當眾出醜，他就願意回歸戴門的陣營。

戴門靜靜等待羅蘭迴避閃躲，尋找能從困境脫身的言辭。旗幟被風吹得獵獵作響，看臺上人人噤若寒蟬。

「有何不可？」羅蘭答道。

戴門乘馬面朝競技場，握緊韁繩讓坐騎安分地站在起跑線。馬兒興奮又焦躁地挪動身子，等不及在號角聲中開始比賽。與戴門相隔一匹馬的騎士，是頂著一頭燦爛金髮的羅蘭。羅蘭的矛頭是藍色，戴門是紅色，至於其餘三名參賽者，已經奪得三連勝的帕拉斯是綠色，在丟長矛比賽中拔得頭籌的阿克提斯是白色，萊多斯則是黑色。

矛術演武是丟擲長矛的競技演出，選手會在馬背上擲出自己的矛。又稱「君王的競技」的矛術演武，考驗到選手的準頭、體能與馬術——選手必須乘馬在兩塊標靶間「8」字形奔馳，同時丟擲長矛。接著，他們得冒著被馬蹄踐踏的危險，俯身撿拾地上新的長矛，毫不停歇地繼續「8」字形繞圈，直到繞完八圈。除了盡量用自己的矛命中紅心外，選手還必須閃避其他選手擲出的長矛。

然而，矛術演武真正的挑戰是，若你不慎失手，對手可能不幸身亡，若你的對手失手，你面對的將是死亡。

戴門昔時經常參加矛術演武，但外行人無論丟擲長矛的技術多麼高超，都不可能隨意上馬參賽。戴門也是在師長的教導下乘馬訓練了數月，才獲准上場。

他知道羅蘭擅長騎術，他曾親眼看見羅蘭乘馬奔馳在地面崎嶇的郊外，看過他在戰鬥中一面精準殺敵，一面在飛躍的同時掉轉馬頭。

羅蘭也會丟長矛——至少，他應該略懂一二。維爾人作戰時不習慣用長矛，不過他們會在獵山豬時使用長矛，羅蘭多半有乘馬丟矛的經驗。

但面對矛術演武的考驗，再精湛的騎術、再優秀的擲矛能力都沒有意義。在矛術演武中死去的男人不計其數，也有人落馬、有人遭受永久性傷害，有的人被矛刺傷，有的人則是落馬後遭馬蹄踩傷。戴門從眼角望向帕司查與其他候在一旁的醫師，他們隨時準備縫補選手的傷。今日，兩國君主同場競技，醫師可能在一瞬間失去一切——所有人都可能在一瞬間失去一切。

戴門不可能在競賽中幫助羅蘭，在兩支軍隊的注目下，他必須贏得勝利，捍衛自己的地位。另外三名阿奇洛斯選手自然沒有顧慮，他們想必只想在君王的競技中勝過維爾王子。

羅蘭舉起第一把矛，面色平靜地面對賽場，他評估場地的目光透出一絲精明，使他顯得與眾不同。對羅蘭而言，肢體運動不能仰賴直覺。戴門這才想到，羅蘭也許從不能享受這份樂趣，在他重新塑造自己之前，身為孩童的羅蘭向來文弱。

沒時間多想了，選手將輪番上場，而抽到第一支籤的正是羅蘭。號角聲響起，觀眾大噪，在那一瞬間，羅蘭單獨騎馬奔過草地，看臺上每一雙眼睛都注視著他。

眾人很快便發現，若麥卡頓的目標是證實維爾人技不如人，那他今日只能敗興而歸。羅蘭騎術精湛，纖細且比例優美的身軀毫不費力地與坐騎達到完美協調，第一支藍矛飛射而出，命中紅心。眾人齊聲尖叫。第二聲號角響起，帕拉斯跟著策馬飛奔，跟著羅蘭開始繞圈。第三聲號角，戴門雙腿一夾，坐騎邁步疾馳。

由於兩國王室同場競爭，觀眾對矛術演武的反應熱烈得不可思議，吶喊聲激動非常。戴門從眼角瞥見藍矛的弧線（羅蘭第二次命中紅心），以及綠矛（帕拉斯也命中了靶心）。阿克提斯的矛稍微偏離靶心，萊多斯的矛則丟得不夠遠，直接插在草地上，迫使帕拉斯的坐騎閃身繞過。

戴門熟練地避開帕拉斯，目光片刻不離競技場。他不必看自己的紅矛，也知道全都命中了靶心，而參加矛術演武多年的經驗告訴他，他必須時時注意的是場上的其他選手。

到了第一輪結束時，角逐勝利的是哪三人，立刻一目瞭然：羅蘭、戴門與帕拉斯每丟必中，習慣在平地丟擲長矛的阿克提斯不擅長馭馬，萊多斯的騎術也不如那三人。

戴門騎至賽道一端，俯身抄起第二組長矛時完全沒有放慢速度。他迅速瞥了羅蘭一眼，只見羅蘭策馬奔至萊多斯身前，擲出藍矛，絲毫不理會萊多斯的矛，黑矛以半英尺的距離與羅蘭擦身而過。羅蘭應對矛術演武的致命危機的方式，就是假裝它根本不存在。

又一根矛命中紅心，戴門感受到觀眾激昂的情緒隨每一把擲出的長矛而更上一層樓。鮮少有選手能騎完一場完美的矛術演武，三位選手在同一場競賽中做到這件事，更是前所未見，然而戴門、羅蘭與帕拉斯目前都仍未失手。戴門聽見左方一聲悶響，是阿克提斯的長矛命中目標。剩最後三輪。兩輪。一輪。

競賽場地宛如不停飛奔而過的馬蹄河流，長矛不時飛射而出，馬蹄時時激起塵土。隨著競賽的喜悅與觀眾的情緒漸漸高漲，五人策馬進入最後一輪，雷鳴般的馬蹄聲不絕於耳。戴門、羅蘭與帕拉斯表現得旗鼓相當，在那短暫的時刻，競賽似乎達到完美的平衡，彷彿他們都是同一個體不同的部分。

那不過是計算上的失誤，任誰都有可能出錯——阿克提斯太早擲出長矛，戴門看見矛杆飛離阿克提斯的手，看見它在空中的軌跡，看見它伴隨令人不安的「咚」一聲命中。然而矛頭命中的不是標靶，而是支撐標靶的木杆。

五名騎手在場上飛速奔馳，無法輕易停步。萊多斯與帕拉斯接連擲出長矛，兩人都丟得筆直，本該被擊中的標靶卻因木杆斷裂而搖來晃去，脫離了原位。

萊多斯的矛劃破空氣，飛過標靶原本的位置，即將擊中場地另一側的帕拉斯或騎在他身旁的羅蘭。

然而戴門除了呼喊一聲，任一陣風捲走他的警告之外，實在別無他法，因為飛射而來的第二把矛——帕拉斯的矛——正對準了他。

戴門不能躲閃，他不清楚其他幾名騎士的位置，若貿然閃避，長矛也許會傷到其他人。直覺搶在思維之前控制住身體。帕拉斯的矛筆直飛向戴門的胸膛，戴門硬生生接住了矛杆，手指緊握，整條手臂與肩膀被猛然向後扯。他用身體吸收了長矛的勢道，大腿猛然夾緊，以免自己落馬。他瞥見萊多斯一閃而過的震驚神情，聽見觀眾的吶喊，但他幾乎沒將心思放在自己或自己的動作上，而是全心全意注意射往羅蘭的另一根長矛。他的心臟彷彿哽在喉頭。

場地另一側，帕拉斯驚得動彈不得。在那電光火石的頃刻間，他只有兩個選擇：閃躲，並承擔自己的怯弱導致一國王子死亡的風險，或者不閃不避，用咽喉接下迎面飛來的矛。他的命運與羅蘭相繫，而且他沒有戴門那扭轉命運的能力。

羅蘭也明白。他和戴門同樣早早發現了異狀，看見支架倒塌，也預測了接下來發生的事。在先見之明贈予他的短短數秒，羅蘭毫不遲疑地展開行動，放開了韁繩——在戴門的注目下，長矛朝他筆直飛去——他縱身一躍，卻不是為了閃避，而是跳向射來的矛。羅蘭從自己的馬背撲向帕拉斯，拖著後者往左歪。帕拉斯驚駭地在馬背上搖晃，但羅蘭用身體將他緊壓在馬鞍上，只見長矛與兩人擦身飛過，如激射而出的標槍般插在草地上。

觀眾的反應幾近瘋狂。

羅蘭對此聽而不聞，他彎腰取走帕拉斯的最後一把矛，讓帕拉斯的坐騎持續奔馳——然後，隨著觀眾的呼喊聲到達高潮，他手一揚，長矛破空飛去，直直命中最後一塊標靶的中心。

羅蘭以一支矛領先戴門與帕拉斯完成矛術演武，他勒馬轉了一小圈，對上戴門的視線，金色眉毛揚了起來，彷彿在說：「嗯？」

戴門露齒一笑，舉起之前接下的矛，遠遠朝場地另一頭的標靶擲了出去——長矛飛越全場，插入標靶，顫抖著插在羅蘭的矛旁。

全場歡聲雷動。

事後，兩人為彼此戴上桂冠，由激動不已的觀眾抬上高臺，沐浴在眾人的喝采聲中。戴門低頭，讓羅蘭親手將桂冠放上他頭頂，羅蘭也取下頭頂的金環，接受月桂葉編織的冠飾。

眾人暢飲酒水，新生的同志情誼同樣令人迷醉，一不小心便會因而喪失理智。每當戴門看向羅蘭，他胸中便會萌生一股暖意，他也因此盡量避免朝羅蘭的方向望去。

下午漸漸步入傍晚，眾人回到城堡內，準備在小杯小杯的阿奇洛斯葡萄酒與西塔拉琴輕柔的樂音下，結束這一日的慶典。士兵之間脆弱的交情逐漸穩固扎根，眼見本該在一開始建立的情誼開始成長，戴門對明日的遠征有了希望——真正的希望。

慶典與賽事十分成功，這之中至少存有意義。到了明日，兩軍將團結一致地出征，即使兩方之間存在嫌隙也無人知曉，畢竟他與羅蘭都擅長對彼此間的芥蒂視而不見。

羅蘭靠坐在一張躺椅上，彷彿一生下來便屬於那張座椅，而戴門則坐在他身邊。剛點燃的燭火照亮了四周人們的表情，薄暮使得大廳其餘角落悄悄褪色，化為昏暗模糊的美麗。

昏暗中，麥卡頓走了上前。

隨侍麥卡頓的人相當少，只有兩名繫著刻痕腰帶的士兵與一名奴隸。他筆直穿過廳堂，在羅蘭面前止步。

廳內所有人靜了下來。麥卡頓與羅蘭面對彼此，任沉默繼續延長。

「你的心思和蛇一樣。」麥卡頓說道。

「你的心思和老公牛一樣。」羅蘭應道。

兩人盯著對方。

漫長的片刻過後，麥卡頓對奴隸一揮手，奴隸端著一壺阿奇洛斯酒與兩只淺杯上前。

「我和你喝一杯。」麥卡頓說。

麥卡頓的神情沒有變，像是一面堅不可摧的牆，開啟了一扇門。驚愕的漣漪擴散至大廳各個角落，所有人的目光聚焦在羅蘭身上。

戴門明白，麥卡頓想必是硬生生嚥下了自尊，才有辦法對一位年紀不到自己一半的嬌弱王子示好。

羅蘭瞟了眼奴隸倒入淺杯的葡萄酒，戴門百分之百確信，若杯中的液體真是葡萄酒，羅蘭絕不會答應。

戴門暗暗咬牙，準備看羅蘭拋卻努力積累的好感，使阿奇洛斯東道主顏面掃地，並令麥卡頓永遠離開這座大廳。

羅蘭舉起面前的酒杯，一飲而盡，再放回桌上。

麥卡頓讚許地緩緩點頭，舉起自己的酒杯，喝得底朝天。

然後，他說：「再一杯。」

事後，矮几上擺滿了凌亂的酒杯，麥卡頓湊到羅蘭身旁，堅持要他試試麥卡頓家鄉產的「葛利瓦酒」。羅蘭一口喝下後表示那味道像餿水，麥卡頓則說道：「哈哈，是啊！」事後，麥卡頓說了自己初次參加體育競賽的故事，說起在矛術演武中得勝的伊法吉尼，眾屬臣聽得悠然神往，眾人又乾了一杯。事後，羅蘭將三只空酒杯疊在一起，麥卡頓的酒杯卻垮了下來，引起哄堂大笑。

事後，麥卡頓靠上前，一本正經地建議戴門：「你真的不該用那麼不友善的眼光看維爾人，他們挺會喝酒的。」

事後，麥卡頓搭著羅蘭的肩膀，說起在家鄉狩獵的種種，傳說中的獅子已不再出沒了，不過那裡還是有不少配得上君王的野獸。狩獵的回憶又延續了數杯，激起更濃烈的同志情誼，待麥卡頓一拍羅蘭的肩膀以示告別，眾人已經開始對獅子敬酒了。麥卡頓起身離開，準備就寢，一干腳步不穩的屬臣也隨之離去。

羅蘭雖瞳孔放大、面頰微紅，卻一直維持端正的坐姿，直到屬臣全數離去。戴門將手臂掛上自己的椅背，默默等待。

漫長的片刻過去後，羅蘭開口：「你不幫忙，我可站不起來了。」

戴門沒想到羅蘭會將全身重量壓在他身上，但掛在他脖子上那條溫熱的手臂就是如此沉重。擁在懷中的觸感令他一時間無法呼吸，他伸手扶穩羅蘭的腰，心臟變得古怪非常。甜蜜的禁忌，使戴門心口發疼。

戴門說道：「我和王子要回去休息了。」他揮開在一旁等候的奴隸。

「是這邊。」羅蘭說。「吧。」

大廳杯盤狼藉，餘下數位賓客、酒杯與空無一人的躺椅散在各處。他們行經埃隆的菲洛特斯，只見他癱倒在一張躺椅上，像在自家似地枕著手臂沉眠，發出陣陣鼾聲。

「今天是你第一次在矛術演武中落敗嗎？」

「技術上來說，我們平手。」戴門回道。

「技術上來說。我就說我的騎術不錯，我和奧古斯以前在夏思提隆賽馬的時候，每次都是我贏，等到九歲我才發現是他一直放水。我還以為是我的小馬跑得快呢。你怎麼在笑。」

戴門的確露出了微笑。他們站在一條走廊上，左方敞開的拱窗透入一汪汪月光清泉。

「我是不是太多話了？我的酒量真的很差。」

「看得出來。」

「是我自己害的，誰叫我從不喝酒。我早該知道，對付這種人就需要酒量，我早該想辦法……練練酒量……」他說得一本正經。

「你的腦子是這樣運作的嗎？」戴門說道。「還有，你說你從不喝酒又是什麼意思？少騙人了，我第一次見到你那晚，你也喝醉了。」

「那是例外，」羅蘭說。「那晚是例外。兩瓶半。我還得逼自己灌下去，本以為喝醉了會比較容易的。」

「什麼會比較容易？」戴門問道。

「什麼『什麼』？」羅蘭回答。「你啊。」

戴門全身汗毛直豎。羅蘭這句話說得很輕，彷彿陳述再明顯不過的事實，那雙藍眸仍舊迷濛，手臂仍掛在戴門肩頭。兩人在半明半暗的廊道停下腳步，注視著彼此。

「我的阿奇洛斯性奴，」羅蘭說。「和殺死我哥哥的男人同名的阿奇洛斯性奴。」

戴門痛苦地吸入一口氣。「快到了。」他說。

兩人穿過一系列廊道，行經高聳的拱門與窗戶，朝北的窗戶都裝了維爾樣式的格子鐵窗。酒宴過後，兩名年輕男人搖搖晃晃地走在迴廊上，並非稀奇的景象——即使兩人是尊貴的王子——在這轉瞬即逝的時光，戴門能假裝兩人是名符其實的兄弟、盟友。朋友。

守在門口的衛兵顯然受過良好的訓練，看見互相攙扶的王室成員也不以為意。兩人穿過房間外門，進入最內的臥房，房內擺著阿奇洛斯風格的臥榻，底部是經過雕刻的大理石。簡單的床鋪從底部到彎曲的靠枕，全都暴露在夜晚的空氣中。

「誰都不許進來。」戴門對守衛下令。

這句話的意味，他再明白不過——戴門諾斯摟著年輕男子入房，命所有人離開——但他不予理會。若伊山達爾好奇不近人情的維爾王子為何拒絕了他的服務，又突然發現令人訝異的原因，那就算了吧。極注重隱私的羅蘭，不會希望奴僕看見他醉酒的醜態。

待羅蘭醒轉，頭痛欲裂的他會將這份不適轉化為毒舌的燃料，到時戴門只能默默同情遭遇羅蘭的可憐人。

至於戴門呢，他打算推羅蘭一把，讓羅蘭自己跌跌撞撞地前進四步，躺到床上。戴門移開羅蘭掛在他肩膀上的手臂，從羅蘭身邊抽身。羅蘭憑自己的力量前進一步，眨著眼睛一手搭上自己的外衣。

「服侍我。」他想也不想地說。

「為什麼？為了過去的情懷？」戴門說道。

他不該說出這句話的。他踏上前，開始解開羅蘭外衣的繫帶，細繩穿過布料上的圓孔時，戴門觸碰到羅蘭肋骨的圓弧。

外衣卡在羅蘭的手腕，戴門費了一番功夫才脫下，羅蘭的襯衣也在過程中皺褶。戴門停下動作，雙手仍在外衣內。

襯衣細緻的布料下，帕司查幫羅蘭包紮了肩膀，固定住傷口也讓他能夠使力。看到羅蘭的肩膀，戴門心中一痛——若在清醒時，羅蘭絕不可能拋卻隱私，讓他看見自己的傷。戴門想到前一晚粗暴的打鬥，以及今日耗費肩臂力量擲出的十六根長矛。

戴門後退一步，說道：「這下你可以告訴別人，就連阿奇洛斯國王也伺候過你。」

「我本來就能這麼說。」

點了油燈的臥房盈滿暖光，照亮了房內簡單的布置擺設：矮椅、牆邊的小桌，以及桌上一碗新鮮水果。只穿著白襯衣的羅蘭宛如與平時不同的存在，兩人相互凝視。羅蘭身後，燈光凝聚在床上，燈油在錚亮淺碟中燃燒，火光灑落床上柔軟的枕頭，以及經過雕刻的大理石床架。

「我想你。」羅蘭說道。「好懷念我們以前的談話。」

不行了。戴門仍清楚記得自己被綁上鞭刑柱，打至半死，清醒時的羅蘭與他劃清了界線，此時他很清楚自己踩在那條線的彼方，兩人都是。

「你醉了，」戴門說。「這不是你平時的樣子。」他又說：「我該把你帶上床才對。」

「那就，上床啊。」羅蘭說道。

戴門憑堅決的意志扶羅蘭到床邊，將羅蘭半推、半放倒在床上，動作與扶醉酒的朋友回營帳的士兵沒兩樣。

羅蘭躺在戴門放倒他的位置，襯衣半開、金髮凌亂，臉上不見任何壁壘。他屈起的膝蓋歪向一旁，身體熟睡似地緩慢呼吸，絲薄的襯衣貼著肌膚，隨呼吸起伏。

「你不喜歡這樣的我？」

「你真的……不是平時的自己。」

「不是嗎？」

「不是。等酒醒了，你一定會殺了我。」

「我曾經試著殺你，但就是做不到。都是你，每次都把我的計畫攪得一團亂。」

戴門找到水壺，倒了些水到淺杯中，放在羅蘭床邊的矮几上。接著，他取出水果碗裡的水果，將碗放在床邊的地上。羅蘭若是醉酒的軍人，這時候就只能使用空頭盔了。

「羅蘭，睡吧。等到明天再來懲罰我們兩個，或是忘了這件事。或是假裝你忘了。」

戴門熟練地完成上述動作，不過在倒水前，卻一時喘不過氣。他用雙手抵著桌面，撐起身體的重量，輕喘片刻。他將羅蘭的外衣掛在椅背上，關上窗板以免刺眼的朝陽侵入室內，然後他走向房門，離開前轉身望了床鋪一眼。

羅蘭在散亂的思緒陪伴下墜入夢鄉，口中喃喃唸道：「好的，叔父。」

10

戴門的臉上帶著一抹笑容。他躺在床上，一條手臂垂在額前，被單僅蓋在下半身。在清晨的薄光中，他已經清醒了一個鐘頭。

昨夜發生的種種，在羅蘭房裡閃爍的火光與無人打擾的靜謐之下，顯得十分複雜。然而在今早，一切豁然開朗，化為令人雀躍的單一事實。

羅蘭想他。

想到此事，戴門心中浮現禁忌的喜悅。他回憶起羅蘭躺在床上，凝視著他說：**都是你，每次都把我的計畫攪得一團亂。**舉行晨會時，羅蘭肯定會怒火中燒。

「你今天心情不錯啊。」戴門走進大廳時，尼坎德洛斯說道。戴門拍拍他的肩膀，在長桌前坐下。

「我們準備攻占卡薩斯。」戴門說。

他麾下所有的屬臣都召集於此，舉行會議。這將是他們首次進攻阿奇洛斯境內的要塞，聯軍必迅速取得決定性的勝利。

戴門命人端來他慣用的沙盤，盤上畫有凹深的線條，戰略一目瞭然，眾人不必擠在一起研究地圖上的墨跡。斯特拉頓與菲洛特斯一同到場，調整短裙後就座，麥卡頓與恩果蘭則已然在場，凡妮絲入座時也以類似的動作調整裙襬。

羅蘭走入大廳時，優雅中帶著鋒芒，像是忍受頭痛的花豹。看來，眾人在他身邊必須非常、非常小心。

「早。」戴門說。

「早。」羅蘭說。

回覆是在極其細微的停頓後才出口，花豹也許此生首次感到不知所措。羅蘭在戴門身邊那張王座般的橡木椅坐下，視線小心翼翼地停留在自己面前的空間。

「羅蘭！」麥卡頓熱情地打招呼。「謝謝您邀請我，我很樂意在這次遠征結束後和您去亞奎塔狩獵。」他友好地拍拍羅蘭的肩膀。

羅蘭重複道：「我邀請你。」

戴門不禁好奇，羅蘭此生是否從未被人拍過肩膀。

「我今早派了信使回老家，叫他們準備一些獵岩羚羊用的輕矛。」

「你要和維爾人同獵？」菲洛特斯問道。

「你才喝一杯葛利瓦就睡死了。」麥卡頓說著，又拍了拍羅蘭的肩。「這傢伙喝了六杯！你能懷疑他的意志力嗎？他打獵時手臂肯定不會抖。」

「該不會是你舅父的葛利瓦酒吧。」有人驚恐地說。

「我們兩個漢子一起出獵，山上肯定一頭岩羚羊也不會剩。」又拍了下肩膀。「我們這就去卡薩斯，在戰鬥中證明自己的能耐。」

此番話激起了軍人的同志情誼，然而平時與軍人保持距離、未曾體驗過同志情誼的羅蘭，似乎手足無措。

目睹這一幕，戴門幾乎不願走向擺在桌上的沙盤。

「希錫安的門尼亞多斯派傳令官來和我們談判，同時卻進攻我們的村莊，意圖挑撥離間，分裂我們的勢力。」戴門一面說，一面在沙中畫一條標記。「我方也派了信使去卡薩斯，讓他選擇要戰還是降。」

此事在矛術演武前便已完成。卡薩斯是典型的阿奇洛斯堡壘，為抵禦敵軍而設計，通往堡壘的途徑設有一系列傳統樣式的瞭望塔。戴門有得勝的自信。隨著瞭望塔一座座淪陷，卡薩斯將漸漸失去守備力——這是阿奇洛斯堡壘的優點，同時也是缺點，不是將所有資源集中在單獨一面牆內，而是將資源分散在要塞周圍。

「你派人把計畫告訴敵人？」羅蘭說道。

「這是阿奇洛斯人的傳統。」彷彿對資質欠佳的小輩解釋事理，麥卡頓溫言道。「如果能光榮地打下勝仗，就能在其他諸侯心中留下好印象，他們也會在列王之廳支持我們。」

「原來如此，多謝說明。」羅蘭說。

「我們從北方進攻，」戴門說道。「打擊這裡，還有這裡。」他在沙盤上標記位置。

「在進攻堡壘前，先控制前方幾座瞭望塔。」

此次行動的戰略相當直接，會議很快便進展至尾聲，過程中羅蘭甚少發言。維爾方對阿奇洛斯軍事調動的疑問全數來自凡妮絲，在場的阿奇洛斯將帥也為她充分解惑。接獲行軍命令後，眾人紛紛起立，準備出征。

麥卡頓正對羅蘭介紹鐵茶的功效，見羅蘭以修長的手指按摩太陽穴，麥卡頓一面起身一面說：「您該讓奴隸幫您泡一杯茶的。」

「幫我泡茶。」羅蘭說道。

戴門站了起來，然後停下動作。

羅蘭全身靜止，戴門則尷尬地站在原處，怎麼也想不到能解釋這個動作的藉口。

他抬起頭，目光與盯著他的尼坎德洛斯相對。尼坎德洛斯與一小群人站在會議桌一側，其餘人已離開大廳，只有尼坎德洛斯看見與聽見方才的對話。戴門不知所措地站在桌前。

「會議結束，」尼坎德洛斯對身邊的人宣布，音量大得有些不自然。「陛下準備出發了。」

廳內眾人盡數離去，只剩戴門與羅蘭兩人，沙盤擺在兩人之間，沙粒描繪出通往卡薩斯的征途。羅蘭藍眸中的些許酸澀，與之前的會議毫無關聯。

「昨晚什麼事都沒有發生。」戴門說道。

「有發生什麼事。」羅蘭說。

「你喝醉了，」戴門說。「所以我帶你回你房間，你還要求我服侍你。」

「還有呢？」羅蘭說道。

「我服侍了你。」戴門答道。

「**還有呢？**」羅蘭追問道。

戴門本以為自己面對宿醉的羅蘭，會十分享受戲弄他的過程，然而羅蘭臉上漸漸浮現與宿醉無關的噁心。

「別那麼激動行不行？你醉到連自己的名字都不記得了，更不知道旁邊的人是誰，也當然不知道自己在幹什麼。你真以為我會趁機對你出手？」

羅蘭不停盯著他。「不。」他彆扭地說，彷彿現在才將所有心思用來思索這個問題，意識到自己心中的答案。「我不認為你會做那種事。」

他仍然面色蒼白、全身緊繃。戴門默默等待。

「我有沒有，」羅蘭開口，花了很長一段時間才擠出字句。「說什麼。」

羅蘭身體僵硬，像是隨時準備逃跑，湛藍眼瞳對上戴門的視線。

「你說你想我。」戴門說道。

羅蘭猛然面頰潮紅，突然的血色令人驚愕。

「原來如此。謝謝你——」他看著羅蘭淺嚐語句的邊緣。「——推拒我。」

沉寂中，戴門聽見門外傳來與他們無關的人聲，無關他與他，也無關那一刻近乎疼痛的真誠。兩人彷彿又回到了羅蘭的臥房，站在他的床邊。

「我也想你。」他說道。「我嫉妒伊山達爾。」

「伊山達爾是奴隸。」

「我也曾是奴隸。」

疼痛的瞬間，羅蘭太過清澄的眼眸直視著他。

「戴門諾斯，你不曾是奴隸。你和我一樣，天生是君王的命。」

戴門來到了城堡中較舊的居住區。

此處較為安靜，阿奇洛斯軍隊的人聲顯得朦朧而遙遠，一切聲響都因厚重的石牆而靜了下來。在石牆的重重包圍下，戴門身邊只剩建築物本身，剝除了掛幔與格窗的瑪拉斯堡骨骼暴露在眼前。

城堡十分美麗，他看見維爾人在它身上留下的優美，看見它曾經的輝煌，看見它未來的可能性。對戴門而言，這就是永別——他不會再回到此處，即使以鄰國君王的身分來此作客，瑪拉斯堡也不會是今日的模樣，而會是交還給維爾人之後，經維爾人之手修復後的模樣。阿奇洛斯付出汗水與鮮血攻下的瑪拉斯，將被他輕易送還給維爾。

真是古怪的想法。曾經象徵阿奇洛斯之勝的瑪拉斯，如今卻成了他心境變化的象徵——現在的他，以與過去迥異的雙眼觀看世界。

戴門走至一扇老舊的門前，停下腳步。儘管沒有必要，門前仍有一名士兵守著，戴門揮手示意他離開。

房間相當舒適、照明充足，爐火燒得正旺，房內還有一系列家具，包括阿奇洛斯樣式的躺椅、鋪有軟墊的木箱，以及火爐前一張矮几，桌上擺著遊戲棋子。

來自村莊的女孩面色蒼白地坐著，對面則是身穿灰色長裙的女人，兩人之間的桌上擺著孩子玩遊戲用的錢幣，金屬硬幣在火光下閃耀。戴門入內時，女孩手忙腳亂地爬起身，錢幣伴隨著叮咚聲落地。

女人也站了起來。戴門上次遇見她時，她手持半截矛杆，欲圖阻止戴門接近稻草床。

「妳們的村子……我發誓，我一定會找到幕後主使者，讓那個人付出代價，我不騙妳們。」戴門用維爾語說道。「兩位歡迎在這裡住下來，以後瑪拉斯會回歸維爾，妳們又能和維爾同胞待在一起了。這是我對妳們的承諾。」

女人說：「他們把你的身分告訴我們了。」

「那妳就該明白，我有能力、有權力實現諾言。」

「你以為只要給我們——」女人不再說下去。

她站在女孩身旁，兩人形成一堵面無血色的抵抗之牆，戴門只覺自己與她們格格不入。

「你走開。」女孩對房裡的寂靜說道。「你嚇到珍妮沃特了。」

戴門又看向珍妮沃特。女人全身顫抖，但那並不是恐懼的緣故，而是因為深深的憤怒。

她對戴門、對他在房中的存在怒不可遏。

「妳們的村子不該遭受攻擊的，那不公平。」戴門對她說。「世界上不存在公平的戰鬥，一定有一方強過另一方。但我發誓，我一定會幫妳們制裁犯人。」

「如果阿奇洛斯人沒來過德爾芙就好了。」女孩說道。「如果有人比你們強就好了。」說罷，她轉身背對戴門，在一國之君面前，女孩做出了勇敢的行為。接著，她從地上撿起掉落的錢幣。

「珍妮沃特，不要怕，」女孩又說。「我教妳一招很厲害的魔術。妳看我的手。」

戴門感到皮膚微麻，他見過那招魔術，在女孩身上認出了熟悉得令人心痛的沉著自信，認出了她效仿某人做出的動作。女孩握住掌中的錢幣，將拳頭向前平舉。

戴門知道先前來過的人是誰，坐在這裡教她變魔術的人是誰。他看過這個把戲。儘管八歲女孩的動作有些笨拙，她仍然將錢幣塞進了衣袖，再次攤開手掌時，手中已空無一物。

聯軍聚集在瑪拉斯堡前向外鋪展的草地上，軍隊的各個分部——先遣騎兵、傳令官、運送物資的馬車、牲畜、軍醫，與包括凡妮絲、桂恩、蘿伊絲等人在內的貴族——一應俱全。戰鬥開始時，貴族將在別處紮營，在士兵奮戰的同時舒適地休息。

放眼望去盡是星芒與金獅，高舉的旗幟多到比起軍隊，他們更像艦隊。戴門坐在馬上俯瞰草原上的景色，準備在排頭就位。

他看見同樣騎著馬的羅蘭直挺挺地坐在鞍上，一身盔甲擦得雪亮，雙眼帶有屬於指揮者的冷淡，乍看下宛如一支頂著金穗、眉頭緊鎖的麥桿。若羅蘭因昨晚的葛利瓦酒而頭疼，也許稍後上戰場殺敵洩憤也不錯。

戴門拉回視線，發現尼坎德洛斯注視著他。

相比今早，尼坎德洛斯的神情變了，那不只是因為他目睹戴門在羅蘭的吩咐下起身。戴門拉住韁繩。

「你聽了奴隸的閒話。」

「你在維爾王子房裡過了一夜。」

「我在他房裡待了十分鐘，你要是覺得我十分鐘就能完事，也太小看我了。」

尼坎德洛斯的坐騎仍擋在他面前。

「在那座村子裡，麥卡頓被他玩弄在股掌之間，你也被他徹底玩弄了。」

「尼坎德洛斯——」

「不，戴門諾斯，你聽我說，我們之所以朝阿奇洛斯進軍，是因為維爾王子決定在你的國家進行他的戰爭。會因為這場戰爭而受傷的是阿奇洛斯，等到戰鬥結束，阿奇洛斯精疲力盡的時候，就會有人接管這個國家的統治權，你一定要成為那個人。維爾王子太會指揮別人，太會為自己的目的操弄人心了，你不能讓他得到阿奇洛斯。」

「所以，你又是來警告我別和他上床的？」

「不是，」尼坎德洛斯說道。「我知道你會和他上床。我想告訴你，他讓你上他的時候，你一定要仔細想想他的目的。」

尼坎德洛斯說罷便策馬離去，戴門只得驅馬騎到羅蘭身旁，兩人並肩就定位。羅蘭挺直背脊坐在馬背上，滿身閃閃發亮的鎧甲，今早那名躊躇不決的青年已消失無蹤，只留下堅毅不搖的一張側臉。

號角聲響起，喇叭聲奏起，平原上聲勢浩大的聯軍開始行進，藍與紅兩位敵手終於並肩出征。

瞭望塔空無一人。

斥候騎著滿身大汗的馬匹直奔回來，大聲喊出令人不安的消息。戴門扯著嗓子大聲回應，在軍隊的喧囂中，所有人都必須大喊，才能將話語送入他人耳裡。車輪滾動、馬蹄陣陣、金屬鎧甲的碰撞聲、大地的隆隆聲、震耳欲聾的號角聲，拼湊成軍隊行進的吵雜樂曲。

隊伍從山丘頂延伸至天際，一隊隊士兵排列成界線分明的方陣，移過平原與丘陵。戴門的軍隊蓄勢待發，準備進攻卡薩斯的一座座瞭望塔。

然而瞭望塔空無一人。

「這是陷阱。」尼坎德洛斯說道。

戴門命一小支隊伍離開主力軍隊，攻占第一座瞭望塔。他從坡頂看著小隊乘馬小跑步接近塔樓，下馬後舉起木製攻城槌，硬生生撞破塔門。天邊的瞭望塔形狀古怪，內部毫無動靜，本該駐紮軍隊的石造建築杳無人煙。與被大自然收回的廢墟或遺跡不同，空空蕩蕩的塔樓與四周格格不入，透漏著情勢的古怪。

戴門看著小如蟲蟻的部下進入毫無抵抗的瞭望塔，接下來數分鐘是詭譎的寂靜，沒有任何事情發生。然後，部下走出塔樓，翻身上馬，小跑回來稟報敵情。

瞭望塔中沒有陷阱，沒有設下任何防禦，地板不會突然破裂、害人摔斷腿，沒有人準備熱油，沒有躲藏在角落的弓兵，沒有手持刀劍，準備從門後跳出來砍殺敵人的士兵。塔樓就是空無一人。

第二座瞭望塔同樣無人，第三座也是，第四座也是。

戴門的目光掃過堡壘本身，掃過城牆底部厚實的石灰岩、上方以泥磚疊成的壁壘，事實逐漸清晰。只有兩層樓高的瞭望塔是為弓箭手而建，塔頂是一片片屋瓦，然而供弓箭手放箭的狹窗毫無動靜、塔內漆黑一片。沒有旗幟，沒有聲響。

戴門說道：「這不是陷阱。他們撤退了。」

「如果他們真的撤退了，那就是為了逃離什麼東西，」尼坎德洛斯說。「某個讓他們嚇得半死的東西。」

戴門凝望建於山坡上的堡壘，又回眸掃視向後延伸的軍隊——一英里的紅與閃亮、危險的藍。

「我們。」他說。

一行人行經鋸齒狀的岩石，順著陡峭的小丘來到堡壘前，接著毫不受阻地穿過敞開的前院大門。大門本身是四座矮塔，寧靜的死胡同居高臨下俯視眾人，矮塔是為朝敵軍縱射箭雨、困住接近大門的軍隊而建。戴門的部下舉起攻城槌，將堡壘本體的大門撞破時，矮塔仍無動靜。

進了大門，堡壘更是寂靜得不自然，石柱矗立的前廳空無一人，簡潔優雅的水池沒有流水。戴門看見一個翻倒的籃子在大理石地上滾動，一隻過瘦的貓從牆邊一閃而過。

他不會大意，也警告部下小心陷阱，這裡的存糧也許被人動過手腳，井水也許下了毒。

眾人系統性地朝堡內移動，穿過空空蕩蕩的公共區域，進入私人居住區域。

在此，撤退的跡象更為明顯，家具凌亂無章、私人物品被匆匆取走，一面受主人喜愛的掛幔被從牆上取下，另一面則繼續掛在原位。戴門能想像居民離開居住空間時的混亂——焦急的軍事會議，以及逃亡的決議。無論下令襲擊村莊的是誰，那人的計畫終究失敗了，戴門不僅沒有與手下戰將反目成仇，反而使聯軍形成強大而和諧的單一勢力，將他的威名傳遍整片鄉村。

「這邊！」有人喊道。

堡壘最內，他們找到一扇從內部堵住的門。

戴門示意部下保持警戒，這是目前為止唯一的抵抗跡象，也是他們第一次遭遇危險。二十多名士兵聚在門前，戴門點頭後，士兵們展開了行動，抬起攻城槌，將木門撞得粉碎。

那是間寬敞、明亮的日光室，華美的擺設未經搬動，基部刻有漩渦樣式的雅緻躺椅，以及一張張青銅小桌，全都完整無缺。

然後，戴門看見在空無一人的卡薩斯堡，等待他的事物。

她靠坐在躺椅上，身旁是七名侍候她的女性——兩名奴隸、一名年邁的女僕，其餘四人則出身高貴，她們都是她家中的女人。房門破開時，她僅僅揚起眉毛，彷彿不過是目睹了有失禮節的行為。

她沒能在分娩前抵達特利普穆，而策畫襲擊村莊的行動，想必是為了阻止戴門或拖緩他，計畫失敗時，她被其餘人遺棄於此。她太早開始分娩了，從她雙眼下的淺黑看來，想必是不久前才生產完。這也多半是她被拋下的因素之一，剛生產的她還太過虛弱，無法隨其餘人逃亡，只有服侍她的七名女性願意留下來陪伴她。

看見如此多人伴在她身邊，戴門感到相當驚訝，也許她威脅了她們——妳不願意留下，就只有死路一條。不，她不必威脅下人，也能贏得她們的忠誠。

燦金鬈髮掛在她肩頭，長睫毛依舊美豔，頸項與石柱同樣優雅。儘管面色有些蒼白、額頭多了新的細紋，她典雅的高額頭與五官仍舊完美，皺紋不過是花瓶表面畫龍點睛的末道漆。

她依然美若天仙，然而在她身上，「美」成了一個人最先注意到，接著又刻意棄之不顧的特質，因為這是她最不危險的特質。她的危險在於那精於算計的頭腦，那雙冷淡睿智的藍眸。

「好久不見啊，戴門。」優卡絲特說道。

戴門逼自己直視她，逼自己想起她的全部——戴門被鎖鏈束縛時，她臉上的笑容，她穿著涼鞋、緩緩走來的雙腳，輕撫在他瘀青的臉上的纖纖素指。

然後，他轉向一名低階士兵，將不合自己身分、已然失去意義的小工作指派給士兵。

「把她帶走。」戴門說。「這座堡壘是我們的了。」

11

戴門仍站在女人的日光室，看著房中明亮、雅麗的擺設，以及那張刻著簡單的圖紋、現已無人使用的躺椅。這裡的窗戶面朝通往堡壘的道路，能遙望第一座瞭望塔。

她想必在日光室裡看著戴門的軍隊一路行進，越過遠方的山坡後一步步逼近堡壘。她想必看著自己的同伴帶食物、馬車與士兵逃亡，直到道上再無人影，直到寂靜降臨，直到第二支軍隊從遠方行來，靜靜地走近。

尼坎德洛斯走到戴門身邊。「我們把優卡絲特關進東翼一間牢裡了，你還有什麼吩咐嗎？」

「把她的衣服扒光，送去維爾當性奴？」戴門沒有離開窗前。

尼坎德洛斯說道：「這不是你真正要的吧。」

「對，」他回道。「我要她更慘。」

說話的同時，戴門依然注視著天邊。他知道自己不可能讓任何人非禮她，但他還清楚記得她踩著奴隸澡堂的大理石地板朝他走來，還清楚記得在她的命令下被毀的村莊，以及被她陷害的麥卡頓。

「誰都不准和她交談，誰都不准進她的牢房。不要虧待她，但也不要讓她掌控我們的人。」戴門已經不傻了，他深知優卡絲特的能力。「挑你最忠心、最優秀的部下守住她的牢門，而且一定要選對女人沒興趣的人。」

「我會派帕拉斯和萊多斯去看守她。」尼坎德洛斯點頭領命，轉身離去。

對戰爭熟悉非常的戴門，十分清楚接下來的程序，不過看見自己派至瞭望塔的士兵響起警示，整座堡壘的警示系統喧然響起——內塔的號角聲，己方士兵的呼喊聲，士兵們在城牆上就位，或湧到前門擔任門衛——他還是感到一股肅殺的快意。時間正好。門尼亞多斯逃了，戴門不僅占領了他的堡壘，還捕獲手握政治力量的優卡絲特。戴門與聯軍即將南下。

攝政王的特使團，來到了卡薩斯。

自己在維爾人眼中是何樣形象，戴門再清楚不過：他儼然是享受暴虐作風的野蠻人。他沒有費心思改變傳令官的想法，坦蕩地身穿盔甲高坐在王座上，裸露大腿與手臂精實的肌肉。他看著攝政王的傳令官踏進大廳。

羅蘭坐在他身旁的王座上。戴門讓攝政王的傳令官看見自己與羅蘭——阿奇洛斯與維爾王族並肩坐著，兩旁是身穿戰甲、染上戰場血腥的阿奇洛斯士兵。戴門讓他將地方要塞未經矯飾的石砌廳堂收入眼底，看清士兵們手中的長矛，看見阿奇洛斯的王儲屠手身穿與部下無異的簡便皮革裝束，與維爾王子一同坐在臺上。

戴門也讓他清楚看見羅蘭，看見兩國君王的合盟。滿是阿奇洛斯人的大廳中，只有羅蘭一個維爾人，戴門相當喜歡——他喜歡和羅蘭坐在一起，讓攝政王的傳令官知道羅蘭有阿奇洛斯的支持。阿奇洛斯的戴門諾斯回歸了他熟悉的領域——戰場——與羅蘭王子同在。

攝政王的傳令官攜另外六人到來，他符合禮俗地帶了四名護衛，以及兩位維爾顯貴。他們緊張地穿過廳堂，經過全副武裝的阿奇洛斯士兵，但他們仍然倨傲不屈，走至雙王座前時沒有下跪。傳令官在臺前的階梯停下腳步，高傲地對上戴門的視線。

戴門將全身重量放上王座，舒適地靠坐在座椅上，觀看這一幕。若在伊奧斯，他父親的士兵必然會抓住傳令官的手臂，將他強行壓下、額頭貼地，甚至一腳按在他頭上。

戴門手指微抬，以細微的動作阻止部下出手。攝政王上一回派傳令官前來的景象，至今仍歷歷在目——忙碌的城堡中庭，羅蘭面色蒼白地乘馬趕回，隨即掉轉馬頭面對叔父的傳令官。戴門還記得傳令官的高傲、他的言語，以及掛在馬鞍旁的粗麻布袋。這回又是同一名傳令官，戴門認得他顏色較深的髮色與膚色、那對粗眉毛與維爾外衣上的繡紋。四名護衛與兩位官員在他身後止步。

「本王接受維爾攝政王在查爾希的投降。」戴門說道。

傳令官紅了臉。「我捎來維爾國王的信息。」

「維爾國王就在本王身旁，」戴門說。「本王可不認同他叔父的自作主張。」

傳令官被迫將戴門的話語當作耳邊風，轉頭對羅蘭說話。

「維爾的羅蘭，你叔父願意對你伸出友誼之手，給你一次恢復名譽的機會。」

「他這次沒送首級過來了嗎？」羅蘭說道。

羅蘭說得雲淡風輕，他優閒地坐在王座上，一條腿向前直伸，一隻手腕優雅地掛在木製扶手上，權力與情勢的轉變清晰明瞭。他不再是在邊疆單打獨鬥的小姪兒，而是坐擁軍隊與土地、不容任何人小覷的新勢力。

「你叔父寬宏大量，儘管議會要求處死你，你叔父也堅決留你一條生路。他不願聽信謠言，不願相信你背叛了自己的人民，他想給你一次證明自己清白的機會。」

「證明自己清白。」羅蘭重複道。

「一場公平的審判。來伊奧斯，在議會面前為自己辯護吧。如果議會判定你是無辜的，那屬於你的一切都將歸還給你。」

「屬於我的一切。」羅蘭再次重複傳令官的話語。

「殿下。」其中一位官員開口說道。戴門這才認出羅蘭派系的下等貴族，艾絲提恩。艾絲提恩至少懂得脫帽行禮。「您叔父公平對待了所有支持您的人，他只希望您回來。我向您保證，這場審判只是安撫議會用的形式，」他捧著自己的帽子，熱切地說。「即使發生了一些……言行失檢的小事，您只需表現出悔改的意願，他必定會包容您的。他和您的支持者都明白，伊奧斯傳得沸沸揚揚的流言不可能……不可能是真話。您肯定沒有背叛維爾。」

羅蘭只凝視艾絲提恩片刻，視線又回到傳令官身上。「『屬於我的一切都將歸還給我』？他是這麼說的？把他的話一字不漏說給我聽。」

「如果你來伊奧斯接受審判，」傳令官說道。「那屬於你的一切都將歸還給你。」

「如果我拒絕？」

「如果你拒絕，就會被處死。」傳令官說道。「你會作為叛國者被當眾處死，曝屍在城門，讓所有人看見你的死狀。你的屍首不會被掩埋，不會葬在你父親和兄長的墓邊。你的名字將從家族名冊刪去，維爾不會記得你，你擁有的一切都將消失。這是國王對你的承諾，也是我帶給你的信息。」

羅蘭不發一語，保持與個性不符的沉默。戴門看見細微的徵象——雙肩的緊繃、下顎肌肉的滑動——他將自己目光的重量移向傳令官。

「騎回去告訴你的攝政王，」戴門說道。「等羅蘭當上維爾國王，屬於他的一切自然會歸還給他，他叔父虛偽的承諾對我們毫無吸引力。我們是阿奇洛斯與維爾的君王，我們不會放棄自己的身分地位，還會率領聯軍去伊奧斯和他對質。他面對的是維爾與阿奇洛斯聯合的勢力，最後他必定會落敗。」

「殿下，」艾絲提恩焦急地緊抓帽子。「求求您了，您千萬不能和這個阿奇洛斯人結盟，他做了不可饒恕的事，在外臭名昭彰！伊奧斯關於他的傳聞，比殿下您的傳聞還要不堪入耳。」

「他們說了什麼關於我的傳聞？」戴門輕蔑地問道。

答話者是傳令官，他以傳遍廳堂各個角落的聲音，道出阿奇洛斯語。

「你是弒父者，你殺了親生父親——阿奇洛斯的希歐米狄斯王。」

大廳陷入混亂，憤怒的阿奇洛斯語此起彼落，旁觀者從矮凳上一躍而起時，戴門注視著傳令官，沉聲說：「來人，把他趕出去。」

他撐著王座的扶手霍然起身，走向一面窗。窗戶太小、玻璃太厚，他只看見中庭的模糊色塊。在他的命令下，廳內眾人已然離去，他身後只剩空空蕩蕩的廳堂。戴門試圖控制呼吸，默默告訴自己：剛剛那些阿奇洛斯同胞的叫喊是出於激憤，沒有任何人相信他會——

他的頭一陣陣發疼，面對卡斯托的狡計，他再怎麼憤怒也束手無策。卡斯托竟敢害死他們的父親，而後用他的毒手污染真相，逍遙法外——

這份不公哽在戴門喉頭，彷彿是撕毀兄弟情義的最後一件真相，彷彿在此之前，他心中一直存有說服卡斯托痛改前非的希望。然而，到了這個地步，兩人之間的兄弟之愛再無挽救的可能，卡斯托讓他淪為階下囚、淪為奴隸，如今竟誣衊他，將他描繪成弒父的凶手。戴門感受到攝政王笑吟吟地出手干預，似乎能聽見他和善、明理的聲音。他想像攝政王的謊言蔓延、生根，伊奧斯的人民將他視為弒父者，父親之死遭到褻瀆、被用來抨擊他。

自己的臣民不信任他，朋友一一背棄他，生命中最珍貴、美好的事物，化為傷害他的武器——

戴門轉身。羅蘭獨自佇立廳堂之中。

雙眼與心眼所見的景象突然交疊，戴門看見真正的羅蘭、孤立無援的羅蘭。攝政王也是用相同的方法對付羅蘭，一步步削減他的支持者，令臣民與他反目。戴門想起自己在雅雷斯勸羅蘭接受攝政王的好意，只覺當初的自己與艾絲提恩同樣天真愚蠢。攝政王的折磨，羅蘭已經默默承受多年。

戴門開口，語調平穩地說：「他以為這就能激怒我，但他失敗了。我不會因為憤怒就急著行動，我會一一奪回阿奇洛斯各省，最後進軍伊奧斯，讓他為自己的行為付出代價。」

羅蘭繼續注視著他，打量著他。

「你該不會想接受他的提案吧。」戴門說道。

見羅蘭沒有立即回應，戴門又說：「羅蘭，你不能去伊奧斯，他們不可能真的審判你，你去了只有死路一條。」

「他們會審判我，」羅蘭說道。「他要的就是這個。他想證明我不配當國王，讓議會擁立他為王，最後正大光明地統治維爾。」

「可是——」

「他們會審判我。」羅蘭的聲音沒有顫抖。「他會找來一批證人，每個人都信誓旦旦地指控我叛國。逃避責任、荒淫無度的羅蘭，不僅將國家賣給了阿奇洛斯，還為阿奇洛斯的王儲屠手張開雙腿。等到我名聲掃地，他們便會將我押到廣場上，斬首示眾。我不可能接受他的提案。」

戴門隔著兩人之間的空間凝視他，首次意識到，審判也許對羅蘭頗有吸引力，他內心深處想必存有為自己討回清白的欲望。但羅蘭說得沒錯，審判就等同死刑，那不過是羞辱他、了結他的一齣戲，由攝政王為大眾精心準備、令臣民對攝政王死心塌地的戲碼。

「那你在想什麼？」

「事情有詐。」羅蘭說道。

「這是什麼意思？」

「我叔父不可能伸出手，就只是為了讓我拍開。他派傳令官來此，必有別的理由。」羅蘭的下一句話，百般不情願地脫口而出：「他做事總是有別的理由。」

門口傳來聲響，戴門轉身看見身著制服的帕拉斯。

「大人，」帕拉斯說道。「優卡絲特女爵說她想見您。」

他父親病危時，優卡絲特與卡斯托一直暗通款曲。

盯著帕拉斯時，戴門腦中只浮現此一念頭，他的脈搏仍因卡斯托的指控與背叛而紊亂。

他父親的身體隨每一次呼吸而變得虛弱，此事他從未對她提過，從未對任何人提過，他無法忍受，他做不到。但有時，離開父親的病榻後，他會默默向她、向她的身體尋求慰藉。

戴門知道自己瀕臨失控，恨不得親手從她嘴裡扯出真相。**妳幹了什麼好事？妳和卡斯托制定了什麼計畫？**他明白，她與羅蘭同樣善於尋找弱點、再殘忍地利用，這種狀態下的自己彷彿對她門戶洞開。戴門轉向羅蘭，語調平板地說：「你去。」

羅蘭凝視他良久，彷彿在他臉上尋找某種神情，最後默默點頭，轉身朝牢房走去。

五分鐘過去了。十分鐘。戴門咒罵一聲，從窗邊推開身體，做了他知道自己不該做的事。他走出大廳，沿著老舊的石梯走入地牢，在最後一扇門的格柵前，他聽見門板另一側傳出的話聲，於是他停下腳步。

卡薩斯的地牢窄小又潮溼，希錫安封臣門尼亞多斯多半從未想過自己會將政治犯囚禁在牢中。戴門感覺到氣溫下降，位於堡壘地下的石室較地面陰涼許多。穿過第一道門時，守衛立刻立正行禮，戴門緊接著穿過一條鋪著凹凸不平的石磚的走廊。第二道門上嵌有一塊細密的格柵，他能透過鐵柵的縫隙望向牢房內部。

戴門看見她靠坐在雕刻華麗的椅子上，牢房也相當乾淨整潔，原本在日光室的掛幔與軟枕都在戴門的命令下被搬了下來。

羅蘭站在她面前。

戴門駐足不前，藏身在牢門格柵外的暗處。兩人共處一室的畫面，令戴門胃部翻騰。他聽見冷淡、熟悉的嗓音。

「他不會來的。」羅蘭說道。

優卡絲特打扮得宛若高高在上的女王，高高挽起的金髮以一枝珍珠髮夾固定在頭頂，閃亮的金色鬈髮如同王冠，捲落她纖長、優雅的頸項。她坐在矮躺椅上的姿勢，讓戴門聯想到高坐王位的父親——希歐米狄斯王。她簡單的白袍以飾針固定在雙肩，最外層則是一條繡了紋樣的絲布披巾，她能披戴屬於王室的朱紅色，想必是經過某人的特許。拱形金眉下，是一雙菘藍色眼眸。

她與羅蘭的相似處——髮色、瞳色、智力、理性，以及注視對方時的淡然——十分驚人，同時也令戴門感到不安。

她以字正腔圓的維爾語回應道：「戴門諾斯派他的小床奴來找我了啊。金髮、藍眼，像個處女般裹得這麼緊，這就是他喜歡的類型。」

羅蘭說：「妳知道我是誰。」

「今日的王子。」優卡絲特答道。

一陣沉默。

戴門必須上前，必須讓他們看見他，必須阻止兩人的對話。他看著羅蘭倚牆而立，姿態從容。

羅蘭說道：「妳若想問我有沒有和他上床，那答案是有。」

「你我都十分清楚，你不是和他上床，而是抬高雙腿躺在床上。他不可能一夕間改變喜好的。」

優卡絲特的聲音與姿態同樣高雅，彷彿自己與羅蘭的言語皆無法妨礙她禮貌的表象。優卡絲特接著說：「問題是，你有多享受？」

戴門發現自己一手按著格柵旁的木板，全心全意傾聽羅蘭的回答，甚至稍微調整站姿，試圖一窺羅蘭的表情。

「原來如此，要來分享各自的經驗是吧？想知道我最喜歡什麼姿勢嗎？」

「應該和我差不多吧。」

「受人禁制？」羅蘭說。

這回，輪到優卡絲特沉默，她利用這段時間審視羅蘭的五官，彷彿鑑賞著高品質的絲綢。她與羅蘭都顯得從容不迫，只有戴門的心怦怦狂跳。

優卡絲特說道：「你莫非想問我，和他上床是什麼感覺？」

戴門沒有動彈，沒有呼吸。他瞭解優卡絲特，瞭解她的危險，優卡絲特繼續觀察羅蘭的臉時，戴門感覺自己被定在了原處。

「維爾的羅蘭，我聽說你性冷感，聽說你將所有的追求者拒之千里，從沒有男人能扒開你的雙腿。你一定以為他會很粗暴吧，也許你心中有一部分希望他對你粗暴一些——但是你我都知道，戴門不是那樣做愛的。他是慢慢攻陷你的身體，吻你吻到你自己都想要了。」

羅蘭說道：「妳儘管說，別在意我。」

「你讓他脫去你的衣服，讓他撫摸你的身軀。人們說你痛恨阿奇洛斯人，你卻讓一個阿奇洛斯人爬上你的床。你沒想到被他觸碰會是那種感覺，你沒想過被他的重量壓著是什麼感覺，被他愛撫、被他渴望是什麼感覺。」

「妳漏了最後的部分，我享受到讓自己忘記他做過的一切。」

「我的天，」優卡絲特說道。「那是實話呢。」

又是短暫的沉默。

「他是不是讓人著迷？」優卡絲特又說。「他天生是君王命，不是備用的繼承人，不像你身為後備人選。他光是呼吸就能左右別人的生命，他走進一間房間，就能瞬間成為那裡的領袖，人們愛他，就如人們曾經愛你的王兄。」

「我死了的王兄。」羅蘭幫她補充道。「那麼接下來，妳想聊聊我為殺兄仇人張開雙腿的事嗎？妳高興的話，歡迎再描述一遍。」

羅蘭說出這番話時，戴門看不見他的臉。羅蘭說得若無其事，倚靠牢房石牆的身姿也依然優雅。

優卡絲特說道：「與你相比，他更像個國王。和這種人一同出征，你不會不自在嗎？」

「我要是妳，就不會讓卡斯托聽到自己稱他為國王。」

「還是你就是喜歡這一點？戴門站在你永遠無法觸及的高度，他有自信、有堅定的信念，這些都是你恨不得擁有的特質。他將這一切集中在你身上時，你覺得翻天覆地也不是難事。」

羅蘭說道：「看來我們真要坦誠相對了。」

這次的沉默與方才不同，優卡絲特定定凝視著羅蘭。

「門尼亞多斯不會離開卡斯托，也不會投奔戴門諾斯。」優卡絲特說道。

「為何？」羅蘭說。

「因為門尼亞多斯逃離卡薩斯時，我鼓勵他直接回去找卡斯托，卡斯托一定會因為他將我丟棄在此而殺了他。」

戴門忽然全身發涼。

優卡絲特又道：「寒暄都結束了。那麼，我手上握有關鍵的情報，你將寬恕我，換取我所知的情報。我們將進行一系列談判，待雙方達成互利的協議，我會回到伊奧斯，回到卡斯托身邊。畢竟，」優卡絲特說。「戴門諾斯派你過來，就是為了這個。」

羅蘭似乎也在觀察她，說話時，他的語氣沒有絲毫急切。

「錯，他派我來此，是為了讓妳知道妳一點也不重要。妳將被羈押於此，直到他回伊奧斯登基，屆時妳將以叛國罪問斬。他再也不會來見妳了。」

羅蘭推開石牆。

「但還是多謝了，」羅蘭說道。「門尼亞多斯的情報對我們相當有幫助。」

他幾乎走至門邊，優卡絲特才再次開口。

「你沒問起我兒子的事呢。」

羅蘭停下腳步。轉身。

優卡絲特的躺椅宛若王座，她恍若大理石柱上雕刻的女王，莊嚴地對臣民發號施令。

「他來得早了。我生了好一段時間，從夜間到早晨，最後終於將孩子生了出來。收到報告，得知戴門的軍隊朝堡壘逼近時，我深深望著他的眼睛。為了確保他安全無虞，我不得不將他送走。拆散人家母子，是非常殘忍的行為呢。」

「是嗎，就這樣？」羅蘭說道。「幾句譏諷，然後試圖用母子的溫情打動我？我本以為妳會是我的對手呢。妳當真認為維爾王子會為私生子的兒子動惻隱之心？」

「你是該動惻隱之心沒錯，」優卡絲特說。「他可是一國之王的孩子。」

一國之王的孩子。

戴門感到天旋地轉，地板似乎在他腳下滾動。話與出口時，優卡絲特貌似若無其事，與之前說話的口吻無異，然而這句話改變了一切。那可能是——那是——

他的孩子。

一切漸漸明瞭：孩子來得如此早；她在生產前深入阿奇洛斯北境，來到不會有人注意到孩子誕生日期有異的地方；還在伊奧斯時，她竭力隱瞞懷孕初期的徵兆，瞞了戴門，也瞞了卡斯托。

羅蘭震驚得血色頓失，像被打了一拳般盯著優卡絲特。

即使透過自己驚訝萬分的雙眼望去，羅蘭的驚駭也顯得太過誇張，戴門看不懂，他不懂羅蘭眼中的神情，也不懂優卡絲特的眼神。然後，羅蘭開口，以令人毛骨悚然的語調說道：

「妳把戴門諾斯的兒子送到了我叔父手裡。」

她說：「你瞧，我當得了你的對手，我不會讓你們把我一輩子關在牢裡。你會將此事告知戴門，你會告訴他在我要見他的時候來見我——你會發現，這回，他不會再派小床奴來了。」

12

奇怪的是，戴門腦中只想得到自己的父親。

他坐在自己房裡的床緣，手肘靠著雙膝，掌底用力抵著雙眼。

他真正意識到的最後一件事，是羅蘭轉身，隔著格柵看見他。戴門退離了羅蘭，一步，兩步，接著轉身趺趺撞撞地奔上樓回到臥房，一路上神智恍惚。那之後，就沒有任何人打擾他了。

他需要在寂靜中獨處，單獨思索，但他無法理性思考，腦中的鼓聲太過吵雜，胸中的情緒太過紊亂。

他也許有了兒子，然而他腦中卻只想得到自己的父親。

彷彿有一層保護膜被硬生生撕下，他不讓自己感受的所有感情、原本用保護膜層層裹住的情緒，全都暴露在破口處。他已經無法力挽狂瀾，只剩下家人被奪走的赤裸痛楚。

在伊奧斯的最後一日，他跪在父親面前，父親的手掌沉沉放在他頭頂。當時的戴門太過天真、太過愚昧，沒能發現父親的病症其實是毒殺，獸脂與薰香的濃厚氣味與父親艱苦的呼吸聲混融。說話時，他父親氣若游絲，過往低沉有力的嗓音已不見蹤影。

「你告訴醫師，我一定會痊癒。」他父親說道。「我想親眼看見兒子登上王位後所有的成就。」

戴門此生只有父親，沒有母親，父親一向是他的理想、他的偶像、他的標準，是他竭力表現、努力取悅的對像。父親死後，他一直不允許自己感受任何情緒，心中只剩必然回歸、必然歸鄉、必然奪回王位的堅決。

此時，他彷彿又回到父親面前，感受到父親的手撫過他的頭髮，感受到此後不會再有的父愛。他一直想讓父親為他驕傲，但是到最後，他還是失敗了。

門口傳來某種聲響。戴門抬頭，看見羅蘭。

他微微顫抖著吸入一口氣，只見羅蘭入內後帶上房門，這也是他必須面對的難題。戴門試圖定下心來。

羅蘭說道：「不，我不是來——」他說：「我來了。僅此而已。」

戴門忽然意識到，房間已在不知不覺中暗了下來，夜幕降臨，卻無人入內點燈。他應該在房裡待了好幾個小時——有人阻擋了本該入內的僕役，有人將所有人拒之門外，他的將帥、他的貴族、所有有事找國王商討的人，全都被拒之在外。是羅蘭，是羅蘭替他守住了臥房的寧靜，而他的部下畏懼這位冷冽、怪異的異國王子，聽從了羅蘭的命令，沒有進房打擾他。為此，他感到愚蠢卻又真摯的感激。

戴門看著羅蘭，試著將自己的感激說出口，不過在這種狀態下，他必須花一些時間才能找回嗓音。

他還未出聲，便感覺到羅蘭的指尖落在他後頸，令人驚訝的觸碰激起了混亂與困惑，身體的反應卻十分直白：他靠了上前。熟悉的動作出自羅蘭，似乎有些彆扭、有些甜蜜，在他身上極其罕見的動作，因明顯缺乏經驗而有些僵硬。

戴門不記得自己成年後曾否被攬入任何人的懷抱，若有，他也不記得了。也許他不曾需要他人的懷抱，但也許從阿奇洛斯的鐘聲響起時，他就一直需要這份溫暖，卻一直不允許自己向別人提出要求。緊靠著羅蘭的身體，他閉上了雙眼。

時間過去了，他漸漸注意到強壯而緩慢的脈搏、纖細的身軀、懷中的溫暖——是與方才不同的美好。

「我好意勸慰你，你這是在占我的便宜。」羅蘭在他耳邊呢喃。

戴門稍微退開，卻沒有完全離開羅蘭，羅蘭似乎也沒想到他會有此一舉。被褥滑動，羅蘭在他身旁坐下，彷彿兩人幾乎肩碰肩同坐床緣，是再正常不過的畫面。

戴門讓唇角捲起若有似無的笑容。「你不拿一條俗豔的維爾帕巾給我擦眼淚嗎？」

「我看你的衣服和手帕差不多大小，用衣服擦就行了。」

「你可憐的眼睛，看到這麼多人的手腕和腳踝，一定受不了吧。」

「還有手臂和大腿，全身上下沒有一個部位看不見。」

「我父親死了。」

簡短的語句，帶有終結的意味。他的父親葬在阿奇洛斯，在寂靜的殿堂與石柱下，再也不會受生命最後的痛苦與迷惘所苦。戴門抬頭注視著羅蘭。

「你當他好戰，把他看成巴不得挑起戰爭、喜歡暴虐殺人的國王，你認為他編了毫無信服力的藉口入侵你的國家，只為搶你們的土地，為阿奇洛斯帶來榮耀。」

「不。」羅蘭說道。「我們不必現在說這些。」

「你當他是野蠻人，」戴門接著說。「心中只有粗野的野心，只能暴力治國。你恨他。」

「我也曾恨你。」羅蘭說。「我恨你恨到幾乎窒息，若不是我叔父阻止我，我肯定會殺了你。然後呢，你救了我一命，每當我需要你，你都在我身邊。那讓我更加痛恨你。」

「我殺了你哥哥。」

沉默猛然疼痛地收束。他迫使自己面對羅蘭，面對身旁明亮而鋒銳的存在。

「你來這裡做什麼？」戴門問道。

月光下，他顯得異常蒼白，與圍繞他們的昏暗形成強烈對比。

羅蘭說道：「我瞭解失去家人的感受。」

房裡寂靜非常，即使在深夜，門外、牆外想必有人醒著，房內卻悄然無聲。堡壘從無寂靜的時刻，總是有士兵、僕役與奴隸忙著辦事，而戶外，衛兵正進行夜間巡邏，城牆上的守衛也來回巡查、眺望黑夜。

「我們就沒辦法越過這一切嗎？」話語擅自脫口而出，戴門感覺到身旁的羅蘭全身靜止。

「你是說，我們僅剩的這段時間內，我會不會回到你床上？」

「我是說，我們掌控了兩國之間的地域，從亞奎塔到希錫安都是我們的地盤，難道就不能在這裡建立新的王國，一起統治嗎？比起帕特拉斯公主，或瓦斯克帝國的帝女，我就真有那麼不如嗎？」

儘管話語擠在胸腔，他還是逼自己住口，默默等待。他訝異地發現，等待也會帶來痛楚。他越是等待，就越不願聽見答案，聽見插在刀尖送到他面前的回覆。

戴門強迫自己看向羅蘭，羅蘭凝視的雙眼異常暗沉，語氣靜謐。

「你經歷了親兄長的背叛，怎麼還能信任我？」

「因為他虛偽，」戴門說道。「而你非常真實，我從沒見過比你更真實的人。」他對房中的寂寥說：「我覺得，如果我把心交予你，你會溫柔以對。」

羅蘭別過頭，不讓戴門看見他的臉，戴門只看得見他的呼吸。片刻後，羅蘭低聲說：「你這樣對我甜言蜜語，我沒辦法思考。」

「那就不要思考。」戴門說道。

他看見閃爍變幻的變化，看見羅蘭的緊繃，看見羅蘭內心的掙扎。

戴門又說：「不要思考。」

「別，」羅蘭說。「別玩弄我，我——我沒法——抵抗你。」

「我沒有玩弄你。」

「我——」

「不要思考。」戴門重複道。

「吻我。」說罷，羅蘭紅了臉，在月光下色彩鮮明。**不要思考**。戴門這麼說，但羅蘭做不到。即使此刻靜坐在原處，他也止不住腦中的爭鬥。

衝口而出的兩個字彆扭地懸掛在空中，然而羅蘭沒有收回字句，而是靜靜等待，身軀有如緊繃的弓弦。

戴門沒有靠上前，而是握住羅蘭的手，拉到自己面前，一個吻輕輕落在掌心。

從他們共度的那一晚，戴門學會辨識羅蘭的驚訝與錯愕。羅蘭的想法難以預料，他經驗中的漏洞令人費解——此時此刻，戴門從他身上感受到相同的驚訝。羅蘭的眼眸十分幽暗，不確定戴門下一步會如何進行。「我的意思是——」

「不要讓你思考？」

羅蘭沒有回應。戴門在寂靜中靜待。

「我不是——」羅蘭開口，然後，在兩人之間延展的沉默片刻中，接著說道：「我不是未經人事的處子，不需要你牽著我走過每一步。」

「不是嗎？」

戴門這才發覺，羅蘭此時的警戒並非銅牆鐵壁的要塞，而是放下部分心防、怎麼也無法適應的不安。

過了半晌：「在拉芬奈，我——我已經很久沒有——和任何人。我那時候很緊張。」

「我知道。」戴門說。

「以前，」羅蘭開口，又頓了頓。「以前只有過另外一人。」

戴門輕聲說：「我的經驗比你豐富一些。」

「顯然是如此。」

「是嗎？」他有些高興。

「是。」

戴門注視著坐在床緣的羅蘭，仍微微轉開的面龐。房裡只有昏暗的拱門與家具輪廓，兩人身下臥床的大理石基底，以及從床腳至頭枕捲曲處的床墊與軟枕。戴門柔聲開口：

「羅蘭，我絕不會傷害你。」

他聽見羅蘭不信服且怪異的吐息，這才意識到自己出言不慎。

「我知道，」戴門又說。「我知道我過去傷害了你。」

羅蘭小心翼翼地維持靜止，就連呼吸也十分謹慎。他沒有轉頭看戴門。

「羅蘭，我傷了你。」

「夠了，別說了。」羅蘭說道。

「我不該傷你的，你那時候不過是個孩子，不應該遭遇那種事。」

「我說**夠了**。」

「這些話就這麼不堪入耳嗎？」

他想起奧古斯，想到這世上沒有任何一個孩子應該失去兄長。房內異常寂靜，羅蘭仍然沒有轉頭。戴門刻意放鬆身體，雙手撐著床鋪向後仰，將身體重量放在手臂上。他不瞭解在羅蘭內心不停掙扎的種種力量，卻在直覺驅使下開口。

「第一次的時候，我一直滾來滾去，激動得要命，卻完全不曉得該怎麼做。阿奇洛斯和維爾不一樣，我們不會看到別人在大庭廣眾下做那種事。」他又說：「就算是現在，快到最後的時候我還是會失控。我知道我會失控。」

沉默，延續了太久。他沒有擾動寂靜，而是繼續觀察羅蘭緊繃的身體線條。

「你吻我時，」羅蘭擠出言語。「我很喜歡。你將我含進嘴裡時，那是我第一次……做那種事。」他說：「我喜歡你對我──」

戴門撐起上半身時，羅蘭的呼吸變得淺促。

戴門曾以奴隸的身分親吻羅蘭，但未曾作為自己吻他。兩人都感受到這之中的差異，期盼無比真實地存在戴門與羅蘭之間，彷彿那一吻已經落下。

兩人之間的空氣不算什麼，卻包含了全世界。羅蘭對親吻的反應向來複雜：緊繃、脆弱又火熱，其中最主要是緊繃，彷彿單是親吻便過為刺激、太過極端。儘管如此，他仍然提出了要求：**吻我**。

戴門抬手，指尖滑入羅蘭後頸柔軟的短髮，捧著他的後腦勺。他們從未在清楚戴門身分的情況下如此貼近。

戴門感覺到羅蘭變得緊繃，危機隨距離縮短而加劇。

「我不是你的奴隸。」戴門說道。「我是男人。」

不要思考。之所以這麼說，是因為他無法說出真正的願望：**接受真正的我**。

他突然無法忍受此事，不想再聽到藉口、看見偽裝，他的手指捲曲，緊鎖在羅蘭髮間。

「是我。」戴門說道。「和你在一起的人，是我。叫我的名字。」

「戴門諾斯。」

隨著他的名字出口，他感受到羅蘭脫離心中的防線，名字成了坦白，成了從羅蘭體內鑽出的事實。羅蘭失去了所有壁壘，對戴門敞開了心扉，他聽見羅蘭語氣中潛藏的字詞：**王儲屠手**。

相吻時，羅蘭在他身前微顫，彷彿降服於以兄長換取情人的痛苦交易之後，此刻正身處幻想與真人之間狹小的真實。即使那可能是羅蘭自我毀滅的衝動，戴門也沒有高尚到願意放棄。他想要這一切，想到羅蘭明白他的身分，想和**他**做這件事，戴門心中便湧生純粹的自私、純粹的慾望。

他將羅蘭推倒在床上，自己壓了上去。羅蘭的手指緊抓著他的頭髮，不過衣衫蔽體的他們除擁吻之外什麼也做不到。這是不夠貼近的親近，四肢交纏，雙手不知所措地滑下羅蘭緊束的衣裝。身下的羅蘭分開雙唇與他熱吻，煽動了明亮而痛苦的慾火。

慾望滲入親吻的動作，他的身軀似乎沉重無比，一種進入改以另一種形式的進入取代。羅蘭的顫抖不是一層壁壘瓦解，而是重重高牆一一倒塌，未經探索的神祕領域一一暴露在戴門面前。

王儲屠手。

在滑動與施力一推後，羅蘭自上而下俯視戴門，呼吸急促，瞳孔在昏暗中放大。在那瞬間兩人互相凝視，羅蘭的目光在戴門身上游走，雙膝分跨在戴門雙腿外側。目光幽暗的時刻，是選擇的時刻——是離去或停止的一次機會。

此時，羅蘭卻握住戴門肩頭的金獅飾針，用力扯下後拋到一旁。飾針滑過大理石地板，落在床的另一頭。

布料解下，從戴門身上滑落，他的身軀沐浴在羅蘭的目光下。

「我——」戴門直覺地單手撐起上半身，還未完成動作，就被羅蘭的眼神制止了。

他深切意識到自己一絲不掛地半躺在床上，衣衫整齊的羅蘭則跨坐在他上方，擦得雪亮的長靴與緊繫的高領外衣仍穿在身上。戴門心中忽然萌生脆弱的幻想：羅蘭是否會起身離他而去，在房裡走動，或蹺著一條腿坐在面對臥床的椅子上啜飲葡萄酒，留赤裸的戴門躺在床上。

羅蘭並沒有離開，而是將手舉至自己喉頭。他注視著戴門的雙眼，緩緩拈起頸邊一條緊繫的繫帶，輕輕一拉。

隨之而來的熱火太過劇烈，羅蘭與戴門的身分太過明晰地橫在兩人之間。這是下令鞭打他的男人，是維爾王子，是阿奇洛斯的敵人。

戴門看見羅蘭淺促的呼吸，看見暗沉藍眸中的意圖。羅蘭在為他寬衣解帶，拉開一條條繫帶，外衣的布料漸漸分開，露出裡頭絲薄的白襯衣。

戴門的肌膚閃過熾熱。羅蘭最先脫去外衣，宛如卸去盔甲，身穿襯衣的他顯得年幼許多。戴門瞥見羅蘭肩頭的傷疤，那是癒合不久的刀傷。羅蘭的胸膛起伏，喉頭的脈搏不停鼓動，他將手伸到背後，一把脫下襯衣。

赤裸的肌膚映入眼簾，如電流一般竄入戴門身體深處。他渴望觸碰、讓雙手滑過，卻又動彈不得，彷彿受制於眼前的一切。從硬挺、粉紅的乳首到緊緻的腹肌，羅蘭的身體明顯地緊繃，兩人一時間沒有行動，停滯在彼此的視線中。裸露在空氣中的，不只有肌膚。

羅蘭說道：「我知道你是誰。我知道你是誰。戴門諾斯。」

「羅蘭。」戴門坐起身。他無法克制自己，雙手順著羅蘭長褲的布料向上滑，不受衣料阻隔地握住他的腰。肌膚相觸，戴門彷彿全身都在顫抖。

羅蘭稍微下滑，張開自己的雙腿，跨坐在戴門大腿上。他一手輕貼戴門胸膛，貼著曾被奧古斯一劍刺穿的位置，簡單的觸碰令戴門暗暗發疼。昏暗的光線下，奧古斯的存在近似刀刃，切割了兩人之間的空氣。被戴門殺死之前，奧古斯所做的最後一件事，就是在戴門肩窩留下那道疤。

那一吻如同創傷，羅蘭彷彿在親吻的過程中用那把刀刺穿了自己，動作帶著一絲絕望。羅蘭似乎需要這一吻，他十指緊扣著戴門，身體微微晃動。

戴門沉聲呻吟，自私地渴求，雙手拇指緊壓著羅蘭的肌膚。他回應了那一吻——即使知道羅蘭因此痛苦不堪，即使自己也因此痛苦不堪，他仍然回應了羅蘭的熱吻。兩人的動作漸漸急切，他感受到自己與羅蘭心中無法填補的痛苦與渴望，那同樣無意識的慾求。

戴門曾想像悠閒而緩慢地做愛，此時他們卻像身處懸崖頂端，除了縱身躍下之外別無他法。羅蘭呼吸所致的輕微顫抖、渴望更加貼近的急促擁吻、羅蘭的長靴從腳上褪下、正裝的薄絲全數剝除。

「做吧。」羅蘭在他懷中翻身，像初夜那樣獻出自己，從背部的弧線到垂下的頭顱，全都展露在戴門面前。「做吧。我想要，我要——」

戴門無法阻止自己壓上前，一隻手順著羅蘭的背脊向上輕撫，另一隻手緩慢地在目的地周遭撫慰，甜蜜地模擬真實的性愛。羅蘭弓起背部，戴門瞬間失去肺中的所有空氣。

「不行，我們沒有——」

「我不管。」羅蘭說。

羅蘭全身一顫，身體猛然向後一送，動作是反向的求歡。在那瞬間，兩人的身體僅憑本能運作，互相推送。

行不通，即使全情投入，也無法越過身體的限制。戴門靠著羅蘭的後頸低聲呻吟，雙手渴望地滑過羅蘭的身軀。妄想突生，他希望羅蘭能擁有寵奴或奴隸的軀體，不需要充分的前戲與準備也能直接插入。他似乎到了自我控制的極限，似乎已經處在這種狀態數日、數月了。

戴門想進去，他想感覺羅蘭降服的戰慄，兩人合為一體。他想讓願望成為無可否認的事實，是羅蘭讓他進入，是羅蘭讓**他**進入。**是我**。他的身體蓄勢待發，彷彿只有一個動作能使一切歸位。

戴門雙手順著羅蘭的大腿向上滑，稍微推開他的雙腿，緊緻的入口窄小、粉紅，看起來無可侵犯。

「快做，我就說我不管了——」

玻璃粉碎，未點燃的油燈撞上大理石地面，在昏暗的房內摔成碎片。戴門笨拙的手指沾了燈油，絲毫不優雅地輕輕按壓，他跪在羅蘭背後，試圖單手將分身送入。卻，沒有辦法。

「讓我進去。」他說。羅蘭發出新的聲響，戴門的頭垂在羅蘭的肩胛之間，氣息如絲帶般飄在面前。「讓我進入你。」

身下稍微鬆動，戴門緩緩挺進，深刻地感受著每一吋，周圍的房間淡化消失，世界只剩無盡觸感——只剩下道不出的快感、胸膛滑過羅蘭背部的觸感，羅蘭垂下的頭顱、羅蘭後頸汗溼的金髮。

戴門急促喘息，重重壓在羅蘭身上，羅蘭被推得用手肘撐住自己。他讓額頭向前落在羅蘭後頸，用全身去感受。

在羅蘭體內，他感到真正的赤裸與脆弱，從未如此真實地展露自身：羅蘭明白他的身分，羅蘭讓他挺入體內。戴門不自覺地開始抽送，羅蘭的臉埋入被單，發出無法壓抑的細小聲音，用維爾語呢喃道：「還要。」

戴門不由自主地握緊雙手，額頭抵著羅蘭的後頸，那聲坦承帶來的熱意隨血液竄遍他全身。他想與羅蘭緊密相連，想感受每一條肌肉的配合、每一個動作的鼓勵，想在未來每次看見羅蘭，眼前將浮現此時此刻的光景。

他的手臂環抱羅蘭胸膛，大腿緊貼著大腿，仍然滑膩的手掌握住羅蘭最熱燙、最誠實之處。羅蘭的身體不由自主地回應、律動，尋找它自己的快樂。兩人一齊挺動。

好舒服，太舒服了。他想要更多，想一路馳騁至終點，想永遠持續下去。戴門只隱約意識到自己用著祖國的語言，毫無阻攔地開口。

「我要你，」戴門說。「我從好久以前就想要你。我從來沒對別人有過這種感覺──」

「戴門，」羅蘭開口，他無法自抑。「戴門。」

戴門的身軀隨著脈搏顫動，幾乎到達頂點。他幾乎意識不清地把羅蘭翻過身仰躺，他們短暫分離，必須回到羅蘭體內的迫切需求充斥他模糊的意識。羅蘭的唇在他的唇下分開，握住他的分身推回體內時，戴門幾乎忽視瞬間緊繃的後頸。他的體重壓在羅蘭身上，顫抖的熾熱再次緩慢卻強而有力地挺進。

羅蘭也為他敞開自己，戴門完美地一推到底。迫切的律動再度開始，兩人肢體相纏，激烈地歡愛。他們困住彼此，四目相對，羅蘭再次開口：「**戴門**。」彷彿他的名字飽含所有意義——然後，彷彿戴門的身分便足夠了，他全身繃緊，在空氣中輕顫。

羅蘭夾緊戴門，嘴裡喊著他的名字射了，響亮又粗啞。戴門徹底迷失在其中，放棄抵抗，同樣到達頂點。從深處射出的第一波脈動不過是高潮的前奏，接著，讓人呼吸一哽的極致快感將他徹底淹沒、心神隨之失守。

13

醒轉時，戴門最先感覺到身旁的羅蘭，床上竟有如此溫暖、如此美好的存在。

喜悅湧上心頭，他允許自己睡眼惺忪地觀察羅蘭，享受這短暫的幸福。被單纏在羅蘭腰間，肌膚在朝陽的洗禮下彷彿撒了層金粉。戴門本以為自己睜眼時，羅蘭會如過去那般、如夢的殘影般消失無蹤，他與戴門也許無法接受昨晚的親密。

戴門抬手輕輕撫過羅蘭的面頰，面帶微笑地看著他睜開雙眼。

「戴門。」羅蘭說。

戴門的心在胸中愉悅地鼓動，因為羅蘭說出他的名字時，語氣沉靜、陶然而有些靦腆。羅蘭過去只喊過一次他的名字，就是昨夜。

「羅蘭。」戴門說道。

兩人凝視著對方。羅蘭伸手輕輕撫摸戴門的身軀，注視著他的眼神彷彿不敢相信他是真的，彷彿連觸覺也無法證實戴門的真實。戴門不禁雀躍不已。

「怎麼？」戴門笑吟吟地問。

「你很，」羅蘭頓了頓，羞紅著臉說完：「好看。」

「是嗎。」戴門的語調深沉而溫暖。

「是。」羅蘭答道。

戴門嘴角捲成更大的笑容，他舒服地躺在被單中享受羅蘭的讚美，開心得像個傻瓜。

「這個嘛，」戴門終於轉回去看羅蘭，承認道。「其實你也很好看。」

羅蘭微微垂頭，笑聲呼之欲出。他語帶荒唐的寵溺，說道：「換作是別人，應該會一開始就對我這麼說吧。」

這是他第一次對羅蘭坦白此事嗎？戴門注視著半側躺的羅蘭，將有些凌亂的金髮、滿溢逗趣精光的雙眼收入眼底。在晨間，羅蘭甜美而簡潔的美麗，令人心跳停滯。

「如果有機會好好追求你，我是會這麼說沒錯。」戴門說。「如果我正式見過你父親，如果我們兩國是——」盟友。過去的種種改變了此刻的心情，然而羅蘭似乎沒注意到戴門的心境變化。

「謝謝你啊。我完全能想像那個畫面：你和奧古斯互相拍背、一起看體育競賽，我則是成天跟在你們身旁，扯著你的袖子，想辦法讓你看我一眼。」

好。

戴門盡量保持靜止。他從未如此輕鬆地與羅蘭談到奧古斯，因此不願破壞此時此刻的美

過了片刻，羅蘭說道：「他應該會很喜歡你。」

「如果我追求他弟弟，他還會喜歡我嗎？」戴門小心翼翼地問道。

他看著羅蘭驚訝地停頓，抬起蔚藍雙眼對上他的視線。

「會。」羅蘭臉頰微紅，輕聲說。

兩人相吻，無法自制。那一刻太過甜美、太過恰當，戴門不由得感到痛苦——他退了開來，感受到外界的現實緊壓著他。「我——」他說不出口。

「不，你聽我說。」他感覺到羅蘭的手堅定地放在他的頸後。「我不會讓我叔父傷害你。」羅蘭的目光鎮定而平穩，彷彿下定了決心，準備將自己的決定告知戴門。「我昨晚來這裡，就是為了告訴你：我會幫你解決這件事。」

「答應我，」戴門聽見自己的聲音。「答應我，我們不能讓他——」

「我答應你。」

羅蘭語調真誠、神態嚴肅地道出話語，眼中不見遊戲的影子，只有明晰的真相。戴門點了點頭，抱住羅蘭的手掌力道加重，這回，兩人的吻迴響了昨夜的焦急。他們迫切須要將外

界阻隔在外，在甜蜜的繭中多待片刻。羅蘭的手臂環抱戴門頸項，戴門滾至他上方，身軀完美地拼湊成一體，被單從身上滑落，輕緩的搖擺將擁吻轉變為不同的動作。

房門被人敲響。

「進來。」羅蘭轉向敲門聲，開口說道。

戴門說了聲：「**羅蘭**。」房門開啟時，震驚的他暴露在來者視線下，只見帕拉斯走進房。羅蘭若無其事地打招呼。

「什麼事？」羅蘭平淡地問。

帕拉斯開了口，戴門似乎能透過他的雙眼看見房中的畫面：羅蘭宛如初經人事的處子，戴門無庸置疑地俯撐在他上方，全然甦醒的慾望一目瞭然。戴門全身羞紅。在伊奧斯王宮中，他也許會在奴隸整理房間時與情人交歡，但那完全是因為奴隸的位階太過卑賤，不值得他花心思注意。一想到自己麾下的士兵看見他與羅蘭做愛，戴門的大腦幾乎要炸開，羅蘭過去連正式的情人也未曾有過，更別說是——

帕拉斯強迫自己垂下眼簾。

「抱歉，大人。我是來問您今早有什麼吩咐的。」

「我們在忙。你叫僕人幫我們做沐浴的準備，還有半上午時送食物過來。」羅蘭彷彿在書桌前埋頭處理公事，抬頭對下人下達指令。

「遵命，大人。」

帕拉斯盲目地轉身，走出房門。

「怎麼了？」羅蘭看向戴門。戴門抽離了羅蘭的懷抱，坐在一旁，被單被緊抓在身前遮擋下身。見狀，羅蘭的語調萌生了愉悅：「你該不會是**害羞**了吧？」

「在阿奇洛斯，我們不會，」戴門說。「在別人面前。」

「連國王也是？」

「尤其是國王。」戴門說道。他心中仍有一部分視「國王」為父親的稱號。

「那宮廷又該怎麼知道國王與王后有沒有洞房？」

「有沒有洞房，國王自己知道！」他驚駭無比。

羅蘭盯視著戴門，戴門驚訝地看見羅蘭垂下頭，看見他肩膀微顫。笑聲中，一句話飄了出來：「**你裸身和他比過摔角。**」

「那是**比賽**。」戴門辯道。他雙臂環胸，即使羅蘭坐起身，一個愉悅的吻落在他唇上，只稍微受到安撫的戴門，仍然認為維爾人毫無羞恥心。

過了一段時間：「維爾國王當真在所有臣子面前洞房？」

「不是在所有臣子面前，」羅蘭用對傻子說話的語氣道。「是在議會面前。」

「桂恩也是議員！」

又過了一段時間，兩人一同躺在床上，戴門一次次用指尖描繪羅蘭肩頭的傷疤，他現在毫無疑慮地知道，那是羅蘭身上唯一一處不完美。「戈瓦爾死了真可惜，我知道你一直想留他一條命。」

「我以為他掌握了能用以阻礙我叔父的祕密。沒關係，我們再想別的辦法對付我叔父。」

「那時候到底發生了什麼事？你都沒告訴我。」

「沒什麼大不了的。我們用刀打了一場，我逃出牢房，和桂恩達成了協議。」

戴門凝視著他。

「怎麼？」

「尼坎德洛斯聽了肯定不信。」戴門說道。

「有什麼好不信的。」

「你被他們俘虜，卻獨力逃出浮泰茵堡的地牢，還順道說服桂恩倒戈？」

「這個呀，」羅蘭說道。「不是每個人的逃脫技術都和你一樣差勁。」

戴門呼出一口氣，不由得笑了起來，考慮到在外頭等著他的現實，他從沒想過自己能笑得如此開懷。他想起過去在山中與羅蘭並肩戰鬥時，羅蘭替他守住受傷的左側。

「你失去哥哥時，有人陪在你身旁安慰你嗎？」

「有。」羅蘭說。「就某方面而言。」

「那就好。」戴門說道。「你沒有孤單一人就好。」

羅蘭撐起身體，坐了起來，沉默不語地坐在床上，雙手手掌緊抵著眼眶。

「怎麼了？」

「沒事。」羅蘭說。

戴門跟著坐起身，他再次感受到外界侵入臥房。「我們該——」

「該做的事我們會做，」羅蘭轉向他，指尖滑入他的頭髮。「但在那之前，我們還有一個上午。」

事後，他們開始談話。

僕役端來早餐，兩人坐在與臥房相通的房間裡，在桌几前享用盛裝在圓盤上的水果、軟起司、蜂蜜與麵包。戴門坐在離牆壁較近的位置，將從地上撿回的金飾針別回肩頭的棉布，羅蘭則悠閒地坐著，身上只穿長褲與寬鬆的上衣，衣領與袖口仍然敞開。羅蘭正在發言。

他嚴肅而沉靜地用言語描繪局勢，說明自己的計畫與備案。戴門發覺，羅蘭讓他看見了未曾與任何人分享的內心，即使這是前所未有、令他眼界大開的體驗，戴門仍不知不覺被複雜的政治與謀略吸引。過去的羅蘭從不敞開心扉，而是將所有計畫放在心中，單獨制定策略。

僕人入房清除桌上的餐盤時，羅蘭看著他們來來去去，目光又回到戴門臉上。他平鋪直敘的語句，潛藏著疑問。

「你沒有用奴隸。」

「我實在想不出原因。」戴門回道。

「如果你忘了奴隸該怎麼用，我可以教你。」羅蘭說。

「你不是痛恨奴隸制度，一想到就反胃嗎。」戴門語調平板地道出事實。「如果我不是我，你早就在第一晚就解放我了。」他在羅蘭臉上探尋著回應。「我在雅雷斯講到奴隸制度的時候，你也沒有跟我辯論。」

「這不是個能**聊聊不同想法**的議題，沒什麼好說的。」

「阿奇洛斯是奴隸社會，這點永遠不會變。」

「我知道。」

戴門又說：「寵奴的契約和奴隸制有那麼不一樣嗎？尼凱絲當初有其他選擇嗎？」

「他擁有走投無路的窮人的選擇，他擁有只能聽從長者命令的孩子的選擇，他擁有不得不遵從國王命令的男人的選擇——這些都不是真正的選擇，但他仍然擁有比奴隸更多的選擇。」

聽見羅蘭說出內心深處的信念，戴門再次吃了一驚。他想起羅蘭對伊拉斯莫斯的幫助，想到他探望村子裡的小女孩，教她變戲法……此時此刻，戴門首次瞥見身為國王的羅蘭。在戴門眼中，他不再是攝政王經驗不足且心術不正的姪兒，不是奧古斯年幼的弟弟，而是羅蘭本身。一個有天賦卻太早站上領導者高位的年輕人，因為別無選擇而堅持順著這條路走下去。**我如果是他的部下，肯定會對他死心塌地。**戴門心想。就連這個念頭也是新發現。

「我知道我叔父在你心目中是何種人，但他不是——」過了半晌，羅蘭說道。

「他不是？」

「他不會傷害那個孩子。」羅蘭繼續說道。「無論那是你的兒子還是卡斯托的，那個孩子就只是個把柄。用來約束你、你的軍隊和你的部下的把柄。」

「你的意思是，比起殘廢或死亡，我的兒子健全地活著對我造成的傷害比較大。」

「對。」羅蘭說。

他嚴肅地直視戴門。戴門竭力克制自己的思緒，不往那個方向思考，全身上下的肌肉都隨之緊繃。他不能讓思緒飄往那黑暗的境地——他得竭盡所能閃避的黑暗境地，此刻，他必須做的是在重重不可能當中，尋找前進的途徑。

他集合了維爾與阿奇洛斯的聯軍，準備南征。他和羅蘭花費數月集結兵力、奠定了權力基礎、設下補給線，以及博取部下的忠心。

而攝政王僅用一招，便將聯軍壓治得動彈不得、毫無用武之地，他們若是出征——

「我叔父明白，只要孩子在他手裡，你就不會出兵討伐他。」羅蘭說道。然後，他平靜、鎮定地說：「所以，我們要把孩子奪回來。」

戴門在她身上尋找不同之處，然而她的神態依然冷淡而高不可攀，注視著他的眼神也絲毫沒變。她的髮色、膚色與瞳色和羅蘭相同，工於心計的大腦也與羅蘭相同，兩人似乎是天生的一對，只有立場稍微不同。即使羅蘭展現出無與倫比的鎮定，他仍時時刻刻保持緊繃，而在你瞭解優卡絲特的危險之前，她波瀾不驚的沉著顯得恬靜而坦然。也許兩人的核心，都是剛硬不屈的金鐵。

她在日光室等待他，先前戴門允許她在重兵把守下回到那間華麗的房室。她優雅地坐著，一眾侍女如園中花卉般簇擁著她，她似乎毫不在意自己的俘虜身分，甚至幾乎沒注意到自己的處境。

一個悠長的眼神掃過房間後，戴門在她對面的椅子上坐下，彷彿隨他入內的士兵不過是空氣。

他說道：「真的有孩子？」

「我說過了，孩子是真的。」優卡絲特回道。

「我不是問妳。」戴門說。

陪坐在優卡絲特身邊的侍女年齡不一，年紀最長的也許六十歲，年紀最輕的約與優卡絲特年齡相仿，二十四歲上下。七名侍女想必已隨侍她多年，戴門對那名黑髮編成辮子的女人有些印象，她的名字似乎是凱琳娜。那兩名女奴也有些面善，他倒是沒見過年紀較長的女傭與其餘出身貴族世家的女性。戴門讓目光緩緩掃過她們，見七人默不作聲，他的視線又回到優卡絲特身上。

「接下來會發生什麼事，就讓我告訴妳吧。妳會被處死——無論妳說什麼、做什麼，都是死路難逃，但只要妳的侍女願意配合我、回答我的問題，我就放她們一條生路。」

死寂。沒有任何一名侍女出聲或上前。

他對身後的士兵下令：「拿下她們。」

優卡絲特說道：「你這樣做，只會害死孩子。」

戴門回道：「我連孩子是真是假都還不曉得。」

優卡絲特微微一笑，彷彿發現自己的寵物居然會耍把戲。「你從過去就不擅長玩這種遊戲，我不認為你能贏過我。」

他說：「我變了。」

士兵暫停了動作，然而侍女注意到他們的存在，起了漣漪般的反應。戴門往椅背一靠。

優卡絲特說道：「卡斯托會殺了他。一旦我告訴卡斯托孩子是你的，他就會殺了他。」

他根本不會想到要用孩子來控制你。」

戴門說道：「如果卡斯托相信孩子是我的，不管是誰的小孩都逃不過他的毒手，問題是，妳沒辦法把消息傳遞給卡斯托。」

「孩子的乳母。」優卡絲特說。「如果我死了，她會把真相告訴卡斯托。」

「如果妳死了。」

「沒錯。」

「但是，」戴門說道。「她不關心妳這些侍女的死活。」

對話出現停頓。

「妳的計畫只保護了妳自己，這些女人如果不對我說實話，就必死無疑。」

她說：「你還真的變了。或者，是王位背後的新勢力指點了你？我倒想知道，現在和我談判的人，真的是你嗎？」

戴門不予理會，而是對最近的士兵下令：「從她開始。」

過程並不愉快，侍女們有的抵抗、有的尖叫，戴門面無表情地看著士兵捉拿侍女，動手將她們拖出日光室。凱琳娜奮力掙脫兩名士兵，額頭貼著地面拜伏在戴門面前。「大人——」

「住口。」優卡絲特說。

「——大人，求您大發慈悲，我自己也有個兒子。大人，求您饒我一命——」

「住口。」優卡絲特又說。「凱琳娜，他不可能因為妳們忠心護主就處死無辜婦女。」

「——饒我一命，我發誓會把我知道的一切告訴您——」

「住口。」優卡絲特說。

「妳說。」戴門說道。

凱琳娜繼續匍匐在地上，剛剛掙扎時髮辮鬆了開來，長髮鋪散在地。她頭也不抬便開始說話。

「孩子是真的，他被帶去伊奧斯了。」

「夠了。」優卡絲特令道。

「我們都不曉得孩子是不是您的，但她說是您的沒錯。」

「凱琳娜，夠了。」優卡絲特說。

「還有呢。」戴門說道。

「大人——」凱琳娜開口——

——同時，優卡絲特說：「**住口。**」——

「我家小姐沒有把自己的命運完全交付給維爾攝政王，如果真的沒有別的辦法救她的命，您可以命令乳母用孩子換優卡絲特小姐的自由。」

戴門靠著椅背，對優卡絲特微微抬眉。

優卡絲特的手抓著長裙握成拳，但說話時，她的語氣依然平靜。「你以為這樣就顛覆了我的計畫？你還是沒辦法迴避我的條件，乳母無論如何都不會離開伊奧斯，你要和她交換人質，還是得親自帶我去伊奧斯進行交易。」

戴門望向凱琳娜，只見侍女抬起頭來，點了點頭。

戴門心想，優卡絲特認為他不可能去伊奧斯，也不可能找到交換人質的安全場所。

但有一處場所，即使是敵對的雙方也能安心會面，不必擔心對方設伏。那是古時舉行祭典的場所，從舊時便謹守嚴格的規矩，讓諸侯在維護和平的法規與鎮守軍隊的保護下，安全地會談。那是新王加冕的所在，是貴族調解糾紛的所在，在神聖的鐵律下，即使在阿奇洛斯建國初期的戰爭與動亂中，諸侯與國王也得以撇除腥風血雨進行會談。

那個場所為此行染上了命運的色彩，也令戴門心動。「我們會在一個沒有人能帶軍隊進入，一旦拔劍就必須直面死亡的場所交換人質。」戴門說道。「我們去列王之廳。」

戴門打定主意後，凱琳娜被帶往前廳，想辦法聯繫乳母，其餘侍女則被士兵帶走。最後，房裡只剩戴門與優卡絲特兩人。

「替我祝賀維爾王子。」她說。「但別忘了，他有他自己的目的，你如果相信他，那你就太傻了。」

「他從沒掩飾過自己的真心。」戴門說道。

他注視著單獨坐在矮躺椅上的優卡絲特，不由得回憶起兩人相遇的日子——身為埃吉納低階貴族之女的她首次來到王宮，向戴門父親請安。從見到她那日起，戴門的目光便停留在她身上，三個月的追求過後，才終於將她擁入懷抱。

他說：「妳選了我哥哥，選了一個打算摧毀祖國的男人，現在看看自己的下場。妳失去地位，失去朋友，就連侍女都背棄了妳。妳難道不覺得，我們最後走到這樣的結局，實在很可惜嗎？」

「是啊，」她說。「可惜卡斯托沒有殺了你。」

14

戴門不可能把優卡絲特裝入布袋，越過疆界直入卡斯托的勢力範圍，因此此趟旅程產生了一些技術上的難題。

為了讓兩臺馬車與隨行護衛看起來不可疑，他們打算假扮成布料商人，然而這樣的偽裝經不起細查，畢竟馬車裡裝著布匹，也裝著優卡絲特。她踏進庭院，環顧忙著準備的眾人，平靜的神情告訴戴門：她將全力配合這項計畫，然後在時機來臨時笑著將計畫毀於一旦。

真正的難關不是偽裝，而是通過邊境巡邏隊的盤查。「布料商人」的身分能讓他們通行阿奇洛斯境內，但省份邊境的守衛就沒那麼好騙了——尤其是戴門確信早已接獲優卡絲特的通報，知道戴門等人意圖入境的守衛。戴門與尼坎德洛斯花了兩個鐘頭研究將兩臺馬車偷渡入境的路線，卻沒有結果，之後又花了一個小時徒勞無功地盯著地圖，直到羅蘭走進房，提出不可思議的計策。戴門同意這條計策的同時，只覺自己的頭腦隨時會裂成兩半。

他們將帶部隊中的菁英上路，菁英小隊人人是體育競賽中的佼佼者：劍術冠軍喬德、三叉戟冠軍萊多斯、擲矛高手阿克提斯、三連冠的帕拉斯、曾對帕拉斯吹口哨的拉札爾，以及使劍與擲矛技藝最精良的數名士兵。羅蘭決定帶上帕司查，至於羅蘭認為他們該帶醫師同行的理由，戴門盡量不多加揣測。

隊伍的最後一人，竟是桂恩。桂恩能使劍，在自身罪行的壓力之下，比起為他人戰鬥，他更有可能為戴門而戰，且到了不得已的情況下，桂恩的證詞也許能一舉消滅攝政王的勢力。羅蘭言簡意賅地說明上述理由後，無比親切地告訴桂恩：「尊夫人也能在路上陪伴優卡絲特。」

桂恩比戴門更早摸清狀況。「原來如此，你打算用我妻子確保我聽話？」

「沒錯。」羅蘭說。

戴門從二樓窗口看著眾人聚集在庭院：兩臺馬車、兩位貴族仕女與十二名士兵，其中十人是貨真價實的軍人，另外兩人則是頭戴鐵盔的桂恩與帕司查。

戴門自己則穿上旅人的白衣，用皮革腕套掩蓋手腕上的金銬。他靜靜等待羅蘭到來，以便討論這次瘋狂計畫的細節，等待的同時，他拿起釉彩酒壺，準備將酒水倒入淺杯。

「邊境守衛的輪班表，你查清楚了嗎？」羅蘭說道。

「查到了，我們的斥候發現——」

羅蘭站在門口，身上穿著簡潔的白色棉袍。

戴門手中的酒壺，摔了下去。

它滑脫戴門的手指，落在石地上時應聲碎裂，陶瓷碎片飛散一地。

羅蘭裸露著手臂，裸露著喉頸，裸露著鎖骨，大腿大部分的肌膚、修長的雙腿，以及整片左肩，全都裸露在空氣中。戴門愣愣盯著他。

「你穿的是阿奇洛斯服裝。」戴門說。

「所有人穿的都是阿奇洛斯服裝。」羅蘭回道。

戴門心想，可惜酒壺粉碎了，他沒法深深喝一口葡萄酒。羅蘭大步上前，身穿棉布短袍與皮帶鞋的他，小心繞過地上的陶瓷碎片，走至戴門身旁的座位。一張地圖平攤在木桌上。

「確認巡邏守衛的輪班表之後，我們就能算準越過邊界的時間。」羅蘭說。

他坐了下來。

「我們必須在守衛剛輪班時接近，盡量延長他們回堡壘稟報狀況的時間。」

坐下時，短袍顯得更短了。

「戴門。」

「是，抱歉。」戴門說，接著說：「你剛剛說什麼？」

「巡邏守衛。」羅蘭說道。

行進時間與距離等細節全盤羅列出後，計畫仍舊不可思議，若失敗，他們將付出極高的代價。他們攜帶的士兵人數已挑戰了邊境守衛能接受的常理，但假若真相被揭穿，假若一行人只剩戰鬥一途，他們仍然會輸。己方只有十二名士兵——不對，考慮到桂恩與帕司查，戰鬥人數只能算是將近十二人。

到了中庭，戴門望向聚集於此的小隊。他們花費大量心血組織的聯軍必須留下，由凡妮絲與麥卡頓聯手守衛他們建立的基礎，固守拉芬奈、浮泰茵、瑪拉斯與希錫安。羅蘭說過，凡妮絲治得了麥卡頓。

戴門早該知道，與攝政王相抗衡的方法不可能是透過浩浩大軍，打從一開始，對付攝政王的勢力就注定是孤立無援、獨自橫跨郊野的小隊。

尼坎德洛斯朝他迎面走來，此時馬車已準備就緒，小隊也整裝待發。士兵只需要瞭解他們各自在此行扮演的角色就好，戴門沒花太多時間對他們說明計畫，不過尼坎德洛斯是戴門的故友，戴門不該對他隱瞞偷渡邊界的計畫。

於是，戴門將羅蘭的打算全盤托出。

「太不光彩了。」尼坎德洛斯說道。

一行人順著從希錫安省通往美洛斯省的道路南行，逐漸接近士兵駐守的關卡。戴門掃視前方的關卡與附近巡邏的四十人隊伍，關卡之後是哨塔，塔上想必也有士兵把守，任何訊息都將通過數座塔樓形成的網路傳回主要塞。他將士兵全副武裝、蠢蠢欲動的模樣收入眼底。戴門一行人緩緩滾過鄉間的兩臺馬車，早已被哨塔上的守衛望見。

「我要再重申一次，我覺得這個計畫很不妥。」尼坎德洛斯又說。

「知道了。」戴門應道。

戴門突然意識到自己的偽裝有多麼可笑、馬車顯得多麼不協調、隨行士兵的態度是多麼彆扭——他還得多次提醒部下別喚他「大人」——以及眼神淡漠、靜靜坐在車中，其存在本身便等同威脅的優卡絲特。

優卡絲特的存在將眾人置於險地，她若掙脫束縛與口枷、發出聲響，或被邊界守衛發現，眾人將面臨被俘與死亡的命運。哨塔內至少有五十人，再加上守衛道路與關卡的巡邏隊四十人，戴門的小隊根本沒有勝算。

戴門迫使自己繼續坐在車伕的位子，繼續操控馬匹緩慢前進，壓抑策馬加速的衝動。一行人步調從容地接近關卡。

「停下。」守衛喊道。

戴門拉緊韁繩，尼坎德洛斯也拉住韁繩，十二名士兵跟著勒馬止步。兩臺馬車在吱嘎聲與戴門一聲拖長的「吁——」聲中停了下來。

戴著頭盔、身騎棗紅馬的巡邏隊長迎上前，右肩的披風隨動作飄揚。「來者何人。」

「我們是優卡絲特女爵的隨扈，正在護送生產完的女爵回伊奧斯。」戴門答道。除卻蓋著遮布、在陽光下閃耀的馬車，沒有任何事物能證實或否認他的宣言。

戴門感受到身後的尼坎德洛斯，以及他的不贊同。巡邏隊長說道：「這和我們掌握的情報不一樣，優卡絲特女爵應該被監禁在卡薩斯才對。」

「你們的情報錯了，優卡絲特女爵就在馬車裡。」

片刻的停頓。

「在馬車裡。」

「沒錯。」

又是短暫的停頓。

陳述事實的戴門，用他從羅蘭那裡學來的鎮靜眼神凝視巡邏隊長，然而效果不彰。

「相信優卡絲特女爵不會介意我問她幾個問題。」

「我相信她絕對會介意。」戴門回道。「她很清楚地吩咐過，不希望任何人打擾她。」

「我們收到命令，每一臺經過關卡的車都一定要檢查，我只能請女爵見諒了。」巡邏隊長的語調多了不同的稜角。戴門的意見太多了，再拖延下去只會更惹人懷疑。

儘管如此，戴門仍聽見自己的聲音傳出：「你怎麼能擅闖——」

「打開車門。」巡邏隊長無視他的抗議。

比起破開藏有走私物的車門，第一次更像是輕敲大小姐的房門，然車內無人回應。敲了第二下，無人回應。第三下。

「你看，她在休息，你總不能——」

巡邏隊長下令：「打開車門！」

木槌敲上木釘的撞擊聲與木板斷裂聲響起，戴門強迫自己無作為，尼坎德洛斯的手則按在劍柄，神情緊繃地準備動手。車門緩緩開啟。

片刻的寂靜，以及偶爾傳出的模糊交談聲，對談持續了好一段時間。

「先生，真是抱歉。」出了馬車後，巡邏隊長深深鞠躬。「優卡絲特女爵想去什麼地方，自然是她的自由。」他面紅耳赤，微微冒汗地說。「應女爵的請求，我會親自陪同各位走過剩下的關卡，確保之後不會再有人阻攔你們。」

「謝謝你，隊長。」戴門正經八百地說。

「放行！」呼聲傳來。

「我聽人說過優卡絲特女爵美若天仙，傳聞果真不假。」繼續在鄉野前行時，巡邏隊長私下對戴門說。

「隊長，請你在談論優卡絲特女爵的時候放尊重點。」戴門說道。

「啊，是、是，非常抱歉。」隊長說。

在最後一處關卡分道揚鑣時，巡邏隊長命部下列隊敬禮。一行人又慢悠悠地前進兩英里，待一座山坡擋在隊伍與關卡之間，馬車才停了下來，車門開啟。羅蘭踏出馬車，身上只穿著寬鬆、皺亂的維爾襯衣與長褲。尼坎德洛斯的目光在羅蘭與馬車之間游移。

他問道：「你是怎麼說服優卡絲特配合答話的？」

「我沒說服她。」羅蘭答道。

他將手中一塊藍絲布拋給一旁的士兵，以較為陽剛的動作套上外衣。

尼坎德洛斯緊緊盯著他。

「還是別太認真想這件事比較好。」戴門告訴他。

在邊界守衛下一次輪班，上一批人回到堡壘、發現優卡絲特女爵並未到來前，戴門一行人只有兩個小時的時間。屆時，巡邏隊長將緩緩意識到真相，不久後卡斯托的部下將乘馬順官道追來。

從優卡絲特口中取出口枷、解開她身上的束縛時，她用冷淡的眼神瞟向戴門。她的身體對拘禁的反應與羅蘭相同，手腕被絲綢綁縛的地方浮現了紅痕。羅蘭遵照維爾禮節，慵懶地伸手以護送她從運送物資的馬車，回到主要載客的馬車。搭住他的手時，優卡絲特的眼神同樣百無聊賴。「我們長得像，算你走運。」她一面說，一面踏出馬車，兩人如一對爬蟲動物，冷血地緊盯著對方。

為躲避卡斯托的追兵，眾人將前往戴門兒時經常造訪的鄉村莊園——索亞斯的荷斯頓的莊園。荷斯頓的莊園包括一片密林，有多處供隊伍藏身，讓他們在卡斯托的追兵鬆懈前稍作休息。更重要的是，戴門兒時在荷斯頓的果園與葡萄園度過無數時光，父親造訪北方省份時往往會到這座莊園，與荷斯頓共進餐點。荷斯頓忠心耿耿，即使大軍壓境，他仍會拚死守護戴門。

那是戴門熟悉的鄉村、是夏季的阿奇洛斯——生了矮樹叢的石丘、大片大片可耕作的土地、空氣中的橙花香。能藏匿隊伍的樹林甚少，即使有，在戴門看來也不太可能掩藏兩臺馬車。隨著追兵來襲的危險愈發加劇，戴門越來越不願意執行羅蘭的計畫，此時離開馬車與小隊、單獨乘馬查探地形並知會荷斯頓，似乎有些冒險……但他們別無選擇。

「你帶著馬車繼續往這個方向前進，」戴門告訴尼坎德洛斯。「我會帶上最優秀的騎士，快去快回。」

「那就是我。」羅蘭策馬掉頭。

羅蘭自信而輕巧地駕馭坐騎，兩人飛速馳騁，在距莊園約半英里處下馬，將坐騎綁在大路看不見的位置。戴門與羅蘭徒步行進，不時奮力推開擋在面前的樹叢。

戴門一面掃開面前的樹枝，一面說道：「我還以為自己當上國王，就再也不必做這種事了。」

「那你就小覷了阿奇洛斯國王的責任。」羅蘭回道。

戴門跨過一根朽木，拔下勾住了衣襬的荊棘，繞過一塊突出地表、稜角尖銳的花崗岩。

「我小時候，這裡的樹叢可沒有現在這麼密。」

「是你塊頭變大了吧。」

說話的同時，羅蘭為戴門拉開一根低垂的樹枝，戴門在窸窣聲中走過。兩人一同爬上最後的山坡，看見鋪展在下方的目的地。

索亞斯的荷斯頓的莊園，是一系列飾有大理石的低矮建築，一幢幢建築通往私用花園，以及栽植油桃與杏子的美麗果園。

莊園映入眼簾時，戴門不禁心想，若能攜羅蘭踏入莊園、與羅蘭分享阿奇洛斯式建築之美、一同在開放的露臺欣賞落日、享用荷斯頓熱情的招待、為羅蘭點些簡單的佳餚、和他爭辯晦澀難懂的哲學……那該有多好。

莊園內有許多突出土壤的石塊，能掩護他們。戴門用目光串聯一塊塊岩石，規畫從這一小片樹林通往莊園大門的路徑，一旦進了大門，他便能憑記憶找到荷斯頓的書房，以及書房通往花園的門扉。只消進入書房，就能與荷斯頓單獨談話。

「停。」羅蘭說。

戴門停下動作，隨著羅蘭的視線望去。莊園西側，一條狗被鏈條栓在一小塊由圍欄包圍的草地，圍欄中滿是馬匹。戴門與羅蘭位在下風處，狗還未出聲吠叫。

「太多馬了。」羅蘭說道。

戴門再次望向圍欄，只覺胃部開始下沉。小小的圍欄中至少有五十匹馬，那片草地很快會被啃食殆盡。

此外，那些並非貴族騎乘、玩賞用的輕騎，而是滿身肌肉、胸部結實、能馱著全副武裝的士兵上戰場的戰馬，牠們想必是從科瑟斯與瑟雷斯帶到北部，供邊境守衛軍使用的馬匹。

「優卡絲特。」戴門說。

他握緊雙拳。卡斯托也許仍記得兒時在此狩獵的種種，但只有優卡絲特猜得到戴門會在南下途中在此停歇——只有優卡絲特會提前派兵至荷斯頓的莊園，為戴門關上避風港的大門。

「我不能把荷斯頓丟在卡斯托的部下手裡，」戴門說道。「我欠他太多太多了。」

「卡斯托的人發現你在這裡，荷斯頓才會遭遇危險，被視為叛徒。」羅蘭說道。

兩人四目相對，用眼神迅速傳遞想法：他們必須用別的方法藏起馬車，同時避免被駐紮在荷斯頓莊園的守衛發現。

「往北走幾英里，有一條穿過樹林的小溪。」戴門說。「溪水可以隱藏我們的蹤跡，我們也能遠離官道。」

「我去對付衛兵。」羅蘭說道。

「裙子被你留在車上了。」戴門提醒他。

「多謝提醒啊。騙過守衛的方法可不只有一種。」

兩人達成了共識。樹木枝葉間灑下的斑駁陽光照亮了羅蘭的金髮，此時他的頭髮已比過去在宮中時更長，開始顯露凌亂的跡象，甚至多了根小樹枝。戴門說道：「小溪在那邊第二座山丘的北邊，我們會在它第二次拐彎之處的下游等你。」

羅蘭點了點頭，不發一語地悄然離開。

戴門沒再看見他的金髮，但栓在院子裡的狗不知怎地重獲自由，狂奔向滿是陌生馬匹的圍欄。不停吠叫的狗突然出現在太過擁擠的圍欄內，對馬匹造成的影響可想而知，牠們猛然弓背躍起、硬生生衝出圍欄。荷斯頓花園裡的草地綠油油的，圍欄倒塌時，馬匹一擁而上，開始啃食青草，也有的馬奔至相鄰的田中啃食作物，甚至到東方山坡地的另一頭去了。興奮得幾乎在抽搐的狗驅趕著牠們繼續前進，一個幽魂般的人影也忙著解開繩索、開啟欄門。

戴門回到自己的坐騎身邊，毫不同情地微微一笑，傾聽遠方傳來的阿奇洛斯語：「馬跑了！快把馬趕回來！」然而，他們沒有能用來趕馬的坐騎，只能四處徒步奔走，一面試圖抓回馬匹，一面咒罵小狗。

現在，輪到戴門表現了。快騎回到道上時，馬車的行進速度似乎較戴門印象中緩慢許多，即使以能長久維持的最高速在鄉間前進，一行人的行動仍然無比遲緩。戴門默默用心念鼓勵眾人加速，但這感覺就像對蝸牛吶喊，要求牠撒腿狂奔。他感受到無盡延伸的平原與形狀怪異的樹叢，散發出熾熱的壓迫力。

尼坎德洛斯面色凝重，桂恩夫妻則面有急色，也許是認為自己若被俘，失去的事物將多過其他隊員，但實際上，除優卡絲特之外的所有人都將失去價值相等的東西：他們的性命。此時，優卡絲特只雲淡風輕地問：「荷斯頓那裡出了問題？」

遠遠望見小溪時，它不過是樹林間閃爍的光影。終於脫離官道，沿著危險的坡道向下行至溪邊時，一臺馬車險些在水中翻倒，另一臺則在駛入溪床時吱嘎作響、令人不安地傾斜。在那可怕的瞬間，戴門以為馬車無法在淺水中行進，一行人就這麼困在暴露於官道與追兵視線的位置。十二名士兵下了馬，踏進溪裡，穿著皮帶鞋的腿腳被溪水淹至小腿，眾人合力猛推。戴門走至較大的馬車後，用全身每一條肌肉的力量提推，只見馬車緩緩地挪入和緩的溪流與石礫，順著小溪朝樹林前進。

馬蹄聲讓戴門猛然抬頭。「快，找地方躲好。」

眾人趕緊奔向前方的樹林，勉強在卡斯托的追兵快馬越過山丘前一刻找到遮蔽處。戴門全身靜止，看見喬德等維爾人緊縮成一團，阿奇洛斯士兵則擠成另一團。他忽然有種可笑的念頭，想摀住坐騎的口鼻以免牠出聲。他頭一抬，看見尼坎德洛斯從背後緊抓優卡絲特，神情凝重地摀住她的嘴，靜靜縮在馬車內。

卡斯托的部下在隆隆馬蹄聲中逼近，戴門盡量不讓思緒飄往幾乎未經掩飾的車輪印、彎折的樹枝與被人從樹叢扯下的葉片，這裡很明顯有人將兩臺馬車拖離道路。紅披風形成紅河，巡邏隊直奔而來——

——與眾人擦身而過，繼續順著道路朝荷斯頓的莊園行進。

最終，馬蹄聲消散，沉靜再次降臨，所有人長吁一口氣。戴門又等了漫長的數分鐘，這才點頭示意眾人動身，馬車開始前進、馬蹄激起片片水花，一行人順流而下，深入遠離官道的樹林。

越是深入樹林，空氣越是清涼，枝葉遮蔽了炎熱的夏陽，小溪上方的空氣更是陰涼。除了水流聲與眾人在水中行進的聲響之外，周遭悄然無聲，而就連他們發出的聲響也被林木吞噬。

到了小溪的第二個彎處，戴門命眾人停步，隊伍原地靜候。戴門盡量不考慮卡斯托是否記得兩人在狩獵時找到這條小溪的那些過往時日，以及他曾否懷念地對優卡絲特提及此事。若有，照優卡絲特一絲不苟的性格來看，應該會有士兵埋伏在溪邊，或者朝他們直奔而來。

樹枝斷裂聲令眾人握住劍柄，阿奇洛斯與維爾刀劍寂靜無聲地出鞘。戴門在緊繃的沉默中靜待……又是樹枝斷裂聲。

然後，一顆金色頭顱與顏色更淺的白上衣出現了，矯健的身形在樹幹間悄然行動。

「你遲到了。」戴門說道。

「我幫你拿了伴手禮。」

羅蘭將一顆杏果拋向戴門，戴門感受到羅蘭部下無聲的喜悅，以及阿奇洛斯士兵的困惑與驚奇。尼坎德洛斯將羅蘭坐騎的韁繩交給他。

「你們維爾人都是這樣做事的嗎？」

「你是指我的效率？」羅蘭說。

說罷，他翻身上馬。

在馬匹受傷的風險如此高的情況下，一行人不得不緩慢順溪流行進，並小心保護馬車。他們派士兵騎馬先行，確保溪床不會突然變深或溪流加快，也確保溪床仍是平緩且摩擦力足夠的頁岩，讓車輪在水中繼續滾動。

戴門宣布停止向前，眾人在岸邊停步，這裡有一塊突出的岩石，能掩藏規模較小的火堆。此處也有花崗岩古遺跡，能提供掩護。近期於亞奎塔與瑪拉斯見過此種遺跡的戴門認出了不同的形狀，溪邊的遺跡不過是一面牆的殘骸，岩石經過歲月的磨損，上頭也長滿了矮叢與雜草。

帕拉斯與阿克提斯一展長才，捕了幾條魚，將魚肉烤熟後用葉子包著魚片吃，搭配稍甜的加度葡萄酒。平時，士兵在行軍的夜裡，都是吃麵包與硬起司搭配加度葡萄酒。栓在一旁的馬匹吃了些草，輕輕翻弄泥土。喬德與萊多斯排第一輪守夜，其餘隊員則在小營火前圍成半圓。

戴門加入他們時，眾人趕忙起立，尷尬地站在原處。先前，羅蘭將被褥拋給戴門，丟下一句：「攤開鋪好。」帕拉斯險些為國王遭受的侮辱，而對羅蘭下達決鬥的挑戰。這些士兵不知該如何坐下來和陛下一起吃起司。戴門倒了淺淺一杯酒，遞向身旁的士兵（帕拉斯），在那漫長的沉寂中，帕拉斯呆立原處，顯然鼓起了全身的勇氣才伸手接過淺杯。

羅蘭走向默然對峙的眾人，泰然自若地癱坐在戴門身旁的圓木上，平鋪直敘地說起那件藍裙的由來。聽了羅蘭在妓院那場下流的冒險，拉札爾面紅耳赤，聽到好笑處，帕拉斯甚至抹了抹眼角的淚。維爾士兵直截了當地問羅蘭是如何逃離妓院，這些問題導向直截了當的回答，所有人對妓院抱持不同的看法，種種意見被翻譯或誤譯得滑稽詼諧，又有更多人笑得眼角泛淚。葡萄酒傳遍了所有人之手。

阿奇洛斯士兵也不甘示弱，將今日逃離卡斯托部下的過程告訴羅蘭——眾人是如何蹲在溪中、如何策馬拉動緩慢的馬車、如何躲藏在樹叢中。帕拉斯模仿了帕司查騎馬的動作，拉札爾則慵懶地欣賞他，不過他欣賞的不是帕拉斯的演技。戴門咬了口杏果。

一段時間後，戴門再次起身，眾人再次憶起他的君王身分，不過先前拘謹的恭敬已消失無蹤。戴門愉快地走向他乖乖攤開的被褥，躺了下去，傾聽營地中人們準備就寢的聲響。

他有些訝異地聽見腳步聲走來，以及被褥在身旁落地的輕微聲響。羅蘭舒展四肢躺了下來，兩人並肩躺在星空下。

「你身上都是馬味。」戴門說。

「所以狗才沒對我吠叫。」

戴門感受到胸中鼓動的喜悅，他沒有說話，而是靜靜躺著，仰望星空。

「這就跟從前一樣。」戴門說道，不過實際上，他從未體驗過這般生活。

「這是我第一次來阿奇洛斯。」羅蘭說。

「喜歡這裡嗎？」

「這裡和維爾差不多，只是能沐浴的地方少了些。」羅蘭答道。

斜眼瞄去時，戴門看見羅蘭側躺著看他，兩人的姿勢宛若鏡中倒影。

「旁邊就有一條溪啊。」

「你要我裸身在夜晚的阿奇洛斯郊外遊蕩？」然後：「你身上的馬味明明就和我一樣

重。」

「更重吧。」戴門說。他面露微笑。

月光下，羅蘭成了白皙的形影，他身後則是沉睡的營地，以及花崗岩遺跡。總有一天，古舊的石牆會完全崩塌，永遠沉眠在溪底。

「這些是亞爾特帝國的遺跡吧？聽說過去的亞爾特帝國，疆域有我們兩個國家那麼廣。」

「和亞奎塔那裡的遺跡一樣。」羅蘭說道。他沒有說：**還有瑪雷斯**。「我和哥哥小時候喜歡在亞奎塔的遺跡裡玩耍，喊著要殺死所有的阿奇洛斯人，復興舊帝國。」

「我父親也有同樣的想法。」

你看看他的下場。這句話，羅蘭也沒有說出口。羅蘭呼吸平穩，躺在戴門身旁的他似乎感到放鬆、感到睏倦。戴門聽見自己的聲音。

「在首都伊奧斯城郊，有一座夏宮，那裡的花園是我母親設計的。我聽說宮殿是蓋在舊亞爾特帝國的地基上。」他回憶起過去在園中漫步、細緻的南方蘭花、馥郁的橙花香。「那裡的夏天很涼爽，還有水池，還有騎馬的步道。」異常的緊張令他脈搏加速，他幾乎感到羞赧。「等這一切都結束了……我們可以騎馬過去，在夏宮待上一週。」自從在卡薩斯那一夜，他便不敢提及未來。

他感覺到羅蘭小心翼翼地維持姿勢，聽見古怪的停頓。片刻後，羅蘭輕聲說：「我很樂意。」

戴門翻身仰躺，眺望浩瀚無垠的星空，讓隻言片語的喜悅流遍全身。

15

命運果然弄人，在溪床行進五日的馬車在重返大路時，終於壞了。第一臺馬車就像個驕縱的孩子，坐在泥土路中間不肯前進，後方的第二臺馬車差點撞上去。拉札爾臉頰沾了塵土從車下鑽出，表示是輪軸壞了。貴為王子的戴門不熟悉修復馬車的技藝，於是他似懂非懂地點點頭，命令部下修車。眾人立即下馬，開始將馬車抬高，並砍下一棵小樹作木材用。

就在此時，一隊阿奇洛斯士兵出現在天邊。

戴門舉起一隻手，示意眾人禁聲——完完全全禁聲。敲敲打打的聲響消失，一切活動都瞬間停擺。戴門望向平原彼方，清楚看見隊列緊湊、小跑步前行的軍隊：約五十人朝西北方行進。

「要是他們朝這邊來——」尼坎德洛斯低聲說。

「喂！」羅蘭高呼。他從馬車前輪爬上車頂，手裡抓著一條黃絲布，對軍隊熱情地揮舞。「喂！你們！阿奇洛斯人！」

戴門腹中一緊，不知所措地向前踏一步。

「快阻止他！」尼坎德洛斯同樣踏上前，然而為時已晚。天邊的軍隊如同椋鳥群，已開始轉向。

來不及阻止了，即使抓住羅蘭的腳踝也太遲了，軍隊已經看見他們，此時掐死羅蘭，對戴門一行人也毫無幫助。戴門看向尼坎德洛斯，他們寡不敵眾，在寬闊、平坦的平原也無處藏身。戴門與尼坎德洛斯悄悄轉向逼近的軍隊，準備迎擊，戴門開始估量自己與最前排士兵的距離、成功殺死他們的機率，以及殺死夠多人，讓其他人逃出生天的機率。

仍抓著絲絹的羅蘭爬下車頂，向士兵打招呼的語氣寬慰，帶著誇張的維爾腔。

「軍官先生，太感謝您了，您要是沒有過來，我們還真不知道該如何是好呢。我們這裡有十八匹布要送去給阿爾勾斯的米洛，問題是，如您所見，克利斯托費那傢伙竟然賣了臺有瑕疵的馬車給我們。」

那位阿奇洛斯軍官的馬優於其餘士兵的坐騎，頭盔下的他有著一頭深棕色短髮，以及長期嚴苛訓練造就的剛硬神情。他在一行人之中尋找阿奇洛斯面孔，目光落在戴門身上。

戴門盡量維持無所畏懼的表情，視線竭力避開馬車。第一臺車上滿是布匹，但第二臺車上擠了優卡絲特與桂恩夫妻，車門開啟的瞬間，眾人的身分就會敗露。這回，沒有能拯救他們的藍絲裙了。

「你們是商人？」

「是。」

「叫什麼名字？」軍官問道。

「查爾斯。」戴門想起他唯一認識的一名商人。

「你就是出名的維爾布商查爾斯？」軍官狐疑地問，他似乎對戴門說出的名字有所耳聞。

「不是，」羅蘭說道，彷彿軍官說了天大的笑話。「我才是出名的維爾布商查爾斯，那是我的助手萊門。」

在話音落下後的沉默中，軍官的視線掃過羅蘭，又掃過戴門，最後看向馬車。車上每一處凹痕、每一片灰塵、每一絲長途跋涉的痕跡，皆被他收入眼底。

「查爾斯，」最後，他終於開口。「看來你們的輪軸壞了。」

「那能不能請您的部下幫忙修車呢？」羅蘭問道。

戴門不可置信地盯著他。他們四周圍了五十名阿奇洛斯騎兵，而優卡絲特就在第二臺馬車內。

軍官說：「我們在找阿奇洛斯的戴門諾斯。」

「阿奇洛斯的戴門諾斯？那是誰？」羅蘭問道。

他的表情看起來既誠實又毫無遮掩，藍眸眨也不眨地仰望高坐在馬上的軍官。

「他是國王的兒子，」戴門聽見自己的聲音傳出。「卡斯托的弟弟。」

「萊門，你別胡說，戴門諾斯王子早就死了，」羅蘭說。「軍官大人說的不可能是他。」說罷，他轉頭對軍官說道：「真是抱歉，我這個助手很少關心阿奇洛斯的時事。」

「和你說的恰恰相反，我們認為阿奇洛斯的戴門諾斯還活著，而且他六天前帶著一批人越過邊界，進了美洛斯省。」軍官對部下打了個手勢，示意他們上前。「戴門諾斯就在阿奇洛斯境內。」

戴門詫異地發現，軍官命部下上前是為了修復馬車。一名士兵向尼坎德洛斯要了一塊擋住車輪的木塊，尼坎德洛斯不發一語地遞給他。尼坎德洛斯錯愕的神情，近似戴門先前與羅蘭冒險闖蕩時露出的表情。

「馬車修好之後，我們可以陪你們到旅社去。」軍官說道。「守備軍剩下的人都駐紮在那裡，他們能確保你們的旅途安全無虞。」

他的語調與羅蘭說「那是誰？」的時候無異。

戴門赫然發覺，他們尚未脫離險境。一位地方軍官或許不願在路上質問知名商人、搜他的馬車，但回到旅社後，他多的是時間命部下搜車。更何況，他沒理由在路上和十多名護衛起衝突，只需將戴門一行人帶回守備軍的懷抱，他們必然會乖乖就範。

「謝謝您啊，軍官先生。」羅蘭毫不猶豫地說。「那就麻煩您帶路了。」

軍官名為斯塔沃斯。馬車修好後，他策馬騎在羅蘭身邊，一行人與巡邏隊伍挺直了背脊坐在馬鞍上，小跑朝旅社前進。隨著眾人接近旅社，斯塔沃斯顯得愈發自信，戴門的危機意識也醒了過來。然而他不能表現出不情願、不能露出破綻，只能繼續前進。

軍官所說的旅社，是美洛斯規模最大的客棧之一，能夠接待位高權重、有錢有勢的客人。旅社入口是一扇能讓運貨馬車與四輪馬車通過的雙開大門，進門之後，眾人來到寬敞的庭院。庭院裡有大片空間供馱獸使用，也有供良馬休息的馬廄。

穿過大門、進入地面凹凸不平的庭院時，戴門感到情勢越來越危險。院中有規模頗大的營房，顯然旅社也是當地軍隊出行時的停歇點。在阿奇諾斯各省，此種情形並不少見：商人與身分尊貴的旅客十分感激軍隊的存在，甚至會資助軍隊駐紮於此，讓旅社顯得較一般的小酒館高級。否則，任何有自尊的人——即使是奴隸——也不願上小酒館用餐。戴門放眼望去，旅社內少說有一百名士兵。

「斯塔沃斯大人，謝謝您幫忙，接下來就不勞煩您了。」

「好說好說，至少讓我陪你們進去吧。」

「那就太好了。」羅蘭沒表現出一絲猶豫。「萊門，過來吧。」

戴門跟隨羅蘭入內，深切意識到自己與部下即將分開。羅蘭泰然自若地踏進旅社。

旅社有著阿奇洛斯風格的挑高天花板，火爐裡燃著旺盛的火焰，一根鐵叉在爐中轉動，烤牛肉的香味盈滿了廳室。除羅蘭與戴門之外，在場只有另一組客人座在包廂裡，戴門透過敞開的廂門看見他們圍坐在桌邊熱絡地談話。左手邊是通往二樓客房的石梯。兩名阿奇洛斯士兵守在旅社入口，另外兩人守在後門，斯塔沃斯自己也帶了四名士兵入內。

戴門心中萌生了荒謬的想法：沒有扶欄的階梯是相對優勢的戰鬥位置，必要時，他們能居高臨下迎擊斯塔沃斯的部下——說得好像他與羅蘭兩人能與整支守備軍抗衡似的。他也許能制伏斯塔沃斯，以軍官的命換取自由。

斯塔沃斯將羅蘭介紹給旅社老闆。

「這位是出名的維爾布商查爾斯。」

「他不是出名的維爾布商查爾斯。」旅社老闆看著羅蘭說。

「我跟你保證，我就是查爾斯。」

「我跟你保證，出名的布商查爾斯已經在這裡了。」

一片沉默。

戴門看著羅蘭的眼神，像是擲矛比賽中剛見到上一位選手擲出漂亮的滿分，觀眾看著下一位選手上場的眼神。

「怎麼可能。把他叫出來。」

「是啊，叫他出來。」斯塔沃斯附和道。所有人靜靜等著小侍童走進包廂，對房內的客人說明情況。片刻後，戴門聽見耳熟的聲音。

「是哪個冒牌貨假冒我——」

他們與維爾布商查爾斯面面相覷。

從上回相見至今的數月間，查爾斯的外貌幾乎沒變，表情依然帶著屬於商人的嚴肅，衣著同樣是華貴而厚重的錦緞。年近四十的他天性熱情，但由於長年經商，他也養成了商人的神態。

查爾斯看了一眼維爾王子難以認錯的金髮藍眸。他上回遇見羅蘭是在奈松的一間酒館，當時羅蘭假扮成寵奴坐在戴門腿上。查爾斯瞪大雙眼，接著極盡認真地開口。

「查爾斯！」查爾斯說道。

「他是查爾斯，那你又是誰？」軍官問查爾斯。

「我，」查爾斯說。「我是——」

「他就是查爾斯，我已經認識他八年了。」旅社老闆說道。

「沒錯，他是查爾斯，我也是查爾斯，我們是堂兄弟。」查爾斯頑強地辯道。「我們的祖父叫查爾斯，我們都沿用了他的名字。」

「查爾斯，謝謝你幫我解釋，這個人還把我當成阿奇洛斯國王呢。」羅蘭說。

「我只是認為你可能是國王的手下而已。」斯塔沃斯煩躁地說。

「國王漲了稅金，幾乎要讓全天下的布商破產了，我怎麼會當他的手下？」羅蘭說道。

戴門刻意望向別處，不讓自己對上羅蘭的眼睛。其餘人則緊盯著羅蘭白皙的臉、那頭金髮與金色眉毛，看著他雙手一攤，以維爾人的姿勢搭配他的維爾口音。

「我們應該都看得出來，這個人不是阿奇洛斯國王。」旅社老闆說。「如果查爾斯為堂弟作證，守備軍應該也沒有意見了吧。」

「我當然要為他作證了。」查爾斯說道。

片刻後，斯塔沃斯僵硬地鞠躬。「查爾斯，我向你道歉。我們只是想確保道上沒有來歷不明的人而已。」

「斯塔沃斯大人，您不必道歉，如此盡責的態度也為您添了光榮。」羅蘭也以僵硬的鞠躬回應。

說罷，他脫下騎馬用的斗篷，交給戴門。

「又是偽裝！」查爾斯一面將羅蘭迎至火邊的餐桌，一面低聲說。「您這次是為王室執行任務嗎？還是要和什麼人私下會面？殿下，您別擔心——幫您保密是我的榮幸。」

查爾斯將羅蘭介紹給桌邊另外六人，他們一致表示能在阿奇洛斯與查爾斯的小堂弟碰面，實在是極巧的幸事。

「這是我的助手，桂萊姆。」

「這是我的助手，萊門。」羅蘭說。

於是，戴門與一批維爾商人在阿奇洛斯的旅社共進餐點，談論布料的買賣。與查爾斯同行的是六名男商人，羅蘭在查爾斯與絲綢商人瑪瑟林身旁坐下，「萊門」則坐上桌子旁的一張小三腳凳。

侍者端出沾了油的麵餅，以及橄欖與爐中那塊牛肉的碎肉。紅酒倒入攪拌碗後盛入淺杯——酒的品質不差，用餐區沒有笛手或跳舞的少年，以對大眾開放的旅社而言，已經相當不錯了，戴門心想。

桂萊姆過來找位階相仿的「萊門」攀談。

「萊門，你的名字真少見。」

「這是帕特拉斯的名字。」戴門說道。

「你的阿奇洛斯語倒是說得不錯。」桂萊姆說得緩慢又大聲。

「謝謝。」戴門說。

尼坎德洛斯到場時，只能尷尬地站在餐桌一端。他發現自己必須對羅蘭報告，眉頭不由得皺了起來。「馬車裡的貨物都卸下來了，查爾斯。」

「多謝了，軍人。」說罷，羅蘭轉頭對桌邊所有人補充道：「我們平時在德爾芙做生意，但是我不得不往南發展。尼坎德洛斯那個德爾芙封臣實在太沒用了，」羅蘭刻意用尼坎德洛斯聽得見的音量說話。「他一點都不懂布料。」

「太中肯了。」瑪瑟林附和道。

查爾斯跟著說：「他禁止我們賣肯普夏絲綢，我就試著在德爾芙賣瓦蓮絲綢，結果他居然要我每匹布繳五瑣的稅！」

眾人紛紛發出不悅的呼聲，話題轉向邊境貿易的難處，以及阻礙貨品補給的動盪情勢。若戴門諾斯當真回到了阿奇洛斯北境，查爾斯認為這會是他在道路封鎖前售出的最後一批貨物。戰爭即將到來，緊隨其後的只會是艱苦的日子。

眾人開始談論戰爭時期的穀價，以及戰爭對生產者與農人的衝擊。商人們對戴門諾斯的瞭解不深，也不明白自家王子為何與他結盟。

「查爾斯以前見過維爾王子一面，」桂萊姆壓低聲音對戴門透露。「那是在奈松一間酒館，當時王子假扮成──」聲音壓得更低了。「──娼妓。」

戴門望向認真高談闊論的羅蘭，目光緩緩掃過熟悉的五官，以及被火光鑲了金邊的淡漠神情。他回道：「是嗎？」

「查爾斯說啊，你就想像你見過最貴的寵奴，把那個價錢翻一倍。」

「真的假的？」戴門說。

「當然是真的。查爾斯一眼就認出他了，因為他的王子氣質和高貴的靈魂不可能藏得住。」

「那當然。」戴門應道。

餐桌另一頭，羅蘭問起了商人在貿易時遇上的文化差異。查爾斯解釋道，維爾人偏好繁複的布料與染料，以及特殊的編織手法與裝飾物，不過阿奇洛斯人比較注重布料本身的品質，實際上他們的紡織品較為細緻。阿奇洛斯人習慣以簡單的衣著樣式展現布匹的每一個細節，因此就某方面而言，在阿奇洛斯買賣布料反而較困難。

「也許你能鼓勵阿奇洛斯人穿長袖，這樣就能多賣幾塊布了。」羅蘭提議道。

所有人都禮貌地笑了笑，不過一兩人臉上閃過若有所思的神情，查爾斯這位年輕的堂弟也許無意中提了個好主意。

小隊的其餘成員睡在旅社庭院中的小屋舍。身為助手的戴門前去查看士兵與馬車的狀況，看見喬德等多數士兵已經就寢，桂恩也睡在不舒適的屋舍裡，帕司查已經在打鼾，拉札爾與帕拉斯則共用一條毛毯。尼坎德洛斯仍然醒著，除了他之外，還有兩名士兵負責看守優卡斯特與桂恩的妻子——蘿伊絲——所在的馬車。

「沒什麼動靜。」尼坎德洛斯報告道。

一名旅社伙計提著油燈穿過庭院，通知「萊門」客房已準備妥當，是右手邊第二道門。

戴門跟隨油燈回到旅社，室內陰暗而寧靜，查爾斯等人已回房休息，火爐只剩最後的餘火。靠牆而建的石梯沒有扶欄，這是阿奇洛斯建築的共同點，不過對醉酒的住客而言也許是一大挑戰。

戴門走上樓。少了油燈的火光，二樓一片昏暗，但最後他還是找到右手邊第二道門，推門入室。

客房舒適、簡單，石牆鋪了厚厚一層灰泥，火爐燃著溫暖的火焰。房裡有床鋪、木桌與水瓶，還有兩扇有著深窗臺的小窗戶，由於室內燈火通明，玻璃窗外只見一片漆黑。三根蠟燭燃著奢侈的光芒，逐漸下沉的燭光溫暖且溫馨。

燭光在羅蘭身周形成金黃色與奶油黃光環。他剛沐浴完，金髮仍然溼漉漉，先前的阿奇洛斯棉袍換成了過大的維爾睡衣，未束緊的繫帶自寬鬆的上衣垂落。他將阿奇洛斯風格小床上的被褥全拖到了火爐前，甚至連乾淨的床墊也被拖到地上較小的睡墊旁。

戴門看著地上的被褥，小心翼翼地說：「是伙計叫我過來的。」

「是我這麼吩咐他的。」羅蘭說道。

他一步步踏上前。戴門的心臟開始大力鼓譟，但他盡可能靜止不動，不讓自己妄下危險的定論。

羅蘭又說：「在抵達列王之廳前，這是我們最後一次睡真正的床鋪了。」

戴門來不及指出床鋪被羅蘭拆了，因為下一秒，羅蘭的軀體便貼了上來。戴門的手不由自主地舉起，隔著絲薄的睡衣抓握羅蘭的腰，兩人開始相吻，羅蘭的手指纏入他的頭髮，將他的頭往下拉。戴門感覺到趕路這三日在自己身上留下的汗污與塵土，碰上羅蘭剛洗淨的肌膚。

羅蘭似乎不介意，甚至喜歡這種感覺。戴門將他押在牆上，掠奪他的唇，深深吸入羅蘭的香皂與棉布氣味，雙手拇指緊按他纖細的腰線。

「我該去洗澡。」戴門在羅蘭耳邊呢喃，嘴唇悄悄尋覓耳後敏感的肌膚。

兩人再次火熱地深吻。「那就去洗啊。」

他發現自己被向後推，隔著一片空間望向羅蘭。羅蘭靠牆而立，用下巴示意一扇小木門，金色眉毛揚了起來。「你該不會要我伺候你吧？」

戴門環視隔壁小房中的香皂與乾淨毛巾、熱氣蒸騰的大木缸與較小的水盆，這些都必須事先準備，由侍者將毛巾帶來、盛接熱水。此般計畫與準備確實是羅蘭的風格，不過戴門從未在此種情況下體驗羅蘭的深謀遠慮。

羅蘭沒有隨他入內，而是讓戴門自行完成簡單的洗浴。洗刷身上的塵土令他感到相當舒暢，在熱吻後暫且離開、洗淨身軀，也有種令人著迷的魔力。他們不曾有過從容、細膩地長時間做愛的餘裕，無法享受初夜——想到他們仍未嘗試的種種，戴門心中只剩紊亂的千頭萬緒。

他徹底抹上肥皂，將水潑在頭頂、抓洗頭髮，最後以毛巾擦乾身體，踏出了木製浴缸。

回房時，毛巾纏在他的腰間，髮梢滴落的水珠沾在裸露的軀幹與肩背，肌膚已被蒸氣與熱水薰得微紅。

在此，他也看見了羅蘭的細心：點燃的蠟燭、相鄰的床鋪，以及沐浴過後穿著睡衣的羅蘭。戴門想像羅蘭滿心期盼地等待，雖然他明顯不確定該如何是好，卻還是著手掌控情勢，不違本性的作風著實令人著迷。

「第一次招待情人嗎？」光是說出那兩個字，戴門便滿臉通紅，羅蘭也暈紅了臉。

羅蘭問道：「洗完了嗎？」

「洗完了。」戴門說。

羅蘭站在房間另一頭，離剝去了床墊的床架較近。在火光下，他顯得有些緊繃，似乎正竭力下定決心。

羅蘭說道：「後退一步。」

戴門後退的同時回頭一看，下一刻背部便貼上牆面。睡墊與被褥在他左手邊的地上，身後的牆壁則厚實地抵著他。

「手放在牆上。」羅蘭令道。

三根燭蕊的三簇火苗閃爍不定，加深了戴門對房內一切的注意。羅蘭一步步走近，藍眸中閃爍著暗影，在他接近時，戴門將雙掌平貼在身後的灰泥牆上。

羅蘭的藍眸注視著他。房裡靜謐無聲，在厚牆的阻隔下，戴門只聽得見爐火的劈啪聲，就連玻璃窗也化為反射燭光的黑鏡，無法看見外界。

「把毛巾解下。」羅蘭說。

戴門從牆面移開一隻手，一扯毛巾，布巾鬆脫後從腰間滑至地面。

他看著羅蘭因他的身軀而有所反應。處子與經驗不足者往往會感到緊張，戴門十分享受克服障礙的挑戰，喜歡將對方的猶豫轉化為快樂。看見在羅蘭臉上一閃而過的緊張，戴門內心深處湧生了喜悅。最後，羅蘭終於將本能地落在下方的視線收回，抬眼直視他。

戴門讓羅蘭端詳他的赤裸，以及他毫不遮掩的情慾。岩石壁爐中，火焰吞噬新鮮木柴的聲響太過響亮。

「不准摸我。」羅蘭令道。

然後，他在旅社地上跪了下來。

簡單的畫面對戴門造成遠超言語或思想的影響，他脈搏驟亂，急切地逼自己不要妄下定論，一個動作之後的也許不是另一個動作。

羅蘭沒有抬頭看他，而是凝視著戴門的赤裸。他微微分開雙唇，如此接近張力來源的他，更明顯表現出緊張。戴門感覺到悄悄流過體表的氣息。

羅蘭真的要做了。**哪有人看到黑豹張開嘴，會笨到把屌塞進去？**戴門沒有動彈、沒有呼吸，羅蘭一隻手握著他，他卻只能站在原處，雙掌與背部緊貼背後的牆壁。冷若冰霜的維爾王子怎會將他含入口中？不可能。羅蘭自己的手掌也貼上了牆面。

戴門居高臨下，從不同的角度欣賞羅蘭的面孔，金色長睫毛隱藏了那雙藍眸。周遭寂靜的客房、簡單的家具與空空蕩蕩的床，形成超現實的背景。羅蘭的唇，吻上了頂部。

戴門仰頭撞上灰泥牆，全身爆發火花，粗啞、低沉而充滿慾望的聲響衝口而出，在那純粹由感官主宰的瞬間，他闔上了雙眼。

再次睜眼，他看見羅蘭低垂的頭向後移，剛才發生的一切恍若幻覺，只留下頂端的溼潤。

困在牆邊的戴門感覺到手掌下粗糙的灰泥。羅蘭眸光幽深，淺促的呼吸使胸膛起起伏伏，顯然因某件事而掙扎的他再次傾身。

「羅蘭。」戴門呻吟道。羅蘭的唇又貼了上來，輕輕分開。戴門上氣不接下氣，恨不得移動、恨不得抽送。過分強烈的觸感卻又不足以滿足他，他奮力控制身體，壓抑自己的本能，迫使自己靜止不動。

戴門的指尖幾乎要穿破灰泥，他不知羅蘭腦中正進行何種掙扎，但羅蘭輕緩的技巧仍舊精湛，身體的殷勤無視了規律或高潮的渴望，卻仍美不勝收。羅蘭應該能嚐到他的味道，嚐到戴門溼鹹的慾望與需求——太過強烈的念頭，幾乎將他推向極致。

這與戴門想像的不同。戴門知道羅蘭的嘴有多麼犀利刻薄，也知道那是他最有力的武器，他平時緊抿著雙唇，將鮮豔柔軟的唇壓抑成剛硬的線條，那張嘴化成殘忍的弧形。戴門親眼見識過羅蘭用那張嘴將人折磨得痛不欲生。

然而此時，羅蘭的唇獻給了快感，戴門的硬挺取代了言語。

他會射在羅蘭口中——令他失神的念頭浮現，下一秒羅蘭便熟練地含著他下滑。熱火猛然竄燒，戴門還來不及阻止自己就激射而出，氾濫的快感來得太快、太早。他腹部一緊，全身顫抖的同時努力克制自己，十指仍緊抓著灰泥牆。

最終，仰頭靠牆的他睜開了雙眼，看著眼神仍然幽深的羅蘭悄然退開。他以為羅蘭會走到火爐前，吐出口中的熱液，然而羅蘭並沒有這麼做，他已經吞下去了。他用手背按著嘴唇，遠遠站在窗前，有些警戒地注視著戴門。

戴門撐著牆面起身。

走至羅蘭面前時，他的手掌再次貼上灰泥牆，只不過這次是平貼在羅蘭的臉旁邊。他看著羅蘭的胸膛在兩人之間起伏，他的動作顯然喚起了羅蘭的慾望。

羅蘭明顯不知道該如何處理自己的情慾，之所以警戒，是因為他不確定接下來該如何行動。戴門沒有料想到，羅蘭豐富的經驗，竟缺失這一塊。

昏黃的光輝中，羅蘭說道：「是公平交易嗎？」

「不曉得。那你要我給你什麼？」

羅蘭的眼眸晦暗不明，戴門幾乎能看見他的糾結，看見他逐漸攀升的緊張。在那瞬間，戴門以為羅蘭不會回答，不會讓自己的慾望暴露在戴門面前。

「讓我看見，」羅蘭說道。「我們之間的可能性。」

說完，他面頰一紅，字句展露出他內心的樣貌，缺乏經驗的青年靠著旅社的灰泥牆而立。

戶外是充滿敵意的阿奇洛斯，處處是虎視眈眈的敵人，在抵達安全之境前他們必須橫跨危險的山川平原。

然而在房裡，兩人得以獨處。在燭光的光輝下，羅蘭的髮絲化為純金，睫毛與頸項沾染了火光。戴門想像自己在異國追求他，想像這一切不曾發生，想像自己在某處露臺上以甜言蜜語求愛，想像夜間花園的花香飄上來，想像酒宴的燈光從身後照亮兩人。他想像自己是挑戰對象極限的追求者。

「我會追求你，」戴門說道。「用和你相應的優雅和禮節追求你。」

他解開羅蘭上衣的第一條繫帶，衣衫開始敞開，露出他頸底的凹陷處。羅蘭分開了雙唇，呼吸幾乎沒有擾動空氣。

戴門又說：「我們之間不會有任何謊言。」

他解開第二條繫帶，感受到自己低沉的脈搏，指尖移向第三條繫帶時，他感覺到羅蘭肌膚的溫暖。

「我們會有充裕的時間，」戴門說道。「在一起的時間。」

溫暖的火光中，他抬手輕捧羅蘭的臉，傾身向前，溫柔地輕吻羅蘭的唇。

他感受到羅蘭的驚訝，羅蘭似乎沒想到在自己之前的舉動過後，戴門還會親吻他。片刻後，羅蘭回應了這一吻。羅蘭親吻的方式與他平時的行事風格截然不同，動作簡單而不帶算計，似乎將吻視為最真摯、最嚴肅的事情。他的吻帶有期盼意味，好像等待戴門主導這一吻。

見戴門沒有作為，羅蘭改變了頭的角度，手指握住戴門仍然濡溼的頭髮。在羅蘭的行動下，吻漸漸加深。戴門感覺羅蘭的身軀緊貼著他，他讓手滑入羅蘭微開的上衣，享受手掌平攤時的觸感——在今晚之前，他作夢也沒想過自己能以撫摸占有羅蘭，到現在他仍在等羅蘭為此殺了他。羅蘭發出鼓勵意味的細小聲響，暫時停下擁吻，閉上雙眼，用全身心感受戴門的觸摸。

「你喜歡慢慢來。」戴門垂頭在羅蘭耳邊低語。

「對。」

他柔柔地吻著羅蘭的脖頸，手掌緩緩滑過羅蘭上衣內的肌膚，太過細緻的皮膚比他敏感許多。平日裡，羅蘭總是毫不留情地裹上最密實的衣褲。不知道他壓抑感官的原因，是否與此時難以啟齒的原因相同。戴門看著他緊繃的下顎。

戴門的慾望再度甦醒，他想像自己緩緩滑入羅蘭、盡情地放慢速度享受快感，花一段漫長的時間進出，直到他們再也無法區分彼此。

羅蘭撩起上衣、一把脫下，一絲不掛地站在戴門面前，與許久前在澡堂中無異。戴門忍不住踏上前，指尖輕撫羅蘭的肌膚，視線追隨手指從胸膛滑至腰臀。火光下，羅蘭的身體呈溫暖的金黃色。

羅蘭也注視著他，兩人皆脫去衣衫後，戴門精壯的身體變得更無法忽視。是羅蘭將他推倒在床墊上，是羅蘭的雙手撫摸著他，是羅蘭用手掌記下他身體的形狀與觸感，彷彿要將戴門的一切刻在腦海中。

親吻時，戴門感受到閃過肌膚的火熱。羅蘭退了開來，似乎下定了決心，呼吸雖然加速，卻沒有脫離他的控制。

「讓我高潮。」他一面說，一面將戴門的手放在雙腿之間。

戴門五指握起，羅蘭的呼吸似乎變得難以控制了些。

「像這樣？」

不。慢一點。

羅蘭沒有太大的變化，只有嘴唇微張、睫毛垂得更低，羅蘭的反應向來細微，他從不明顯表現出偏好。在拉芬奈時，即使被戴門含在嘴裡，他也沒能到達巔峰，戴門赫然發覺，羅蘭也不確定自己現在是否能高潮。

戴門的動作慢了下來，在那一瞬間，他除了收緊手指、拇指緩緩撫摸頂部之外，沒有其他動作。他充分感受著羅蘭熱燙、硬挺的分身，對手中的重量深感滿意，分身的形狀優美，與主人的比例也恰到好處。戴門的指節擦過從羅蘭的肚臍向下延伸的細緻金毛。

他的身體也從慵懶的慾望演進至沉重的蓄勢待發、準備馳騁——但他暫且放下這份慾望，專注地觀察著試著放下心防的羅蘭。

羅蘭以鋼鐵般的抑制力控制身體時，戴門感受到了，他感受到羅蘭腹部的緊繃、下顎滑動的肌肉，他也明白這些跡象代表的意義。戴門沒有停下手掌與手指的動作。

「不喜歡高潮？」

「你有什麼意見嗎？」呼吸淺促的羅蘭，無法以平時的高傲發言。

「沒有。等我做完，再把高潮的感覺告訴你。」

羅蘭簡短地咒罵一聲，世界在一瞬間翻轉，羅蘭忽然伏在他身上，慾望強烈到了痛苦的地步。戴門感覺到背下的稻草床墊，又抬眼看著撐在他上方的羅蘭，上下顛倒反而使他慾火一旺。儘管如此，他還是握住了羅蘭，說道：「那就來啊。」在任何方面對羅蘭下指令，似乎都是勇氣的突破。

第一次刻意的推送，將火燙的分身推入戴門手心。羅蘭注視著他，戴門看得出這對羅蘭而言是陌生的體驗，他自己成為承受的一方也十分新鮮。他不禁好奇，羅蘭有認真上過別人嗎？他赫然發現，羅蘭沒有這樣的經驗——隨此念頭而來的熱浪並不舒服，戴門忽然與羅蘭一同來到了未曾涉足的境地。

「我，」戴門說。「我從沒——」

「我也是。」羅蘭說道。「你是我的第一次。」

所有感官都放大數倍，羅蘭的分身如此近距離滑動、緩緩挺動的腰臀、熱燙的肌膚，火焰太過熾熱，戴門的手掌貼著羅蘭身側，感覺他的肌肉規律收縮。戴門抬眼凝視羅蘭，眼中透露了太多太多，羅蘭也以一次次挺動回應。

「你也是我的第一次。」戴門聽見自己的聲音。

羅蘭說：「在阿奇洛斯，初夜不是很特別嗎？」

「對奴隸來說是很特別。」戴門答道。「對奴隸來說，初夜就是一切。」

羅蘭的第一次震顫伴隨著第一次出聲，在身體的驅使與發力下，他無意識地呻吟。兩人睜著眼睛注視彼此，戴門的慾望漸漸失控，即使沒有進入對方的身體，他們卻結為了一體，到達慾望的巔峰。

羅蘭在他上方喘息，身軀仍因愉悅的餘韻而輕顫，顫抖的間隔逐漸拉長。他的頭撇向一邊，沒有看戴門，彷彿方才已經透露太多。戴門的手仍貼著羅蘭熱燙的肌膚，隔著肌膚血肉感覺到羅蘭的心跳，他也感覺到羅蘭開始挪動，但現在還不是時候——

「我去拿——」

但羅蘭已經起身，戴門仍躺在被褥之中，一條手臂舉在頭頂上方，身體尚未恢復。羅蘭離去後，戴門再次感覺到爐火的熱意撫過肌膚，聽見火焰劈啪作響。

戴門看著呼吸尚未和緩的羅蘭走至客房另一頭，拿取毛巾與水瓶。他知道羅蘭講究做愛後的清潔，他也為自己對羅蘭的熟悉而暗暗高興，他喜歡多瞭解羅蘭的習慣。羅蘭停下動作，指尖輕觸木桌的邊緣，在昏暗的火光中靜靜呼吸。戴門也知道，羅蘭完事後的習慣是一種藉口，讓他花一些時間平復心情。

羅蘭回來時，戴門讓羅蘭為他擦身，展現他在床上出人意料的貼心與溫柔。戴門接過羅蘭遞來的淺杯，也同樣為羅蘭倒水，讓羅蘭微微吃驚。羅蘭彆扭地正坐在床墊上。

戴門舒服地舒展身軀，等待羅蘭，然而羅蘭等了數分鐘才彆扭又僵硬地躺下。房內只剩爐火一處照明來源，火光在距火爐較近的羅蘭身上，形成光與影的清泉。

「你還戴著它。」

戴門忍不住脫口說出。羅蘭的手腕戴著沉重的金銬，黃金與他在火光下的髮色相同。

「你也是。」

「為什麼？」

「明知故問。」羅蘭說。

兩人一同躺在被褥、床墊與扁枕上。戴門翻身仰躺，望向天花板，感覺自己的心在胸中鼓動。

「你迎娶帕特拉斯的公主的時候，我一定會嫉妒得要死。」戴門聽見自己如此說。話語出口後，房內一片寂靜，他又聽見爐火劈啪作響，又過分意識到自己的呼吸聲。過了半晌，羅蘭開口。

「我不會娶帕特拉斯的公主，也不會娶瓦斯克的帝女。」

「但是你有傳宗接代的義務。」

戴門不知自己為何說出這句話。天花板鑲有木板，但沒有塗灰泥，他能看見木頭的深色紋路與污痕。

「不，我會是最後一個。我的家族就到我為止。」

戴門轉頭，發現羅蘭並沒有看他，而是注視著昏暗房中的某個位置。羅蘭靜靜地說：「我沒對任何人說過這件事。」

戴門不願擾亂隨後的寧靜，以及兩人之間一個巴掌的距離，那小心翼翼的空間。

「你能在我身邊，真是太好了。」羅蘭又說。「我一直以為我最終會單獨面對我叔父。」

他轉頭看向戴門，兩人四目相對。

「有我在。」戴門告訴他。

羅蘭沒有回覆，但他微微一笑，無言地伸手觸碰戴門。

六日後，眾人進入阿奇洛斯最南部的省份，終於與查爾斯的商隊分道揚鑣。

那是趟蜿蜒、悠閒的旅程，日子在夏季蟲蠅的嗡嗡聲與午後避暑的休息時間中過去了。查爾斯的車隊以體面的形象掩護了戴門的小隊，眾人不受阻礙地通過了卡斯托部下的盤查。喬德開始教阿克提斯玩骰子，阿克提斯則教了他一些「經典」的阿奇洛斯字眼。拉札爾自信而慵懶地追求帕拉斯，看樣子他們一找到稍有隱私的場所，帕拉斯便會為他撩起裙襬。帕司查給了萊多斯一些建議，原本擔心自己身體有問題的萊多斯，聽完後鬆了一大口氣。

日子變得太過炎熱時，一行人躲入旅社與客棧，有一次甚至在大農舍中休息，吃些麵包、硬起司與無花果，以及在炎炎夏季吸引了蜂類的蜂蜜堅果零嘴。

在農舍暫歇那日，戴門坐在戶外的一張桌邊，對面是帕司查。只見帕司查朝羅蘭一點頭，戴門望向在一棵樹下乘涼的羅蘭。「他不習慣這裡的炎熱。」

帕司查此話不假，羅蘭不適應阿奇洛斯的夏季，他在白日撤退至相對陰涼的馬車內，到了休息站，他也都在樹下或遮陽棚下乘涼。儘管如此，他對阿奇洛斯的酷熱毫無怨言，有非完成不可的工作時，他也絕不推卸責任。

「你是怎麼加入羅蘭這一派的？我好像沒聽你說過。」

「我曾是攝政王門下的醫師。」

「所以你負責醫治他家裡的僕人？」

「還有他的孌童。」帕司查說道。

戴門沒有接話。

片刻後，帕司查又說：「我哥哥死前是國王衛隊的成員，我沒有像他那樣發誓效忠國王，但我想用行為實現他的諾言。」

戴門走至溪邊，接近背靠樹幹站在一棵小落羽杉下的羅蘭。羅蘭腳穿涼鞋、身穿寬鬆悅目的白色棉袍，雙眼凝望廣袤藍天下的阿奇洛斯。

丘陵綿延向遠方的海岸，海水在豔陽下閃耀，海邊城鎮的房屋漆得與船帆同樣潔白，一幢幢屋舍皆形狀相似。阿奇洛斯人無論在藝術、數理或哲理方面都崇尚簡約與優美，建築也不例外，這趟旅途中，戴門數度看見羅蘭靜靜欣賞阿奇洛斯之美。

戴門暫時停下腳步，不過率先轉身說話的是羅蘭。「真美。」

「真熱。」戴門說。他走到鵝卵石溪岸，俯身將一塊布浸入清澈的溪水。他踏上前。

「來。」戴門輕聲說。片刻的遲疑後，羅蘭向前傾身，讓戴門愉悅地將冷水擰在他的後頸上，他則闔眼發出細柔、甜美的滿足聲響。只有近看，才會發現他面頰微紅，髮根因汗水而微溼。

「殿下，查爾斯的商隊準備離開了。」帕拉斯走近時，兩人的頭湊得很近，細水流沿著羅蘭的後頸下滑。戴門一手撐著粗糙的樹幹，抬起頭來。

「我看你以前是奴隸，是查爾斯放了你，是吧？」別離之際，桂萊姆對戴門說道。他熱切地補充道：「你一定要知道，我和查爾斯從不做奴隸的買賣。」

戴門眺望阿奇洛斯荒野的美泉，聽見自己的答覆：「等戴門諾斯當上國王，他一定會終結奴隸制度。」

「查爾斯，多謝你幫忙，我們不能再將你置於險地了。」羅蘭也在對查爾斯等人道別。

「能和您同行是我的榮幸。」查爾斯說道。羅蘭握住他的手。

「等阿奇洛斯的戴門諾斯登上王位，你可以告訴他你幫過我，他會讓你的布料賣個好價錢。」

尼坎德洛斯愣愣地盯著羅蘭。

「他真的很——」

「久了就習慣了。」戴門說話時，心中源源不絕地湧出喜悅，因為他不會有習慣的一天。

最後一次紮營是在一片小樹林中，樹林位在廣闊的平原邊緣。平原上只有一座山丘，而列王之廳就在山頂。

遠遠望去，能看見王者會面之處的高聳石牆與大理石柱。戴門與羅蘭將於明日前往列王之廳，與乳母交換人質——乳母將交出自己與貴重的小主人，換取優卡絲特的自由。戴門望向宏偉的建築，感受到自己對未來的信念，以及真正的希望。

戴門滿腦子想著明日，在羅蘭身邊的睡墊躺下，進入夢鄉。

羅蘭躺在戴門身旁，直到營地再無聲響，直到戴門沉沉睡去，不會有任何人阻止他。他靜靜起身，獨自穿過沉睡的營地，走向從外側上門的馬車——優卡絲特所在的馬車。

夜色已深，阿奇洛斯的夜空布滿星辰。說來奇怪，羅蘭竟能如此接近計畫的尾聲，接近一切的尾聲。

他竟會來到作夢也沒想過自己會到達的地方，且到了早晨，一切都將結束——至少，他在這裡扮演的角色將下臺一鞠躬。羅蘭悄然經過熟睡的士兵，來到離眾人一小段距離的位置，走近寂靜無聲的馬車。

惡事總是在黑暗中進行，他不能留下證據，於是他命守衛退下。馬車並沒有密封，夜晚的空氣能自由流通，是內門的鐵柵防止囚犯逃跑。羅蘭走至鐵柵門前。優卡絲特默默看著他走近，她沒有退縮、沒有尖叫，也沒有求援，正如羅蘭所料。她隔著鐵柵，鎮定地對上羅蘭的視線。

「你果真有自己的打算。」

「不錯。」羅蘭答道。

他踏上前，開了鐵柵門的鎖，讓車門蕩開。

羅蘭退了開來，他身上沒有武器，身後就是通往自由的道路。不遠處，一匹上了馬鞍的馬等著她，此處距離伊奧斯不過半日路程。

優卡絲特沒有走出敞開的車門，而是定定凝視著羅蘭，那雙鎮靜的藍眸顯露出對陷阱的提防。

羅蘭說道：「我認為那是卡斯托的孩子。」

優卡絲特沒有回應，在那片寂靜中，她繼續凝視著羅蘭，羅蘭也靜靜回看她。周遭的營地仍舊悄然無聲，只有微風與夜晚的聲響。

「阿奇洛斯到了薄暮之際，妳應該看清了情勢，知道結局將要來臨，知道戴門諾斯不會聽任何人的勸諫。拯救他的方法只有一個，那就是說服卡斯托將他以奴隸的身分送去維爾，而為此，妳必須爬上卡斯托的床。」

優卡絲特的表情沒有變，但羅蘭感受到她身體的變化，看見她小心翼翼地保持靜止。沁涼的夜風中，她不願洩露的祕密被羅蘭看在眼裡，她為此而惱怒，也首次感到害怕。

羅蘭又說：「我認為那是卡斯托的孩子，因為妳不會利用戴門的孩子傷害他。」

「那你就太小看我了。」

「是嗎？」羅蘭凝視著她。「我們等等就會得知真相了。」

他將鑰匙拋進馬車，落在優卡絲特靜立原地的腳邊。

「妳曾經說過，我和妳很像。那換作是妳，妳會為我開啟牢門嗎？我不知道。但我知道，妳為他開了一道門。」

優卡絲特的語氣沒有抑揚頓挫，只剩無情、諷刺的酸澀：「你是說，我和你唯一的差別，就是我在兄弟之間選錯了人？」

星辰緩緩在夜空中挪移，羅蘭想起捧著藍寶石站在庭院中的尼凱絲。

「我認為妳什麼人都沒選。」羅蘭說道。

16

在人質交換的條件確立之前，還是別把優卡絲特從馬車裡拖出來比較好，羅蘭說道。於是，戴門與羅蘭獨自乘馬前往列王之廳。

這也符合列王之廳的規定——列王之廳有著嚴苛的和平之律，那是尋求庇護的聖地、是君王談判的場所，早在數百年前便定下保障此處和平的律法。朝聖者與旅行者得以入內，但嚴格禁止軍隊進入列王之廳的高牆。

進入列王之廳的階段有三：首先，橫跨廣闊的平原。其次，穿過大門。最後，他們將踏入殿堂，再進入君王石所在的內室。天邊的列王之廳宛如白色大理石王冠，從沙塵滿布的大平原上唯一的山丘上，俯視周遭萬物。列王之廳的每一名身披白斗篷的士兵都能看見逐漸接近的戴門與羅蘭，彷彿兩名乘馬前來巡禮的朝聖者。

「此為列王之廳，來者請聲明來意。」

男聲極為細小，從上方五十英尺處傳下來。戴門抬手遮擋眼前的陽光，喊道：「我們是前來致敬君王石的旅人。」

「旅人，歡迎，請宣誓後入內。」

在鎖鏈的尖響中，閘門開始上升。戴門與羅蘭騎馬爬上山坡，穿過類似卡薩斯堡壘那般被四座石塔圍繞的大門，從下方行經沉重的巨大鐵閘門。

入內後，兩人下馬會見一名年長男人，男人的白斗篷以金飾針別在肩頭。兩人遵循儀式交出大量金錢後，男人分別在他們脖頸掛上一條白飾帶，戴門還得微微欠身接受飾帶。

「這裡是和平的場所，禁止任何人揮拳、禁止任何人拔劍，破壞列王之廳和平者必須面對國王的制裁。兩位願意立誓遵守此處的和平之律嗎？」年長男人問道。

「我願意。」戴門答道。男人接著轉向羅蘭，羅蘭也立下相同的誓言：「我願意。」

就這樣，兩人進到了建築內部。

戴門沒想到夏季的列王之廳會如此祥和，通往古舊殿堂的草坡上生了星星點點的小花，原始列王之廳的遺跡同樣在此，草地上不時可見巨大的石塊。戴門只有在慶典期間來過列王之廳，在他的印象中，山坡上總是擠滿諸侯與他們的隨從，殿堂裡總是有他父親莊重威嚴的身影。

初次來此時，戴門不過是新生嬰兒，被父親高舉著讓在場所有封臣看見。同樣的故事，戴門聽過了無數次：國王抱起小王子，王后多年流產後終於產下王位繼承人，阿奇洛斯因而舉國歡騰。

講述故事時，從沒有人提及站在一旁觀禮的卡斯托，當時年僅九歲的男孩眼睜睜看著嬰兒在慶典中奪走了本該屬於他的一切。

卡斯托登基時就是在此舉行加冕典禮，如當初的希歐米狄斯那般召集諸侯，在諸侯與面無表情的列王衛兵注視下，登基為王。

此時，列王衛兵走在戴門與羅蘭身旁。列王衛隊是永久的獨立軍隊，每省最中立、最優秀的士兵才得以獲選加入，而後在列王之廳服役兩年。這些士兵居住在列王之廳外圍的屋舍，使用堡壘的營房與體育場，在嚴明的軍紀下入睡、醒轉與操練。

在年度體育競賽中勝出，從一眾菁英中獲選加入列王衛隊，來此嚴守列王之廳的律法，是至高無上的榮耀。

戴門說道：「尼坎德洛斯也在這裡服役過兩年。」

當年十五歲的他為尼坎德洛斯的成就驕傲不已，然而在擁抱尼坎德洛斯的同時，想到摯友將離他而去，加入阿奇洛斯各方菁英所在的軍隊……也許那份驕傲之下，潛藏了不為人知的某種情緒。那種情緒，此時從他的語調中透了出來。

「你嫉妒他。」

「我父親說我該學的不是如何聽從指令，而是如何發號施令。」

「他說得沒錯，」羅蘭說道。「你是以國王的身分來到這座屬於君王的殿堂。」

兩人穿過大門，邁步爬上階梯，沿著長滿青草的山坡走向殿堂入口處的大理石柱，每隔一段距離便會見到身穿白斗篷的衛兵。

在此登基的阿奇洛斯國王與女王多達百位，儀式隊伍也是順著同一條路前進，踩著大理石階梯從大門一路走至殿堂的入口。數十、數百年來踩過石階的無數雙腳，也將大理石面磨平。

戴門感受到殿堂肅穆而寧靜的莊嚴，他聽見自己說道：「第一位阿奇洛斯國王就是在這裡舉辦加冕典禮的，那之後的女王和國王也都是在這裡登基。」

兩人行經更多衛兵，經過石柱後進入淺色大理石建成的長形殿堂。大理石壁刻了形形色色的人物肖像，羅蘭在一尊乘馬的女人雕像前停下腳步。

「那是凱狄佩女王，優安德洛斯之前的君王就是她。她從崔厄斯王手上搶了王位，防止阿奇洛斯發生內戰。」

「那這個呢？」

「那是賽斯托斯王，他建了伊奧斯的王宮。」

「他長得和你挺像的。」牆上刻著賽斯托斯的身體輪廓，他高舉著一塊巨大的石材。羅蘭輕觸刻像的二頭肌，又摸了摸戴門的手臂，令戴門猛然吐息。

帶羅蘭——帶維爾王子——探入阿奇洛斯的心臟，有種浸入深水的刺激。他父親若在此，根本不可能讓羅蘭入內，不可能讓羅蘭纖細的身軀踏入宏偉的殿堂。

「那是破壞了列王之廳規則的內克頓。」

內克頓為保護兄長提蒙王，在列王之廳拔劍，而壁上的他雙膝跪地，一把斧頭抵著他的後頸。列王之廳的古遠法則十分嚴格，提蒙王別無選擇，只能判弟弟死刑。「那是他哥哥，提蒙。」

他們又行經一系列雕像：六侯女王伊拉德妮，阿迦松之後首位統治六省、號令六位封臣的君王。將伊斯希馬納入阿奇洛斯版圖的阿珈爾女王。失去了德爾法的優安德洛斯王。此時的戴門不是以君王身分站立於此，而是以一個人的身分，感受古時先王與歷史的重量。

他在最古老的雕像前停下腳步，岩石上除了斑駁的人像之外，只粗略刻著一個名字。

「這是阿迦松，」戴門說道。「阿奇洛斯的第一位國王。我父親是優安德洛斯王的後代，不過我母親有阿迦松王的血統。」

「他的鼻子有缺口。」羅蘭說。

「他統一了阿奇洛斯王國。」**我父親也懷有同樣的夢想。**戴門又說：「我擁有的一切，都是他傳下來的。」他們來到廊道的盡頭。

衛兵站在兩人面前，看守神聖的粗石內室。那是阿奇洛斯唯一的聖地，在此，王儲將下跪加冕，並在起身時成為一國之王。

「我死後，這一切應該會傳給我兒子。」戴門說道。

入內時，他們看見身穿紅衣的人影自在地坐在沉重的雕木王座上，靜靜等待他們。

「那倒不然。」攝政王說。

戴門的每一條神經都活了過來，腦中閃過一絲念頭——**埋伏、背叛**——雙眼掃過內室出入口，等著埋伏在外的士兵一擁而上。然而金屬摩擦聲與腳步聲沒有傳來，死寂中，他只聽見自己鼓譟的心跳聲，看見面無表情的列王衛兵，以及起身走近、孤身一人的維爾攝政王。

戴門逼自己放開下意識握住的劍柄，一劍刺穿攝政王喉嚨的欲望在胸中鼓動，被他強行壓下，他努力無視雷鳴般的衝動。列王衛隊不容任何人違反神聖的律法，他若在此拔劍，就不可能活著離開。

攝政王以王者之姿站在君王石前，等待羅蘭與戴門接近。身穿深紅服裝、肩披君王披風的他，打從骨子裡散發一股威嚴，宏大的殿堂也與他的權威相呼應。他對上羅蘭的眼睛。

「羅蘭，」攝政王輕聲說道。「你給我惹了不少麻煩呢。」

外表沉著的羅蘭，被頸側狂亂的脈搏出賣了。戴門感覺到羅蘭刻意壓抑的顫抖，感覺到他竭力控制自己的呼吸。

「是嗎？」羅蘭說道。「喔，對了，你換了個孌童。他今年對你來說已經太老了，你換新歡也不必將錯推到我頭上。」

攝政王仔細端詳羅蘭，目光緩緩掃過他全身。攝政王在思索的同時開口。

「這種驕縱的態度不適合你，小孩子的習慣放到成年男人身上，實在不怎麼吸引人。」他的語氣不慍不火、若有所思，也許帶有一絲失望。「尼凱絲當真以為你會幫他。他不懂你，他不知道你會賭氣拋棄他，讓一個男孩因叛國罪而死。還是說，你害死他是出於別的理由？」

「你說你花錢買的小男妓？我只是認為不會有任何人因失去他而悲痛。」

戴門強迫自己站穩腳步，他都忘了此種唇槍舌戰的殘酷與暴虐。

「已經有人取代他了。」攝政王說道。

「我想也是。你斬了他的頭，如果還要他幫你口交那就太強人所難了。」

片刻後，攝政王若有所思地對戴門說：「看來他在床上給了你庸俗的快感，你才願意忽視他的本性。你畢竟是阿奇洛斯人，將維爾王子壓在身下應該很滿足才是，他再怎麼不討人喜歡，你忙著打炮的時候也不會在意。」

戴門語調平穩地回道：「你孤身一人，不能用任何武器，也沒有把部下帶在身邊。你是嚇了我們一跳沒錯，但這也沒有用，你說的話根本一點意義也沒有。」

「嚇了你們一跳？你還真是天真到一種可愛的地步。」攝政王說道。「羅蘭知道我會來，他來這裡，就是為了犧牲自己換回那個孩子。」

「羅蘭才不是來犧牲自己的。」戴門說。在話音甫落的寂靜中，他轉頭看見羅蘭的表情。

羅蘭面色蒼白、肩背挺直，以沉默同意了自己許久前與叔父定下的協議。**只要對我投降，屬於你的一切都將歸還給你。**

忽然間，列王之廳染上了恐怖的色彩，巨大的白色岩石，以及面無表情、等距佇立的白斗篷士兵，全令人不寒而慄。戴門說：「不行。」

「我姪兒的行動非常好預料，」攝政王說道。「他放了優卡絲特，是因為他知道我不可能用戰略優勢換一個妓女的命，於是他親自來到了這裡，準備用自己換那個孩子。他連孩子是誰的都不知道，只知道孩子有危險，只要嬰兒在我手裡，你就不可能和我戰鬥。他找到了確保你能獲勝的方法：犧牲自己，換取你孩子的性命。」

羅蘭的沉默，是計畫敗露的沉默。他沒有看向戴門，而是淺促地呼吸，全身僵硬地站在原處，彷彿做好迎接衝擊的準備。

攝政王又說：「但是，姪兒啊，我對這筆交易沒興趣。」

對話的停頓中，羅蘭的神情變了，戴門還來不及讀懂風向的轉變，羅蘭便緊繃地說：「這是陷阱，他說的話你不能聽。我們現在就走。」

攝政王攤開雙臂。「我不是孤身一人嗎。」

「戴門，快走。」羅蘭說。

「不，」戴門說。「他不過是一個男人。」

「戴門。」羅蘭催促道。

「不。」

戴門逼自己將攝政王完整的樣貌收入眼底：他修剪整齊的鬍子、深棕色的頭髮，以及身上唯一與羅蘭相似的部位——那雙藍眼睛。

「他是來跟我交易的。」戴門說道。

唯有在嚴格禁止暴力的列王之廳，敵對的雙方才能和平會談，在為談判而建的儀式聖地面對攝政王，似乎是命運的安排。

他說道：「你要我拿什麼來換孩子？」

「這個啊，」攝政王回道。「不，我不會拿孩子和你交易。你該不會想大方地提出別的方案，來換你的孩子吧？真是抱歉，孩子我要留著。我是來帶我姪兒回去的，到時他會在議會面前接受審判，然後為他犯下的罪過處斬。我不必談判，也不必交出孩子，羅蘭還是會跪下來求我帶他走——是不是啊，羅蘭？」

羅蘭又說：「戴門，我叫你快走。」

「羅蘭**絕對**不會為你下跪。」戴門一面說一面跨步上前，擋在羅蘭與攝政王中間。

「你真這麼認為？」攝政王問道。

「戴門。」羅蘭說。

「他為什麼要你離開？」攝政王接著說。「你難道不好奇嗎？」

「**戴門**。」羅蘭說。

「他曾經為我下跪。」

攝政王語氣平穩、就事論事地說，這也是為何戴門一時間沒能聽懂，即使他轉身看見羅蘭臉頰上污漬般的赤紅，那句話也不過是串聯在一起的文字。然後，文字真正的意味，漸漸推開他腦中其他的想法。

「我當時也許該拒絕他的，但是一個長相甜美的小男孩求你留下來陪他，你能拒絕他嗎？他哥哥死後，他實在太孤單了。『叔父，別留我一個人——』」

狂怒。狂怒讓一切變得清晰、變得簡明，燒卻了所有思想。面如死灰的羅蘭，金屬摩擦聲響起時，白斗篷衛兵的動作——一切都化為無關緊要的片段印象。戴門拔出了長劍，即將一劍刺穿毫無防備的攝政王。

一名衛兵擋在他面前，然後又出現第二個人，拔劍的聲響似乎引起了連鎖反應，鎮守列王之廳的白斗篷衛兵湧入石室，高喊：「**制住他！**」他們擋了他的路，那他只能移除障礙。骨骼碎裂聲、痛苦的悲鳴——這些是阿奇洛斯最優秀的戰士，各個都是萬中選一的菁英，但他們不重要。除了殺死攝政王以外，什麼都不重要了。

頭部的重擊令戴門霎時間眼前一黑，他踉蹌兩步後直起身來，又遭到重擊。他被衛兵重重包圍，八人奮力制伏他，其他衛兵則高聲求援。戴門硬生生扯開自己的身體，卻沒能完全掙脫衛兵的壓制，於是他拖著八人一步步前進，以純粹的蠻力在流沙或浩瀚汪洋中前行。

他勉強走了四步，又被當頭一擊打倒，雙膝撞上大理石地板，手臂被扯到背後。還沒意識到自己的處境，他就感覺到冰冷、堅硬的金屬，手腕與雙腿上的鎖鏈限制了他的行動，他無法再動彈。

跪地喘息的戴門漸漸回神，只見被奪去的染血長劍躺在離自己五英尺的石地上。殿堂裡滿是白斗篷，但並不是每一名衛兵都站著，其中一人捧著腹部，鮮紅在白制服上綻放，而戴門身邊的地上躺了六個人，其中三人再也不會起來了。攝政王仍站在數英尺外的位置。

氣喘吁吁的寂靜中，一名跪在地上的守衛開口說道：「你在列王之廳拔劍。」

戴門的視線緊鎖在攝政王身上，除了這份承諾之外的一切都不重要。「我會殺了你。」

「你破壞了列王之廳的和平。」

戴門接著說：「你碰了他的那一瞬間，就是簽了自己的死狀。」

「列王之廳的律法神聖不可侵犯。」

戴門說道：「你死前看到的最後一個人會是我，你會插著我的劍倒地而死。」

「你的性命與命運將交由國王定奪。」衛兵說道。

戴門聽見這句話，不由得發出空洞、嘶啞的笑聲。「國王？」他不屑地問。「哪一個國王？」

羅蘭雙眼圓睜地盯著他。列王衛隊費盡九牛二虎之力才壓制住戴門，不過制伏羅蘭只需要一名士兵，羅蘭的雙手被架在身後，胸膛淺淺地起伏。

「在場的國王，就只有一位。」攝政王說道。

戴門漸漸明白了自己衝動行事的後果。

他環視一片狼藉的列王之廳，看見染血的大理石、在場衛兵們的混亂，以及毀於一旦的和平與神聖。

「不，」戴門說道。「他剛才說的話，你們都聽到了。」粗糙的字句脫口而出。「你們**都聽到了**，難道要讓他逍遙法外？」

起身的衛兵沒有理會戴門，而是走向攝政王。戴門再次掙扎，感覺到壓制他的士兵幾乎將他的手臂折得脫臼、骨折。

衛兵垂首對攝政王說道：「您是維爾國王，不是阿奇洛斯國王，但剛才的攻擊行為是針對您，而在列王之廳，國王的制裁就是聖律。請判處罪刑。」

「處死他。」攝政王說。

他說得若無其事，語氣帶有王者的威嚴。戴門的額頭被壓在冰冷的石地上，在金屬摩擦聲中，有人撿起了他掉在大理石地上的劍。一名白斗篷士兵一步步逼近，以劊子手的姿勢雙手握劍。

「不，」羅蘭對叔父說道，語調是戴門從未聽過的平板無情。「住手。你要的人是我。」戴門漸漸明白了可怖的現實，開口說：「**羅蘭**。」與此同時，羅蘭說：「你要的人不是他，是我。」

攝政王答得雲淡風輕：「羅蘭，我不要你。你不過是礙事的小東西，我不必費吹灰之力就能剷除你。」

「**羅蘭**。」雙膝跪地、被壓制在地上的戴門，仍試圖阻止即將發生的事情。

「我隨你去伊奧斯，」羅蘭以同樣不帶感情的語氣說。「我會配合你接受審判。我只要你讓他——」他沒有看向戴門。「饒他一命，讓他身體健全地活著離開這裡。帶我回伊奧斯。」

握住長劍的士兵停下動作，等待攝政王的指示。攝政王的目光停留在羅蘭身上，面帶深思熟慮的神情打量他。

「求我。」攝政王說道。

羅蘭的雙手被一名衛兵扣在身後，白色棉袍略顯不整。衛兵鬆了手，將他推上前，推向盈滿廳堂的死寂。羅蘭沒有趔趄，而是腳步穩定地向前踏一步、兩步。**羅蘭會跪下來求我帶他走**。羅蘭彷彿走向懸崖邊緣，在叔父面前停下腳步，緩緩、緩緩地下跪。

「求求你，」羅蘭說。「叔父，求求你了。我不該違抗你的，我應該受罰。求求你。」

此時上演的一切蒙上了恐怖與不真實的色彩，沒有任何人阻止正義的扭曲。攝政王的視線掃過羅蘭，他像是終於得到兒子孝敬的父親。

「大人，您接受這筆交易嗎？」衛兵問道。

「我接受。」片刻後，攝政王回答。「羅蘭，你瞧，我這個人還是講道理的。當你誠心悔改，我自然會寬容待你。」

「是的，叔父。謝謝你，叔父。」

衛兵鞠躬說道：「性命的交換符合列王之廳律法，您的姪子將在伊奧斯接受審判，另一人則會被監禁到明早後釋放。我等遵從國王的意志。」

其餘衛兵紛紛應道：「我等遵從國王的意志。」

戴門說：「不。」他又開始掙扎了。

羅蘭沒有看戴門，他的視線緊鎖在前方某處，湛藍似乎蒙上了一層眩光。薄薄的棉布短袍下，他的呼吸淺促，身體在意志的控制下靜止而緊繃。

「來吧，姪兒。」攝政王說道。

兩人逕行離去。

17

戴門被拘留至清晨。到了破曉時分，衛兵重新綁縛他的雙手，將他帶回營地，一路上他一直無法甩脫疲倦的暗霧，不時徒勞地掙扎。

抵達營地時，衛兵將雙手被綁在背後的戴門推倒在地。喬德提劍上前，卻被尼坎德洛斯拉住，尼坎德洛斯敬畏地瞪大雙眼，將列王衛隊的白斗篷與制服收入眼底。接著，尼坎德洛斯走上前，此時戴門正要起身，他感覺到尼坎德洛斯拉著他轉身，揮刀割斷束縛他雙臂的繩索。

「王子呢？」

「他和攝政王走了。」他說了一次，然後一時間說不出話來。

戴門是軍人，他瞭解戰場上的殘酷血腥，見識過人們對弱者施加的暴力，卻從沒想過——

——尼凱絲的首級被人從麻布袋取出。愛默里克冰冷的屍首癱在遺書邊。還有——

周遭太過明亮。他隱隱意識到尼坎德洛斯在對他說話。

「我知道你對他有感情，如果要吐就動作快一點，我們該上路了。現在他們應該已經派人來找我們了。」

重重迷霧中，戴門聽見喬德的聲音。「你讓他走了？你讓他叔父把他帶走，只保住了自己的狗命？」

戴門抬起頭來，發現所有人都從馬車附近的營地走來圍觀，一張張臉圍繞在他身旁。喬德踏上前站在他面前，尼坎德洛斯則站在戴門身後，割斷繩索時扶住他肩膀的手仍未離開。他看見距離他只有幾步遠的桂恩與蘿伊絲。還有帕司查。

喬德又說：「懦夫，你竟然讓他——」

還未說完，喬德就被尼坎德洛斯猛推到馬車一側，背部重重撞在木板上。

「不許用那種語氣對我們的國王說話。」

「放開他。」濃稠的字句哽在戴門喉頭。「放開他，他只是忠心護主而已，如果羅蘭自己一個人回來，你的反應應該不會和他差太多。」戴門回過神，發現自己來到了兩人之間，用自己的身軀阻隔他們。尼坎德洛斯站在離他兩步遠的位置，剛才是戴門將他硬生生拉開。

被尼坎德洛斯放開的喬德微微喘息。「他才不可能自己一個人回來，你要是把他當成那種人，就是不夠瞭解他。」

戴門感覺到尼坎德洛斯的手扶著他肩膀，聽見他對喬德說：「別說了，你難道看不出他——」

「他會怎麼樣？」喬德咄咄逼人地問道。

「他會被處死。」戴門答道。「他會接受審判，被安上叛國賊的污名，然後名聲掃地。等審判結束以後，他們會殺了他。」

這是未經矯飾的現實。羅蘭會在萬眾矚目下被公然處斬；在伊奧斯，罪人的首級會插在粗糙的木樁上，立在「叛徒之道」兩旁。尼坎德洛斯又開始說話了。

「戴門諾斯，我們不能繼續待在這裡了，我們該——」

「**不**。」戴門說。

他單手扶著額頭，毫無用處的思緒亂成一團。他還記得羅蘭曾說：**我沒辦法思考。**

若羅蘭在此，他會怎麼做？戴門知道他會怎麼做，羅蘭那個痴傻的瘋子選擇了犧牲自己，將自己手上最後的籌碼——自己的性命——賭了上去。至於戴門，戴門的性命對攝政王而言毫無價值。

他感覺到本性的限制，他太容易發怒，太容易受殺死攝政王的欲望控制，卻又受阻於情勢。此時此刻，他只想拿起一把劍，一路殺入伊奧斯。在體內奮力推擠、渴望獲得釋放的一個念頭令身軀沉重而麻木，他緊緊闔上雙眼。

「他覺得自己孤立無援。」他說。

戴門坦言對自己道出令人作嘔的事實：羅蘭不可能快快解脫，審判必會花費大量時間，被攝政王拖長。這是攝政王愛玩的遊戲，他在眾目睽睽下羞辱羅蘭、斥責羅蘭，讓身邊眾人認可他心目中的真實。在議會的支持下，羅蘭將被處死，攝政王心目中的秩序將重歸這個世界。

攝政王會盡量拖長審判，戴門還有時間，一定還有時間。戴門感覺像是站在一座城池的高牆外，沒有任何方法入內。

「戴門諾斯，你聽我說，如果他被帶到王宮，那就沒救了。你不可能獨力殺進去，就算進得了王宮也永遠別想再出來，伊奧斯城內每一個軍人都是卡斯托或攝政王的人。」

尼坎德洛斯道出的真相，堅硬又痛苦地刺穿了戴門。

「你說得對。我不可能殺進去。」

打從一開始，他就只是攝政王手中的工具，是對付羅蘭的武器，攝政王利用他傷害、撼動與顛覆羅蘭的自控，最後也利用他完全摧毀羅蘭。

「我知道該怎麼做了。」他說。

戴門在沁涼的早晨獨自到來，下了馬後徒步踏上山羊使用的小徑，接著穿行杏樹與杏仁樹的林間通道，又行經橄欖樹下斑駁的陰影。不久後，步道開始攀升，他邁步爬上一座石灰岩小丘，跟隨一系列的山坡繼續攀上白色懸崖，終於抵達阿奇洛斯都城。

雪白的伊奧斯建造於高聳的石灰岩峭壁上，岩塊不時會剝落後落入大海。此處的景色熟悉得令人暈眩，天邊是清澈的藍海，只比明豔灼目的天空暗沉一些。這是戴門懷念的大海——岸邊岩石與泡沫的混亂、海水突然濺在肌膚上的鮮明觸感，都是家鄉的感覺。

戴門本以為自己會在伊奧斯外門遭到攔阻，守門的士兵也許接獲了警告，正四處尋找他的蹤影。但也許他們找的是戴門諾斯，是率大軍前來、驕矜自滿的年輕君王，而不是身披破舊斗篷、用兜帽遮住面容、用長袖藏起手臂的單獨一人。沒有任何人阻攔他。

他穿過第一道大門進城，悄悄融入城裡的人群，順著道路北進。拐過第一個彎時，他與周遭眾人同時遙望令人暈眩的王宮——因距離而化為小點的，是在夜裡迎接海風入內、讓熱燙的大理石得以涼下來的高聳窗戶與長形大理石露臺。王宮東側是架有石柱的長形大廳與空間寬敞的上層住房，北側是國王的寢殿與高牆圍起的花園，花園裡有一系列淺階、蜿蜒的小徑，以及為戴門母親栽植的香桃木。

回憶突如其來地襲上心頭：在鋪了木屑的訓練場操練一整天，傍晚則與高居王座的父親一同待在大廳，戴門自己一次次自信滿滿、無憂無慮地走在大理石廊道上。過去的他顯得不真實，他每夜在大廳與朋友談笑，由奴隸滿足他所有的心願。

一條吠叫的小狗從他面前竄過，一名腋下夾著包裹的女人將他撞開，以阿奇洛斯南部的方言不悅地叫他走路看路。

戴門繼續前行，經過城市外圍的民宅，經過一扇扇形狀與大小不一的正方形與長方形小窗。他行經外圍的倉庫、穀倉，以及由牛隻推動的石磨。他行經十多個高聲叫賣的魚販，每一條魚都是天未亮便從海裡撈上來或釣上岸的。

他行經蟲蠅紛飛的叛徒之道，目光掃過一根根木樁，不過所有的死者都頂著棕髮。

一列騎兵隊小跑步接近，戴門讓到一旁。身披紅斗篷的整齊隊伍，頭也不回地與他擦身而過。

王宮建在伊奧斯的制高點，背面便是海洋，因此進城後戴門一路上向上攀。行走的同時，他發現自己從未徒步走近王宮，抵達宮前廣場時，他又感到一陣暈眩——過去的他向來站在廣場另一頭的白色露臺上，俯瞰這片廣場。他還記得父親有時會走上露臺，高舉一隻手發表演說。

此時，戴門以訪客的身分從都城的其中一座大門一路走至廣場，從這個角度望去，王宮顯得更加雄偉。王宮守衛宛如閃亮的雕像，人人手握佇立的長矛。

戴門用目光鎖定離他最近的守衛，邁開腳步走上前。

一開始，沒有人注意到他，石柱圍繞的熱鬧廣場上，他不過是人群中的一個人。但是，他走至第一名守衛面前時，已經有一些人的視線停留在他身上了，畢竟極少有人直接接近王宮大門。

他感受到逐漸凝聚的注意力，感受到轉向他的一雙雙眼睛，宮前守衛雖靜止不動，戴門仍能感受到他們的關注。他穿著皮帶鞋的腳，踏上了第一層臺階。

交叉的兩根矛擋住了他的路，廣場上的男男女女開始轉身，形成好奇地互相推擠的半圓。

「停。」守衛說道。「旅人，說明你的來意。」

戴門靜靜等大門左近所有人都望向他，然後他掀開斗篷的兜帽，讓震驚的呢喃聲在四周爆開。他清晰、明確地開口。

「我是阿奇洛斯的戴門諾斯，來這裡是為了投降兄長。」

士兵們緊張不已。

戴門諾斯。他們匆匆將戴門帶入大門前，廣場上人數驟增。**戴門諾斯**。他的名諱在人們口中傳開，從星火蛻變成躍動的火舌，驚駭、惶恐、震驚。**阿奇洛斯的戴門諾斯**。右手邊的守衛繼續目光呆滯地瞅著他，不過左手邊的守衛臉色大變，認出戴門的他，道出了命運的字句：「**真的是他**。」

真的是他——星火燎原，點燃廣場上的人群。**真的是他**。**真的是他**。**戴門諾斯**。突然間，他的名字傳遍整片廣場，眾人驚呼著互相推擠，一個女人跪了下來，一個男人用力推開面前的人，情勢即將脫離守衛的控制。

守衛粗暴地將戴門往內推。這是他當眾投降換取的成功：他換得了被暴力地押入王宮的特權。

假如他成功了，假如他趕上了——一場審判能持續多久？羅蘭能拖延多久？攝政王等人應該一早便開始進行審判——在議會宣布判決之前，還剩多少時間？在羅蘭被押到廣場上、推到地上、垂下他的頭、長劍揮向他的頸項之前，還剩——？

戴門必須說服守衛將他帶入大廳，讓他和卡斯托對質，為這唯一的機會，戴門放棄了自由、賭上了一切。**他還活著**。**戴門諾斯還活著**。消息想必傳遍了全城，守衛不能暗中除掉他，他們非將他帶入大廳不可。

然而，守衛將戴門押進王宮東側的空房後，為接下來如何處置他而低聲爭論了起來。時間過去了，更多時間過去了，戴門在守衛的監視下坐在一張矮凳上，沒有急躁地尖吼。事實不同於想像，能出錯的環節實在太多。

房門開啟，一批全副武裝的士兵走了進來，其中一人是軍官，還有一人提著枷鎖。看見戴門的瞬間，那人猛然止步。

「給他上手銬。」軍官令道。

提著枷鎖的士兵沒有行動，瞪大的雙眼緊盯著戴門。

「還不快動手。」軍官再次下令。

「士兵，動手吧。」戴門說道。

「遵命，大人。」話語一出口，士兵就像說錯話般紅了臉。也許那簡單的一句話，就構成了叛國罪。

也許踏上前、將鐵銬鎖上戴門的手腕，才是叛國罪。戴門配合地將雙手放到背後，但男人還是遲疑了，政治上的暗潮洶湧對軍人而言太過複雜，他們為此緊張不已。

鐵銬扣上戴門雙手的瞬間，緊張以不同的形式表現出來。士兵們做了無可挽回的事，現在他們不得不將戴門視為罪犯，於是他們的動作變得粗暴、叫聲變得凶狠，太過吵鬧地把戴門推出房間。

戴門的心跳開始加速。這樣就夠了嗎？他趕上了嗎？士兵們押著他拐了個彎，他看見向前延伸的迴廊，他將被帶往王宮大廳。成功了。

一行人經過一張張震驚的臉，最先認出他的是一名位階較高的僕人，他手中的花瓶落地後應聲碎裂。**戴門諾斯**。一名不知所措的奴隸跪下後停了下來，不知自己是否該完成五體投地的行禮。一名士兵愕然停下腳步，駭異地瞪大雙眼。他們無法想像任何人傷害先王之子，然而此時此刻，戴門諾斯卻被銬上了枷鎖，前進得慢一些時，守衛甚至會用矛杆將他往前推。

戴門被推入擁擠的大廳，一次看見許多不同的畫面。

廳內，某種典禮正在進行，立著石柱的廳堂滿是士兵，人群中有半數是軍人。士兵們守在入口、站在牆邊，然而他們是攝政王的部下，而人數較少的阿奇洛斯國王衛隊則站在王座臺邊。維爾與阿奇洛斯宮廷的侍臣同樣聚集在大廳，一同看好戲。

臺上的王座不只一張，而是有兩張。

卡斯托與攝政王並肩傲視全場，攝政王坐在戴門父親的王座上——不協調的畫面引起他全身的反應。一名約莫十一歲的男孩坐在攝政王身旁的矮凳上，戴門看了只覺得噁心。戴門的視線緊鎖在攝政王蓄了鬍子的臉上，緊盯他披著紅色天鵝絨的寬闊雙肩、戴滿戒指的雙手。

說來奇怪，戴門等了這麼久，只為在這一天面對卡斯托，此時卡斯托卻似乎與他無關，攝政王才是唯一的敵人、唯一的威脅。

卡斯托露出滿意的表情，似乎沒發現自己將災難帶進了阿奇洛斯，不理解攝政王帶來的危險。攝政王的部下擠在大廳內，維爾議會全員到場，聚集在王座臺附近，彷彿阿奇洛斯已是他們的領域。戴門腦中有一小塊區域理解了這一切，餘下的部分則繼續尋找、繼續掃視廳內每一張面孔——

然後，群眾稍微分開，他終於瞥見自己苦苦尋找的事物：燦爛的金髮。

還活著，還活著。羅蘭還活著。戴門的心在胸中一跳，在那一瞬間，他僅僅佇立原地，滿懷寬慰地將羅蘭的全身收入眼底。

羅蘭單獨站在王座臺階左側一小塊空位，左右站著看守他的守衛。他仍然穿著先前穿去列王之廳的阿奇洛斯短袍，但原本潔白的布料被人扯破、變得髒污，破爛的衣衫露出大片肌膚，不是一國王子站在議會面前時該穿的衣物。他和戴門一樣，雙手被銬在身後。

戴門這才意識到，廳內的典禮正是羅蘭的審判，而且已經持續數個鐘頭了。羅蘭仍舊挺直了背脊，但被鐐銬束縛許久、肌肉疲乏、粗暴的對待、審判本身、攝政王的提問與羅蘭堅定而平穩的回答，全都耗費了大量精力，此時支撐他的就只剩鋼鐵般的意志了。

儘管如此，羅蘭若無其事地穿著破衣、扣著枷鎖，姿勢一如既往地冷傲而不近人情。他的神情高深莫測，只有熟識他的人能看見這位疲憊又孤立無援的青年，在面對即將到來的終結時，展現出了何種勇氣。

就在這時，士兵用劍尖輕戳戴門，戴門踏入廳堂的同時，羅蘭轉身看見了他。

從羅蘭臉上的驚駭看來，他顯然沒預期戴門會來此——他沒想過會有任何人前來。王座臺上，卡斯托對攝政王打了個小手勢，似乎在說：**你瞧，我把他帶到你面前了**。入口處的騷動，令在場所有人回眸望去。

「**不**。」羅蘭一面說，一面轉頭看向叔父。「你**答應**了。」戴門看見羅蘭竭力控制自己的身體，壓抑更進一步的反應。

「姪兒，我答應了什麼？」

攝政王悠然坐在王座上，接下來的話語是對議會說的。

「這是阿奇洛斯的戴門諾斯，今早我們在王宮門前捕獲了他。就是這個人害死了希歐米狄斯王，也是他慫恿我姪兒叛國。他是我姪兒的情人。」

戴門近距離看見維爾議會成員的面容：年邁而忠誠的賀羅德、牆頭草奧汀、明理的薛羅，以及眉頭緊蹙的約爾。接著，他看見人群中似曾相識的一張張面孔：羅蘭在雅雷斯遇刺後，最先走進寢殿的士兵。圖瓦思勛爵軍隊中的軍官。身穿瓦斯克部族服裝的男人。他們全都是證人。

戴門被帶來大廳，不是為了與卡斯托對質或為父親的死接受審判，而是作為針對羅蘭的最後一位證人。

「我們已經看到了王子叛國的證據，」攝政王最新的議員——瑪瑟——說道。「他為了挑起維爾與阿奇洛斯的戰爭，在雅雷斯偽造證物，甚至僱部族戰士屠殺邊境的無辜民眾。」

瑪瑟揮手示意戴門。「現在，我們將看到證實這一切的證據。王儲屠手戴門諾斯在此，他將證實王子方才所說的盡是謊言，也證實兩人之間的關係。我們的王子，和殺死兄長的凶手同床共枕。」

戴門被推到大廳最前，在場所有人的目光都緊鎖在他身上，他忽然成了眾人未曾想像的展示品、不可思議的證物：阿奇洛斯的戴門諾斯被俘，銬上了枷鎖後被帶到眾人面前。

攝政王以百思不得其解的語氣發話。「即使聽了每一位證人的證詞，我還是不敢相信羅蘭會允許殺死他哥哥的手觸碰他、和阿奇洛斯人肌膚相親、讓殺人凶手占有他的身體。」

攝政王站了起來，說話的同時開始一步步走下王座臺，在羅蘭面前停步時，他儼然是渴求答案、關心姪子的叔父。戴門看見一兩位議員因攝政王離羅蘭太近而擔心他的安危，然而被守衛擒押、雙手緊銬在背後的，卻是羅蘭。

攝政王慈愛地伸手撥開羅蘭臉邊一簇金髮，在羅蘭眼中苦苦探尋。

「姪兒，現在戴門諾斯無法動彈，你不必害怕他，有什麼話想說就誠實說出來吧。」羅蘭竭力忍受那和緩、溫情的撫摸時，攝政王又柔聲說道：「是不是有什麼隱情？那不是你的意思，對不對？是不是他脅迫你的？」

羅蘭對上叔父的視線，短袍薄薄的布料下，他的胸膛淺淺地起伏。

「他沒有脅迫我，」羅蘭說道。「我和他同床是出於自己的意願。」

廳內的竊竊私語瞬間爆發。戴門明顯感受到，一早的審問下來，這是羅蘭首次認罪。

「羅蘭，你不必為他說謊，」攝政王又說。「說實話也沒關係。」

「我沒說謊。和他同床，」羅蘭說道。「是我的意思，是我命令他這麼做的。戴門諾斯與你們對我的指控無關，他是在武力逼迫下待在我身邊的，他是從沒傷害過自己國家的好人。」

「戴門諾斯有罪與否，恐怕得交由阿奇洛斯決定了。」攝政王說道。

戴門知道羅蘭的意圖，也為此心痛。即使到了現在，羅蘭還是想保護他。戴門朗聲發話，讓聲音切割整座大廳。

「那你們對我又有什麼指控？你們說我和維爾的羅蘭同床？」戴門的視線狠狠掃過維爾議會。「我有，而且我還發現他是個誠實善良的人，他是冤枉的。如果這真的是公平公正的審判，那就聽我一言。」

「太荒唐了！」瑪瑟說道。「我們怎可能聽**阿奇洛斯的王儲屠手**的證詞——」

「聽我一言，」戴門說。「聽我一言，如果聽完後你們還是認為他有罪，那我就和他一起接受命運的制裁。還是說，你們維爾議會害怕真相大白？」

戴門發現自己的目光不知不覺停留在攝政王身上。攝政王又踩上了四級淺階回到王座臺上，此時他悠然與卡斯托並肩而坐，視線也同樣停留在戴門身上。

攝政王說道：「想說什麼，儘管說。」

這是來自攝政王的挑戰。他喜歡掌控羅蘭的情人，藉此展現自己高人一等的權勢，戴門感覺到攝政王希望他被蜘蛛網纏上，幫助攝政王全面勝過羅蘭。

戴門吸入一口氣。他明白自己可能失去一切，若是失敗了，他將與羅蘭一同被處死，攝政王將成為維爾與阿奇洛斯的統治者。他若是失敗，便等同獻出自己的性命與王國。

戴門環視石柱圍繞的廳堂，這是他的家、是他天賜的身分、是他理應繼承的歷史，對他而言，這比任何事物都來得珍貴。而羅蘭將奪回這一切的方法交給了他——在列王之廳，戴門完全可以棄羅蘭不顧，乘馬回到聯軍駐紮的卡薩斯，即使是攝政王也無法與百戰百勝的他在戰場上一決勝負。

即使到了現在，戴門只需背棄羅蘭，就有機會與卡斯托對峙，有機會奪回屬於他的王位。

然而，他在拉芬奈時問過自己這個問題，現在他知道答案了。

擁有一座王國，或者擁有這一刻的彼此。

「我是在維爾和王子相遇，那時我的想法和你一樣，我還不瞭解他的心。」

是羅蘭出聲說道：「不對。」

「我後來才慢慢認識他。」

「戴門，別說了。」

「我認識了他的誠實、他的正直、他堅定的心志。」

「戴門——」

羅蘭當然希望以自己的方式接受審判，但今日將與以往不同。

「過去的我是被偏見蒙了眼的傻子，看不出他是在孤軍奮鬥，也不知道他從很久以前就一直獨自奮鬥著。」

「後來我認識了他手下的軍人，那些人忠心耿耿又素有紀律。我看到他關心僕人、照顧他們，也看到僕人對他的愛。我看到他挺身保護奴隸。」

「他遇刺後，我拋下被下了藥、身邊沒有一個朋友的他，擅自逃跑，結果他卻在叔父面前為我爭辯，救了我一命，只因為他認為自己欠我一份人情。」

「他知道自己可能因此賠上性命，他知道自己會被派去邊疆，踩進為了殺死他而設的陷阱。儘管這樣，他還是幫我說了話，這麼做是因為他欠我一命，因為在他為自己定下的人生規則中，這才是正確的作法。」

戴門凝望著羅蘭，理解了自己過去沒能理解的一切：那一晚，羅蘭知道他的真實身分，羅蘭明知他是誰，卻仍然挺身保護了他。儘管遭遇了種種不幸，羅蘭心中仍存有正義感。

「你們面前的就是這麼一個男人，他是我見過最高尚、最正直的人，他一直為自己的人民和國家付出。當過他的情人，是我的榮幸。」

發言的同時，戴門的視線片刻不離羅蘭，希望羅蘭能明白他的真心。在那一瞬間，羅蘭睜大了蔚藍雙眼，默默注視著他。

攝政王的聲音打斷了他們。「你的宣言確實感人肺腑，但這稱不上證詞，恐怕也無法改變議會的決議。你沒有提出證據，只聲稱有人暗算羅蘭，也沒有將幕後主使者的名字告訴我們。」

「幕後主使者就是你。」戴門抬眼對上攝政王的視線。「而且我能提出證據。」

18

「我傳浮泰茵領主桂恩來作證。」

荒唐！有人大聲驚呼。還有：**你竟敢指控我們的國王！**戴門平靜地在怒吼聲中說出這句話，視線從頭到尾緊鎖著攝政王。

「好啊。」攝政王靠著王座椅背，對議會打了個手勢。

然後眾人只能默默等待使者前往伊奧斯城郊，將消息傳給受戴門之命在那裡紮營的小隊。

維爾議員紛紛坐下，攝政王與卡斯托也坐在王座上，但其餘人就沒那麼好運了。攝政王身旁的棕髮男孩顯然十分無聊，用雙腳腳跟一次次輕碰身下的矮凳。攝政王傾身向前，在男孩耳邊低語，接著揮手招呼奴隸端來一盤蜜餞，排解男孩的無聊。

其餘人沒有此等待遇，只能繼續站在悶熱、擁擠的廳內，士兵與旁觀者焦躁地挪動身體。在枷鎖的重量下站立對戴門的肩背造成了負擔，數小時前就站在此處的羅蘭想必更痛苦，以背部為起始點的痛楚一路流至手臂與大腿，直到全身上下都化為熊熊烈焰。

桂恩踏進了大廳。

不只是桂恩，戴門小隊中的其餘成員也來了：臉色蒼白的桂恩之妻蘿伊絲、宮廷醫師帕司查、尼坎德洛斯與他的部下，甚至連喬德與拉札爾也來了。戴門先前給了他們每一個人離開的選項，他們卻都選擇留下。這對戴門而言意義重大。他知道這些人冒了何種風險，也因此為他們的忠誠而動容。

他知道這不是羅蘭要的，他知道羅蘭想獨力扛下一切，但今天他不會讓羅蘭如願。

士兵將桂恩帶上前，讓他站在兩張王座之前。

「浮泰茵領主桂恩，」瑪瑟又回歸質問者的位置。大廳內，旁觀者紛紛伸長了脖頸，暗暗咒罵那些阻擋他們視線的石柱。「我等聚集於此，是為了對維爾王子羅蘭進行審判。他被控叛國，已經有證人表明他將維爾的機密賣給阿奇洛斯、暗中支持政變，甚至為了私利攻擊並殘殺維爾人。你能證實或推翻這些指控嗎？」

「我能。」

桂恩轉身面對議會。他曾是議會的一員，是曾經參與攝政王種種密謀的高官，此時他毫不含糊地道出證詞。

「對維爾王子羅蘭的每一條指控，都是真的。」桂恩說道。

字句過了片刻才刺入戴門腦中，他只覺自己腳下的地面消失了。「不。」眾人的私語聲再次於廳內爆發時，戴門說。

桂恩提高音量接續道：「過去數月，我以俘虜的身分觀察他，親眼見識了他的墮落荒淫，看到他每晚和那個阿奇洛斯人同房，睡在殺兄仇人淫穢的懷抱裡，以我們維爾王國為代價，滿足他變態的慾望。」

「**你發誓要說出真相的。**」戴門說道。沒有任何人注意到他。

「他試圖威脅利誘我為他欺瞞各位，他用我的性命、我妻子的性命、我兒子的性命威脅我，還在拉芬奈屠殺了自己的人民。我若還是議會的成員，肯定會投下判他有罪的一票。」

「這些證詞應該就夠了。」瑪瑟說道。

「不。」戴門說。廳內，攝政王的支持者紛紛喊出同意與支持的話語，而戴門不由自主的掙扎根本無法甩脫壓制他的士兵。「你知道攝政王在阿奇洛斯挑起政變，還不快告訴他們。」

桂恩雙手一攤。「攝政王殿下沒有犯任何罪，他唯一的過錯，就是信任一個任性倔強的姪子。」

審判已持續一個上午，對議會而言，桂恩的證詞已經足夠了。戴門的視線轉向攝政王，只見他氣定神閒地看著這一切。他早就知道了，他早就知道桂恩會如此說。

「這是他計畫好的，」戴門急切地說。「他們兩個事先串通好了。」從後方襲來的一擊打得他雙膝跪地，守衛們將他壓在地上，不允許他起身。桂恩鎮定地穿過大廳，走到議會一旁，攝政王則起身步下臺階，搭著桂恩的肩說了幾句戴門聽不見的話。

「議會將宣布判決。」

一名奴隸帶著黃金權杖上前，賀羅德握住它，以握拐杖的方式將底部抵在地面。緊接著，第二名奴隸舉著一塊方形黑巾上前，象徵即將下達的死刑令。

戴門胃部一沉。羅蘭也看見黑巾了，他毫無懼色地面對它，臉色卻異常蒼白。戴門跪在地上，無法插手，即使氣喘吁吁地奮力掙扎也只是被壓得更緊。在那可怕的瞬間，他只能無助地抬頭看著羅蘭。

羅蘭被推上前，隔著廳堂面對議會，除了緊握他兩條手臂的兩名士兵之外，受鎖鏈束縛的他孤身一人佇立於此。**沒有人知道**，戴門心想，**都沒有人知道他叔父對他的獸行**。戴門的目光又掃向攝政王，只見他帶著憂傷而失望的神情凝望羅蘭，身邊站著維爾議會全員。

象徵權勢的六人站在大廳一側，身穿殘破的阿奇洛斯服裝的羅蘭，則被叔父的士兵押著站在廳堂另一端。這時，羅蘭開口了。

「臨別前，你不打算給我什麼建議嗎？不打算以叔父的身分親吻我嗎？」

「羅蘭，你明明那麼有潛力。」攝政王說道。「看到你變成現在這副德行，我比你還要痛心。」

「你的意思是，我讓你有了罪惡感？」羅蘭問道。

「即使到了現在，」攝政王又說。「你對我懷有如此強烈的敵意，我還是非常心痛。我從以前就只希望你得到最好的一切，你卻試圖以不堪的指控損害我的名譽。」他語調哀傷地說道：「你早該知道，讓桂恩來為你作證是不明智的行為。」

攝政王單獨站在議會前頭，羅蘭定定對上他的視線。

「但是，叔父，」羅蘭說道。「我找來為我作證的人，不是桂恩。」

「是我。」桂恩的妻子——蘿伊絲——跨步上前。

戴門愕然轉頭，在場所有人都轉過了頭。蘿伊絲是名中年女性，趕了一日一夜的路之後，她的一頭灰髮有些癱軟。來此的路上，戴門沒和她說過話，但是她走上前，站在維爾議會面前時，戴門清楚聽見了她的聲音。

「我有話要說。這件事和我丈夫，還有攝政王有關——這個男人毀了我的家庭、奪走了我的小兒子愛默里克的性命。」

「蘿伊絲，妳想做什麼？」廳內眾人的注意力停留在蘿伊絲身上的同時，桂恩說道。

她沒有理睬丈夫，而是繼續走上前，來到了戴門身旁。她開口，對議會發言。

「瑪拉斯一戰過後那年，攝政王來浮泰茵作客。」蘿伊絲說道。「我野心勃勃的丈夫允許他進出我們小兒子的房間。」

「蘿伊絲，還不住口。」但她沒有停下。

「那是他們之間的君子協定，攝政王能在我們家中恣意作樂，我丈夫則得到了土地，他在宮中的地位也扶搖直上。他成了派至阿奇洛斯的使臣，攝政王與卡斯托的密謀都是由他從中斡旋。」

桂恩的視線從蘿伊絲身上飄向議會，他發出太過響亮的大笑。「你們不會相信這番鬼話吧。」

沒有人回應，廳內瀰漫著不自在的死寂。薛羅議員的視線轉向坐在攝政王身旁的男孩，男孩手上仍沾有蜜餞的糖粉。

「我知道在場沒有一個人在乎我的愛默里克，」蘿伊絲又說。「他在拉芬奈自盡，是因為他無法接受自己所做的一切——但沒有任何人在乎。」

「那就聽我說說將愛默里克推向死亡的陰謀吧——攝政王與卡斯托合謀害死了希歐米狄斯國王，奪取了他的王國。」

「她說謊。」卡斯托用阿奇洛斯語說道，然後又帶著濃濃的口音用維爾語重複了一次。「還不拿下她。」

在話音落下後不安的瞬間，人數極少的阿奇洛斯衛隊握住了劍柄，維爾士兵則以相同的動作阻止了他們。從卡斯托的神情看來，他這是首次發覺廳內的情勢並不受他掌控。

「要逮捕我也行，但請先看看證據。」蘿伊絲從領口拉出一條項鍊，項鍊上掛著一枚紅寶石或石榴石製成的圖章戒指，上頭刻著維爾王族的徽飾。「在我丈夫的協調下，卡斯托暗殺親父，換得了今日站在各位面前的維爾軍隊——奪取伊奧斯所需的維爾軍隊。」

桂恩轉身面對攝政王，急切地說：「她不是叛徒，只是不明白狀況而已。她肯定是被人騙了，這是他們教她說的。愛默里克死後她就一直情緒不穩定，她一定是被這些人控制了，連自己也不知道自己在說什麼。」

戴門望向議會，只見賀羅德與薛羅一臉嫌惡，甚至露出了噁心的神情。戴門這才發現，攝政王過去每一位情人的稚嫩都令這些人感到噁心，他們想到議員之子遭受此般利用，更是無法接受。

然而，他們是政壇上的人物，攝政王終究是他們的主宰者。薛羅幾乎是不情願地說：「即使妳說的是實話，也無法洗刷羅蘭的罪名。希歐米狄斯之死是阿奇洛斯的內政糾紛。」

戴門這才發現，薛羅說得沒錯……羅蘭帶蘿伊絲來此不是為了洗刷自己的罪名，而是為了還戴門一個清白。羅蘭拿不出幫助自己脫罪的證據，因為攝政王做得太仔細了，當初在宮中行刺的刺客全已死於非命，南下路途中的刺客也死了，就連戈瓦爾也一面咒罵男娼與醫師，一面踩進了棺材。

戴門想到戈瓦爾，戈瓦爾想必掌握了攝政王的把柄才能活到今日，從不缺女人或美酒，直到連祕密也無法保障他的人身安全。戴門想到從王宮一路延伸至此的死亡之鏈，想到羅蘭遇刺當晚，穿著睡衣出現在寢宮的尼凱絲，而數月後，尼凱絲被處死了。戴門的心開始大力鼓動。

他忽然確信，這些人的死，一定存在某種關聯。戈瓦爾掌握的祕密，尼凱絲想必也知道了，攝政王才會下手剷除他。這就表示——

戴門突然撐起身體。

「還有一個人能作證。」他說道。「我不知道這個人為什麼沒有站出來，但我知道他是好人，他選擇不說話一定是有原因的。他可能害怕遭到報復，可能怕自己或家人會受到威脅，但如果沒有外力阻撓他，他一定會說出真相。」

戴門對廳內所有人說出以下這番話：「現在，我想請他站出來。不論你保持沉默的原因是什麼，你都有義務對國家盡忠，這點你應該比誰都清楚才對，畢竟你哥哥就是為了保護國王而死。」

沉默。廳堂內的觀眾面面相覷，戴門的話語尷尬地懸掛在空中，在無人回應的沉寂中，等待答覆的期盼來了，又去了。

帕司查踏上前，皺紋滿布的面龐毫無血色。

「不對，」帕司查說道。「他是為了這個而死。」

他從衣衫中，取出用細繩捆住的一疊紙張。

「這是我兄長——弓箭手朗格仁——的遺言，先前保管在名為戈瓦爾的士兵手裡，後來被攝政王的寵奴——尼凱絲——盜走，而尼凱絲也是為此遇害。這，是死者的證言。」

帕司查解開了細繩，攤開紙張。身穿醫師長袍、頭戴歪斜的帽子的他，獨自站在維爾議會面前。

「我是宮廷醫師帕司查，而這就是瑪拉斯的故事。」

「當年我和兄長一同前往維爾王都，」帕司查說道。「他是弓箭手，而我是醫師，一開始是投身王后的門下。我兄長很有野心，他在軍中很快就升了上去，後來加入國王衛隊。現在想來，我也相當有野心，不久後我正式成為宮廷醫師，為王后與國王服務。」

「和平而富足的那幾年，維爾國泰民安，荷妮克王后產下了兩個嗣子。可惜好景不常，六年前王后去世了，我們與肯普夏的聯盟隨她的死亡中斷，阿奇洛斯趁機入侵維爾。」

他說到了戴門熟知的部分，不過同樣的故事由帕司查道來，卻變得截然不同。

「和平的外交手段沒有用，談判也失敗了。希歐米狄斯要的不是和平，而是土地，派去與他和談的維爾使臣連話都還沒說，就被他趕了回來。

「但過去兩百年未曾有軍隊攻陷維爾的城堡，我們對自己的堡壘十分有信心。於是國王率軍南下，大軍進駐瑪拉斯堡，準備驅離逼近城牆的希歐米狄斯。」

戴門仍記得當時的情景——逐漸聚集的一面面旌旗、逐漸增長的勢力、兩支強而有力的軍隊，以及面對堅不可摧的城牆，仍舊胸有成竹的父親。**他們太自負了，一定會出來迎戰。**

「我還記得那場戰役發生前，兄長非常緊張、非常興奮，他心中充滿了我從沒見過的信心，幾乎到了狂野的地步。他說，我們的家族將迎來不同的未來，更好的未來……直到多年後，我才得知他對我說這番話的原因。」

帕司查頓了頓，隔著廳內的空間凝望身穿紅色天鵝絨衣袍、與議會站在一起的攝政王。

「議會應該還記得，當時攝政王建議國王離開安全的城堡，他說我方人多勢眾，到平原上應戰也沒有危險，我們只需奇襲阿奇洛斯軍便能迅速結束戰爭，救下許許多多的維爾人。」

戴門看向議會，他們顯然與戴門一樣，仍清楚記得決戰當天。當時，戴門只認為維爾出兵奇襲是懦夫卑鄙的作為，到了今日，他首次想像維爾方的考量。他想像一國之王聽從弟弟的建議，選擇以此種方式守護人民。

「結果我們非但沒有獲勝，還眼睜睜看著無數維爾人戰死沙場。奧古斯陣亡的消息傳來時，我就在國王左近，我看著他哀痛地取下頭盔。他大意了——我想，在他看來，他已經沒有謹慎的理由了。

「一枝射偏的箭矢刺中了他的喉嚨。國王死了，王儲也死了，攝政王理所當然地坐上了維爾王座。」

帕司查與戴門同樣注視著議會，他們都還記得交戰過後的日子，是身為議員的他們批准攝政王暫時代理政務。

「交戰結束後，我四處尋找兄長，但是他失蹤了。」帕司查接著說。「後來我才得知，他當時逃離了戰場，數日後在聖佩利葉一座村莊和人起爭執，就這麼被捅死了。村民告訴我，他死時身邊有一個人，那就是名叫戈瓦爾的年輕士兵。」

聽見戈瓦爾的名字時，桂恩猛然抬頭，他身邊的議員也不安地動了動。

「殺死我兄長的，是戈瓦爾嗎？我不知道。我只能百思不解地看著戈瓦爾在雅雷斯步步高升，看著他突然成為攝政王的左膀右臂。攝政王為何將他推心置腹？為何給他錢財、權勢與奴隸？他不是被逐出國王衛隊了嗎？戈瓦爾得到了我兄長所說的美好未來，我兄長卻死於非命——我看著這一切，卻怎麼也想不懂。」

帕司查手中的紙張陳舊而泛黃，就連綑綁紙張的細繩也相當老舊。他無意識地理了理那疊紙。

「直到我讀了這個。」

他攤開紙張，只見紙上寫滿了文字。

「這是尼凱絲交給我保管的，他從戈瓦爾那兒偷了這個，一直怕自己遭人報復。攤開這個之前，我從沒想過自己會讀到事情的真相。尼凱絲有所不知，這其實是寫給我的一封信，是我兄長親筆寫下的供詞。」

帕司查握著攤平的紙張，佇立原地。

「多年來，戈瓦爾就是憑藉這東西勒索攝政王，一步步往上爬。這就是我兄長臨陣脫逃、死於非命的原因。我兄長就是放箭射殺國王的弓箭手，攝政王本來答應要用金錢犒賞他，結果賜給他的卻是死亡。

「這是亞勒隆國王被親弟弟害死的證據。」

這回，沒有人震驚地呼喊，廳內沒有爆發議論，只有濃稠的沉默。死寂中，帕司查的信被交給了議會。賀羅德伸出顫抖的雙手，接過信紙時，戴門想到賀羅德曾是亞勒隆國王的摯友。

然後，戴門的視線轉向羅蘭。

羅蘭面無血色。他顯然完全沒考慮過這件事的可能性，只要事情扯上叔父，羅蘭便無法克服心中的盲點。**我沒想到他真的打算要置我於死地。發生了那麼多事……即使發生了那麼多事，我也沒想過他真的會殺我。**

維爾軍的戰略優勢向來存在於堡壘之中，當年他們突然殺入開放的平原，實在令人費解。維爾與阿奇洛斯兩軍於瑪拉斯一戰前，有三個人擋在攝政王與王位之間，但誰知道混亂的戰鬥中會不會發生不測呢？

戴門想起戈瓦爾在宮中的行徑，想到他對攝政王的阿奇洛斯奴隸恣意妄為。掌握攝政王的把柄，就像喝下危險的調酒，醉人的同時令人惶惑。一個人六年間提心吊膽過活，他不知道災難會何時降臨，但他知道自己終有大禍臨頭的一日，除了忐忑不安地等待之外他也別無他法。在權勢與恐懼毀了戈瓦爾之前，他究竟是什麼樣的一個人？

戴門想起在病榻上奮力喘息的父親，想起歐爾蘭，想起愛默里克。

他想起穿著太大件的睡衣出現在迴廊上，被困在巨大的陰謀之間的尼凱絲——已然喪失性命的尼凱絲。

「你們不會真的相信他們吧？你們真要信一個醫師和一個小男妓的話？」

沉寂中，桂恩的聲音尤是刺耳。戴門望向議會，此時年紀最長的議員——賀羅德——從信紙上移開視線，抬起頭來。

「尼凱絲比你尊貴得多。」賀羅德說道。「說到底，他居然比議會還要忠於王室。」

賀羅德踏上前，行走時將黃金權杖當拐杖使用。在所有人的注目下，他走至大廳另一側，在被攝政王部下緊抓著的羅蘭面前停下腳步。

「我們的任務是為您守住王位，結果我們讓您失望了，」賀羅德說。「陛下。」

說罷，他衰老的身軀痛苦地緩緩下跪，跪在了阿奇洛斯王宮的大理石地面。

羅蘭震驚的神情映入眼簾，戴門才赫然發現羅蘭從未想像過這一刻，過去從沒有人說過他有資格為王。羅蘭宛如首次接受讚美的孩子，不知所措地呆立當場，一時間顯得十分年幼，臉頰通紅、嘴唇無聲地分開。

約爾站了起來，在眾人的注視下離開議會的席位，同樣走至廳堂另一側，在賀羅德身旁下跪。片刻後，薛羅跟了上前，接著是奧汀。最後，瑪瑟如同跳下沉船的老鼠，匆匆遠離攝政王，對羅蘭單膝下跪。

「議會受到誘騙，犯了叛國罪。」攝政王鎮靜地說。「拿下他們。」

廳內聲音一頓，士兵們本該動手執行命令，卻沒有動靜。攝政王轉身一看，滿廳的攝政王衛隊都理應遵從他的指示，來此也是為完成他下達的任務，然而沒有任何人動彈。

詭譎的寂靜中，一名士兵踏上前。「你不是我的國王。」說罷，他從肩頭拔下有著攝政王圖徽的佩章，丟在攝政王腳邊。

然後他跟著議會走到大廳另一側，站到羅蘭身邊。

他的行為彷彿第一滴水，一滴水化為細流，又化為洪流——又一名士兵拔下肩頭的佩章投入羅蘭陣營，接著又一人、再一人，直到廳內充斥著盔甲輕碰聲與腳步聲，佩章落地的聲響宛若冰雹。維爾人如同退離岸邊岩石的海潮，成群走向大廳對側的羅蘭，直到攝政王身邊一個人都不剩。

羅蘭則站在彼方，身後多了一支軍隊。

「賀羅德，」攝政王說道。「這個孩子推卸責任，這輩子從未做過任何努力，他沒能力也沒資格治國。」

賀羅德回道：「他是我們的國王。」

「他不是國王，他不過是個——」

「你輸了。」羅蘭平靜的話語，打斷了叔父。

他不再受到束縛，叔父的士兵已經放開了他，為他除下手腕的枷鎖。對面的攝政王則孤立無援，習慣在眾目睽睽下演出種種戲碼的中年男人，竟在眾人面前遭其反噬。

賀羅德舉起金權杖。「議會將宣布判決結果。」

他從方才那名奴隸手中取過黑巾，掛在權杖頂部。

「豈有此理。」攝政王說道。

「你犯了叛國罪，將被當眾處死。你的屍首不會葬在父親和兄長的墓邊，而會曝屍在城門，讓所有人看見叛國者的死狀。」

「你不能定我的罪，」攝政王說道。「我可是國王。」

他被兩名士兵緊緊扣住，雙臂被扯到背後，原本束縛羅蘭的枷鎖轉移到了他腕上。

「你從來就不是國王，」賀羅德說。「你不過是王子殿下的攝政王罷了。」

「你以為你能違抗我？」攝政王對羅蘭說道。「你以為你能治理維爾？就憑你？」

羅蘭說道：「我已經不是小男孩了。」

被士兵制伏時，攝政王有些上氣不接下氣地笑了。「你難道忘了，」他說。「你要是敢動我，我就殺了戴門諾斯的孩子。」

「不，」戴門說道。「你做不到。」

戴門從羅蘭的神情看出他明白，他知情，戴門今早在空無一人、大門敞開的馬車中找到的那張字條上寫了什麼，羅蘭早就知道了。步行前來伊奧斯的漫長旅途中，戴門一直小心翼翼地握著那張字條。

孩子從一開始就不是你的，但你不必擔心他的安危。若在另一個世界、另一個時空，他也許能有一國之君的命。

我還記得我們初遇那天，你看著我的眼神。或許，那也屬於另一個世界、另一個時空。

優卡絲特

「拿下他。」羅蘭下令。

廳內眾人在金屬摩擦與碰撞聲中展開行動，維爾士兵動手擒拿攝政王，阿奇洛斯衛隊盡力守護王宮與國王。攝政王被硬生生壓著下跪，震驚的神情轉化為震怒，接著又化為驚駭。他掙扎的同時，一名士兵舉著長劍走近。

「發生什麼事了？」稚嫩的童音忽然問道。

戴門轉身。坐在攝政王身邊的十一歲男孩站了起來，圓睜的棕色眼瞳盈滿了困惑。

「發生什麼事了？你不是說我們等下要一起出去騎馬嗎？我不明白。」男孩試圖阻止壓制住攝政王的士兵。「快住手，你們傷到他了，你們傷到他了。快放開他啊。」一名士兵抓住他，男孩開始奮力掙扎。

羅蘭看向男孩，眼神透出無奈的意會。有些事物終究無法補救。他令道：「把孩子帶出去。」

乾淨俐落的一劍斬下，羅蘭表情未變。結束時，他轉向部下。

「把他的屍首和我的旗幟掛上城牆，讓所有人民看到我即位的證明。」他抬眸，隔著長形廳堂的空間對上戴門的視線。「還不放了阿奇洛斯國王。」

壓制戴門的阿奇洛斯士兵不知所措，其中一人在維爾士兵接近時放開戴門的手臂，另外兩人則匆忙退開，試圖逃跑。

廳內不見卡斯托的蹤影，他想必趁亂帶著衛隊逃了。隨著羅蘭的部下向宮外移動，迴廊將化為戰場，先前支持卡斯托的人都必須為自己的性命奮鬥。

戴門身邊忽然圍了一圈維爾士兵，羅蘭也在他身邊。一名維爾士兵握住他的鎖鏈，鐵銬落地，只留下腕上的燦金。

「你來了。」羅蘭說道。

「你也知道我會來。」戴門說。

「如果你需要用軍隊收回王都，」羅蘭告訴他。「我這裡似乎就有一支。」

戴門呼出一口異樣的氣息，兩人凝視著彼此。羅蘭說道：「畢竟我欠你一座堡壘。」

「事後，來找我。」戴門說。

因為他還有一件事要做。

19

王宮陷入混亂。

戴門抄起長劍走入混戰，在前方無人後便邁步奔跑。宮內處處可見小簇小簇的士兵交戰，有人大聲下令，有人正在衝撞一道厚實的木門。一名男人的手臂被粗暴地擒住，他也被迫下跪，戴門愕然發現那是剛才壓制他的士兵之一——對國王動手便等同叛國。

戴門必須找到卡斯托。羅蘭的部下奉命盡速奪取王宮外牆的控制權，但卡斯托的部下正全力掩護他逃脫，若卡斯托逃出王宮、與軍隊會合，阿奇洛斯將爆發內戰。

羅蘭的部下無法阻止卡斯托，他們畢竟是維爾士兵，不熟悉阿奇洛斯王宮的構造與地形。卡斯托不可能嘗試走正門離宮，他肯定會逃往王宮地下的祕密通道，搶了先機逃之夭夭。

於是戴門跑了起來。即使在混亂的惡鬥中也極少人試圖阻撓他，卡斯托的一名部下認出了他，大聲喊道戴門諾斯來了，但他沒有親自攻擊戴門。又一人赫然發現自己站在戴門面前，也只有默默退開。戴門心中有一部分明白，羅蘭在赫雷戰場上也引起了同樣的效果，就算是拚死奮戰的士兵也無法短時間克服過去一生的服從，直接攻擊王子。沒有人阻擋戴門。

但他再怎麼跑也趕不及，卡斯托將會逃出王宮，數小時後戴門的人會將伊奧斯城徹底搜過一遍，舉著火把在夜裡挨家挨戶搜索，但這也沒有用。卡斯托的支持者會將他藏匿起來，他與軍隊會合後，內戰的烈火將燒盡戴門的王國。

戴門必須抄近路阻截卡斯托——這時，他發現自己還真知道一條捷徑，卡斯托不可能走那條路，也不可能想到要走那條路，因為那不是一國王子該走的通道。

戴門往左一轉，不是朝王宮大門前進，而是邁步前往王族欣賞與挑選奴隸用的展示廊。他轉入許久前那一夜他曾經走過的窄道，打鬥聲化為遙遠的呼喝與碰撞聲，在他奔跑的同時漸漸淡去。

接著，他跑下階梯，進入奴隸澡堂。

戴門奔進一間有著開放浴池的寬闊大理石室，熟悉的一瓶瓶玻璃油罐、房間另一側的細溝渠，以及自天花板垂下的鎖鏈，全都映入眼簾。熟悉的畫面引起身體劇烈的反應，他的胸口彷彿被勒緊、脈搏大力鼓譟，在那一瞬間，戴門彷彿又站在澡堂中央，被鎖鏈束縛，眼睜睜看著優卡絲特踩著大理石地板走來。

他用力眨眼，試圖驅逐腦中的畫面，然而此處的一切都太過眼熟：寬闊的拱門、將光線反射到大理石表面的池水與水聲、天花板垂下的鎖鏈、如裝飾般等距掛在牆上的鎖鏈，以及濃稠的裊裊蒸氣。

戴門迫使自己踏入澡堂，穿過一道拱門、又一道，終於來到了他的目的地。潔白的大理石廊道上只有他一人，另一側則是靠牆的石階。

在此，他不得不停下腳步，在短暫的寂靜中靜待。他只能等卡斯托出現在最上層的階梯。

戴門提劍而立，努力不讓自己感覺像年幼的弟弟。

卡斯托獨自走下石階，身邊連一名護衛也無。看見戴門時，他發出低沉的笑聲，彷彿戴門的存在滿足了他心目中無可避免的宿命。

戴門凝望兄長的面容：直挺的鼻梁、高傲的顴骨，與落在他臉上的閃亮黑眸。蓄了鬍子的卡斯托，變得比戴門更像父親了。

戴門想到卡斯托所做的一切——他下毒慢慢害死了父親、屠殺了服侍戴門的所有奴僕、暴虐地迫使戴門為奴——戴門試圖理解真相，告訴自己這不是別人做的，而是眼前的親哥哥做的。然而，注視著卡斯托時，戴門只回憶起卡斯托教年幼的他如何握長矛；戴門的第一匹小馬摔斷了腿，不得不犧牲時，是卡斯托陪伴在戴門身旁；第一次完成矛術演武時，卡斯托撥了撥他的頭髮，稱讚了他的表現。

「他那麼愛你，」戴門說。「你卻殺了他。」

「你擁有一切。」卡斯托說道。「戴門諾斯，受人愛戴的嫡子戴門諾斯，你只要誕生在這個世界上，什麼事都不必做，所有人都會愛你、寵你。你憑什麼得到比我更多？是因為你比較會戰鬥嗎？劍技和王權又有什麼關係？」

「要不是事情變成這樣，我怎麼可能不為你而戰？」戴門回道。「怎麼可能不為你而死？我當然會誠心待你——你也當然會在我身邊陪伴我。」他說。「你曾是我的哥哥啊。」

戴門逼自己住口，嚥下他不曾允許自己說出的話語：我那麼愛你，但比起親弟弟，你卻更愛王位。

「你打算殺我嗎？」卡斯托說道。「你也知道我在公平的決鬥中贏不了你。」

卡斯托仍然站在石階最上層，手裡也握著長劍。與牆壁一體成形的石階沒有扶手，鑿刻而成的大理石階左側空空如也。

「我知道。」戴門回道。

「那就放我走。」

「我做不到。」

戴門踏上第一級大理石階。卡斯托占據優勢位置，在階梯上與他打鬥對戴門不利，但他知道卡斯托不可能放棄他唯一的優勢。戴門開始緩緩向上爬。

「讓你當奴隸的不是我，當初攝政王要我把你交出去，我拒絕了他。那是優卡絲特的主意，是她說服我把你送去維爾的。」

「是啊，」戴門說道。「我終於理解她的想法了。」

又一步。

「我是你哥哥。」卡斯托說話的同時，戴門前進了一步，又一步。「戴門，殺死家人是非常可怕的罪惡。」

「你會為你犯的罪自責？你會感到愧疚？」

「你以為我不愧疚嗎？」卡斯托問道。「你以為我不會天天想起我做的事嗎？」戴門已經走得夠近了。卡斯托接著說：「他是你的父親，但他也是我的父親——你出生那天，所有人都忘了這件事，就連他也忘了。」卡斯托又說：「動手吧。」說罷，他闔上雙眼，拋下了手中的劍。

戴門注視著卡斯托，看著他低垂的頭、緊閉的雙眼、空無一物的雙手。

「我不能放你自由，」戴門說道。「但我也不會了結你的性命。你難道認為我會對你下手？我們一起回大廳吧，只要你在所有人面前對我宣誓效忠，我就讓你在軟禁下繼續住在伊奧斯。」他垂下長劍。

卡斯托抬頭看著他，戴門在兄長的黑眼中看見未說出口的千言萬語。「謝謝你，」卡斯托說。「弟弟。」

接著，他猛然從腰間抽出短刀，一刀刺入戴門毫無防備的身體。

被兄長背叛的驚駭最先襲來，然後是令戴門倒退一步的劇痛——然而後方並沒有供他倒退的平地，他仰倒摔入漫長的虛無，直到身體摔上大理石地面，肺中的空氣蕩然無存。

他神識恍惚地試圖確認現況，試圖呼吸，卻發現自己做不到。他彷彿心窩被狠狠重擊，不過痛楚比那還要深，而且絲毫沒有減緩。地上有好多血。

卡斯托站在樓梯頂部，一手握著染血的短刀，彎腰用另一隻手撿起長劍。戴門看見自己的劍躺在距離他六步處，想必是在他摔倒時脫手飛出。生存的本能告訴他，他必須撿回武器，他試著挪動身體、試著將自己推向長劍，皮帶鞋的跟部滑過血灘。

「阿奇洛斯不能有兩位國王，」卡斯托一步步走下階梯，朝戴門逼近。「你應該留在維爾當奴隸的。」

「**戴門**。」

震驚、熟悉的聲音從左方傳來，戴門與卡斯托一同轉頭。

面色蒼白的羅蘭站在拱門下，想必是從大廳一路追趕而來，他仍然手無寸鐵、穿著那件襤褸破爛的短袍。

戴門必須叫羅蘭離開、叫他快逃，但羅蘭已經在戴門身旁跪了下來，一隻手撫過他的身軀。羅蘭以悠遠、古怪的聲音說道：「你身上有刀傷，在我叫醫師過來之前，你必須先止血。壓住這裡，像這樣。」他握住戴門左手，按在戴門腹部。

然後，他握住戴門的另一隻手，十指緊扣，彷彿那是全世界最重要最珍貴的事物。戴門心想，如果羅蘭這般握住他的手，他想必已經離死不遠了。那是他的右手，仍戴著金銬的手，羅蘭緊緊握住，將他的手拉得更近。

喀擦一聲，戴門的金銬被羅蘭鎖在地上的奴隸鎖鏈上。戴門不解地看著被鎖在地面的右手。

羅蘭站了起來，握住戴門的劍柄。

「他不願意殺你，」羅蘭說道。「但我下得了手。」

「**不行**。」戴門說。他試著挪動，卻受鏈條所困。他又說：「羅蘭，他是我哥哥。」

這時，他感覺全身汗毛直豎，此時此刻漸漸淡去，大理石地板轉變為遙遠的戰場，相隔數年時光，兄弟與兄弟再次相見。

卡斯托走至階梯底部。「我會先殺了你的愛人，」他對戴門說道。「然後再殺了你。」

羅蘭站在他面前，身形纖細的他握著對他而言太重的劍。戴門想到當年十三歲的羅蘭、人生即將大變的羅蘭，想像那個男孩眼神堅定地站在戰場上。

戴門看過羅蘭戰鬥，看過他在戰場上簡易、精準的戰鬥風格，也看過他決鬥時迥異的風格與智慧。他知道羅蘭是技術精湛的劍士，甚至可說是自成一派的大師。

但卡斯托勝他一等。羅蘭才二十歲，與肢體能力的巔峰期仍有一兩年差距，而三十五歲的卡斯托則來到了巔峰期的末尾。在體能方面，兩人相差不遠，但年齡差距給了卡斯托十五年的戰鬥經驗，遠勝於羅蘭。卡斯托的體魄與戴門相似，他比羅蘭高大，臂長也較長。此外，卡斯托此時精力充沛，羅蘭卻已戴著沉重的枷鎖站立數小時，不停顫抖的肌肉已瀕臨極限。

兩人隔著有限的空間面對彼此，一旁沒有軍隊，只有大理石洞窟般的澡堂與光滑的地面。儘管如此，過去仍存在於此，形成詭異的對稱——多年前那一日，兩國命運也曾在一場決鬥中逆轉。

關鍵的時刻到來，兩人之間的一切都在此處。意志堅定、心懷榮耀的奧古斯。年輕的戴門自負地乘馬上戰場，即將在決鬥中改變一切。一手按著腹部、一手被鎖在地上的戴門不禁心想，羅蘭眼前的人真的是卡斯托嗎？還是他只看見過去的兩個人影，一明一暗，一個注定存活，一個注定殞落。

卡斯托舉起長劍，步步進逼。戴門無濟於事地拉扯鎖鏈，彷彿看著過去的自己，卻無法阻止他。

卡斯托猛然進攻時，戴門終於看見一輩子的頑固與堅定，在羅蘭身上鑄下的成果。

多年的操練，不適合習武的身體在無數個鐘頭的勤練中被逼到了極限——羅蘭知道與強者對戰的方法，知道如何對付臂長占優勢的敵手。他瞭解阿奇洛斯的戰鬥風格，且不僅如此，他瞭解阿奇洛斯人的招式與套路。無法從自家劍術訓練師習得的攻擊套路，他都在戴門練習時細細觀察到了，他仔細記下所有的動作，只為兩人最終的決鬥。而此時，卡斯托從宮廷劍士學來的招數，全在羅蘭的掌握中。

在德爾法訓練場上與戴門決鬥時，羅蘭仍帶著肩上的刀傷，也因五味雜陳的情緒而無法正常發揮。現在他目光凌厲，戴門在他眼中看見被奪走的童年，看見羅蘭重新塑造自己的數年努力，看見他唯一的目的：與戴門諾斯決鬥，並且擊殺他。

也因為羅蘭的人生脫離了原本的軌道，因為命運驟變，他沒能成為溫文儒雅、甜美可人的青年，而是變得與碎玻璃同樣冷硬危險——羅蘭將對上卡斯托精湛的劍技，並將他逼退。

狂風暴雨般的攻防展開，戴門仍記得在瑪拉斯打鬥時，羅蘭用過的虛招、步法與一系列格擋。羅蘭早期的訓練與奧古斯相同，現在他似乎召喚了兄長的魂魄，劍招中有一半體現出兄長的風格，卡斯托則以和戴門相似的技法打鬥——不知為何，這場亡靈間的戰役，令人哀痛與心碎。

兩人打到了樓梯邊。

是羅蘭判斷有誤：大理石地面微微凹陷，影響了他的步法與身形，導致他的劍往左偏斜。若不是身心如此疲憊，他不可能誤判，當年在前線戰鬥了數小時的奧古斯也是如此。

羅蘭的視線飛向卡斯托，他試圖改正動作、護住洞開的門戶。倘若對手足夠無情、殺意足夠濃烈，便會趁機刺穿羅蘭的身軀。

「不。」戴門脫口說出。他彷彿也親身經歷了這場決鬥，身體一次次用力拉扯鎖鏈，無視自己身側的痛楚。他眼睜睜看著卡斯托把握機會，以毫不留情的高速斬向羅蘭。

生與死，過去與未來，阿奇洛斯與維爾。

卡斯托發出一聲悶哼，驚駭地瞪大雙眼。

因為羅蘭不是奧古斯，方才他腳步踉蹌也不是失誤，而是誘敵。

羅蘭的劍將卡斯托的劍猛地往上一撞，接著手腕靈活地一轉，劍尖直接刺入卡斯托胸口。

卡斯托的劍落到大理石地面，他跪了下來，雙眼盲目地盯著羅蘭，羅蘭也低頭盯著他。下一秒，羅蘭舉劍一揮，劃過卡斯托的咽喉。

卡斯托軟倒在地，圓睜的雙眼再也沒有閉上。在悄無聲息的大理石澡堂中，卡斯托動也不動地躺著，死在了地上。

結束了。世界彷彿恢復了平衡，過去終於能安息。

卡斯托還未死透，羅蘭已經轉身回到戴門身邊，已經跪下來，像從未離開般緊壓戴門腹部。見羅蘭仍活著，寬慰一時間擊碎了戴門腦中的一切念頭，他只感覺到羅蘭的雙手，感覺到羅蘭在自己身邊的明亮存在。

卡斯托已死，但戴門彷彿看著自己不瞭解的陌生人死去。他在很久以前便失去了兄長，失去了沒能理解世界上的種種缺陷與瑕疵的自己。事後，他將面對這一切。

事後，眾人會將卡斯托抬出去，抬著他的棺木徒步長行，將他與父親葬在一起。事後，戴門會為曾經的卡斯托哀悼，為卡斯托本該擁有的未來哀悼，為無數個不同的過去與未來哀悼。

此時，羅蘭就在他身旁。高傲冰冷的羅蘭跪在離家數百哩遠、染了鮮血的大理石地面，眼中只有戴門一個人。

「你流了很多血。」羅蘭說道。

「還好，」戴門回道。「還好我帶了醫師過來。」

就連說話也能引起劇痛。羅蘭呼出一口氣，反常的聲音輕輕脫口而出。戴門在羅蘭眼中看見自己曾有過的情緒，但羅蘭沒有退縮。

「我殺了你哥哥。」

「我知道。」

話語出口，戴門感受到兩人之間奇妙的共感，彷彿他們到此時才真正地理解了對方。他望入羅蘭眼底，感覺羅蘭徹底瞭解了他，他也瞭解了羅蘭。現在他們都成了沒有親人的孤兒，兩人生命中的相似之處讓他們來到了這裡，來到了旅途的終點。

羅蘭說道：「我們的人馬占了王宮和大門，伊奧斯是你的了。」

「你也是，」戴門說。「你叔父死後，不會再有人反抗你了。維爾是你的了。」

維爾全身靜止，那一瞬間漸漸延伸、擴散，靜謐的澡堂中，兩人之間的空間再親密不過。

「還有中間，我們兩個掌握了中間地帶。」羅蘭說道。然後，他接著說：「那也曾經是一座王國。」

羅蘭說話的時候沒有看戴門，過了許久才抬眸對上他靜靜等待的雙眼。看見羅蘭眼中奇妙的羞赧，那問句般的回答，戴門呼吸一滯。

「是啊。」戴門因飄在空氣中的問題而微感暈眩。

然後他真的感到頭暈目眩，因為羅蘭眼中盈滿了嶄新的光芒，整張臉瞬間容光煥發，戴門幾乎認不出他、認不出他臉上極致的喜悅了。

「不，別動。」戴門用一隻手肘撐起上半身時，羅蘭說道。然後戴門的吻落在他唇上，他又說：「傻瓜。」

他堅定地推開戴門，戴門沒有抵抗。他腹部陣陣發疼，雖然不是致命傷，但能有羅蘭在一旁照顧他也不錯。雖然接下來他必須長時間休養、成天與醫師打照面，不過能有羅蘭在他身邊，在公共場合拐彎抹角地譏諷他，在私下溫柔細心照料他，他不禁心中一甜。羅蘭會一輩子伴在他身邊——想到此，他伸手輕觸羅蘭的臉，鐵鏈刮過大理石地面。

「你總得有幫我解開鎖鏈的一天。」戴門說道。羅蘭的金髮十分柔軟。

「我會的，總有一天。那是什麼聲音？」

即使在奴隸澡堂中，戴門仍聽得見模糊的聲響，從伊奧斯的制高點遠遠傳出，清亮的聲響宣告了新王崛起。

「鐘聲。」戴門告訴他。

致謝

這本書，是在我和好友凱特・蘭西無數次的週一晚間閒聊中誕生。我還記得有一次，在通電話時凱特告訴我：「我覺得這個故事會比妳想像的更龐大。」凱特，謝謝妳在我最需要朋友的時候與我精神同在，我永遠忘不了我在東京那間小小的公寓，以及老電話的鈴響。

我的運氣非常好，有一群才華洋溢的好友幫助我——凡內莎、比雅特莉絲・貝伊、安娜・考恩與伊娜克・陳—梅爾，謝謝妳們大方地陪我腦力激盪、給我靈感、陪我大笑，鼓勵我持續進步。少了妳們，這個故事就不會是今天的故事了。

我的出版經紀人艾米莉・西爾凡・金與企鵝出版的欣蒂・黃一直對《墮落王子》的潛力深信不疑，也一直大力支持這部作品，我感謝她們為這套書所有的付出。謝謝妳們給新人作家一次機會，也給新型故事一次機會。

感謝超強編輯——莎拉・菲浩，與澳大利亞企鵝出版社的團隊，你們的努力讓這本書的每一個細節變得更好，你們傑出的能力也給了我無限啟發。

在一開始，《墮落王子》是線上連載的原創小說，我欠最初給予支持、鼓勵我寫下去的讀者太多太多了。下列是早期為作品留言的讀者，我想感謝你們所有人當初「齊聚一堂」，分享你們對故事的愛。

所以，感謝：

karene、12pilgrims、19crookshanks、1more_sickpuppy、1orelei、2nao3_cl2、40_miles、abrakadabrah、abraxas_life、absrip、acchikocchi、adarkreflection、addisongrey、adonelos、aerrynne、aeura、agnetalovek、agr8fae、ah_chan、ahchong、aireinu、airgiodslv、akatsuki_2008、al_hazel、alasen、alby_mangroves、alethiaxx、alexbluestar、alexiel_87、alexis_sd、alice_montrose、alienfish、alijjazz、alina_kotik、alkja、alliessa、allodole、almne、aloneindarknes7、alterai、altri_uccelli、altus_lux_lucis、alwayseasy、alythia_hime、amalc、Amanita Impoisoned、amazonbard88、amberdreams、amberwinters、amindaya、anastasiafox、anatyne、andra_sashner、aneas、anelma_unelma、angelwatcher17、angiepen、angualupin、animeaddict666、animeartistjo、animegurl916、animewave、annab_h、anne_squires、annkiri、annnimeee、anulira、aolian、apyeon、aquamundo、 aquariuslover · aracisco · arctowardthesun · arisasira · arithonrose · arnaa · arrghigiveup · artemidora · artemisdiana9 · arunade · aserre · asherlev1 · ashuroa · askmehow · asmodexus · asnstalkerchick · asota · astrael_nyx · atomic_dawn · atomicink · aubade_saudade · auberginautumn · Auren Wolfgang · aurila · aurora_84 · aveunalliv · avfase · avidanon · axa3 · ayamekaoru · ayune01 · ayuzak · azazel0805 · azryal · azurelunatic · b_b_banana · baby_jeans · babysqueezer · bad_peppermint · badstalker · Barbara Sikora · bascoeur · bathsweaver · beachlass · bean_montag · eccaabbott · beckybrit · bel_desconneau · bellabisdei · bellaprincess9 · bellona_rpg · bends · berylia · biffes · bj_sling · bl_nt · black_samvara · black_trillium · blackcurrent08 · blackmambaukr · blind_kira · blissbeans · bloodrebel333 · bluebombardier · bluecimmers · bluegoth · bluehyacinthe · bob_the_unicorn · boomrobotdog · bordedlilah · bornof_sorrow · bossnemo · boudour · boulette_sud · brainorgan · Brandon Trenkamp · breakfastserial · brianswalk · brille · britnit · brknhalo241 · brown_bess · bubblebloom · bubblesnail · buddha_moon · bulldogscram · buto_san · caethes_faron · cali_cowgirl08 · callistra · Camila Torinho · canaana · canttakeit92 · carine2 · carodee · casseline · cassiopeia13 · cat_eyed_fox · cat85 · catana1 · cathalin · catnotdead · catterhey · caz_in_a_teacup · cazsuane · ccris3 · celemie · celes101 · censored_chaos · cgravenstone · chajan · chants_xan ·

chaoskir、chaosmyth、chaotic_cupcake、char1359、charisstoma、cheezmonke、cherusha、cheryl_rowe、chokobowl、Chonsa Loo Park、christangel13、cin425、cirne、cjandre、clannuisnigh、claudine、clodia_metelli、cmdc、cobecat、conecloser4、conclusivelead、crabby_lioness、crkd_rvr、croquelavie、cybersuzy、cynicalshadows、d0rkgoddess、dana_aeryn、danielhoan、daraq、darcyjausten、darcyjausten、darkangel_wings、darkangeltrish、darkblue_ice、darkdianora、darkmanifest、darth_cabal、dauntdraws、ddrwg_blaidd、ddz008、deadshiroi、debbiiraahh、deelol、deewhydeeax、deirdre_c、dejasue、deservingwings、dharma_slut、diac、diamondduchess、dimestore_romeo、dm_wyatt、doe_rae_me、doomcake、dr_schreaber、draconiccharade、dragongirl_g、drelfina、droolfangrrl、drunkoff wooder、duchess5492、duckyone、dumbadum、dureeena、dvslj、earis、ebbingnight、edinarose、effingeden、eien_kiseki、eien_liv、eileanora、eisheth_zenunim、elandev、electricsong、elezbed、elfi epike、elfling_eryn、elfscribe5、elincubus、elisebanana、elizaben、elizardbits、elizaria、eljadaly、elkica、elksa、ellipsisaddict、elmyraemilie、ely_wa、Emily Engesser、end_ofthe_earth、enderwiggen24、envyofthestage、esda、espada0arani、essene、esteliel、eternityras、etharei、etrangere、evalangul、eve_n_furter、eveofnigh、eviefw、evilstorm、eyebrowofdoom、fable、faerylore、fair_e_nuff69、fairy4_u、falconer007、fanarts_series、faradheia、

Faridah Namutebi · farringtonadams · fatomelette · faydinglights · fecheta · fedaykin_here · feministfangirl · fer_de_lance · feverfewmole · fhar · fi_chan · ficwhore · fiddery · fiercelynormal · fierydragonsky · fifi_bonsai · filaphiera · filenotch · filterpaper · fioool · fireanjel116 · firehawk1377 · firehead30 · firehorse2006 · firesprite1105 · flammablehat · flighty_dreams · floopy3 · fluffylayout · fluterbev · fmadiva · fodian · forestgreen · fork_off · foudebassan · fourteenlines · fowl_fan · foxgloves42 · frabjously · frantic_mice · fredbassett · freddie_mac · fredericks · freedomfox11 · frolic_horror · frostedelves · fullmoonbites · furtivefury · futago_02 · futuere · fuumasfrog · geisha_x · geneva2010 · genlisae · gfiezmont · ghosst · ghost_guessed · ghostmoondancer · giandujakis · giggledrop · gilli_ann · girl_wonder · girlconspirator · godofwine · golden_bastet · goldtintedspecs · goodnightbunny · gossymer · gothicauthor · graveyardgrin · gray_queen · greenhoodloxley · grrrotesque · haius · half_imagined · hand2hand · hapakitsune · Harris Bren Telmo Escabarte · harunotenshi · hawk_soaring · haydenyune · heartofshun · heidicullinan · helga1967 · hermione_panic · herocountry · hihotiho · hikeswithdogs · hiroto · hiruki_demon · hms_yowling · hockeychick57 · hollyxu · hongdae · hopeofdawn · hpaa · hpfan12 · hpstrangelove · i_louvre_art · i0am0crazy · iambickilometer · iamnotnormal · icarus_chained · ice_is_blue · idle_devil · idolme922 · idylliccliches ·

idyllsoflife、ijin_yoru、illereyn、ilovetobefree、iluvlynx、imagina、incandescent、incoherent、inehmo、inkanaitis、inmyriadbits、inoru_no_hoshi、irish_eyes11、irishjeeper、irishnite4、irlyneedaname、isabel_adler、isagel、isolde13、istappen91、isweedan、itsplashes、jackycomelately、jadyuu、jagough、jamethiel_bane、jamfase、japanimecrazed、jayanx、jazzyjinx、jinxbrand、jojo0807、jolielaide、josselin、jubei_bishoujo、julad、julesjulianne、juliandahling、juliet_ros、julitina、julyrune、juniper617、ka_imi、kaaha、kadajuuta、kalldoro、kana_go、kaneko、kannichtfranz、karala、karasucream、Karen Barber、kaykayone、kaylashay、keenoled、keerawa、keerawa、keiko46、kelahnus_24、keleosnoonna、kellyzat、kennestu、keri87、keroppon、kestrelsan、kestrelsparhawk、khalulu、khyie、kiaharii、kimhd、kingbird、kiriana、kitsune_kitana、kitsuri_chan、kitty3669、kkathyslash、kkcatnip、kleat、kleio_caissa、klmhd、kogitsuneclub、kotofeika、kotsuki_chan、krismc09、Krista MadScience Reynolds、kuhekabir、kukolpolny、kuro_yuki、kurokurorin、kynthosyuat、kysk、la_vie_noire、ladyastralis、ladyelleth、lal111、lambent、lambentfiction、lambertlover、lamboyster、lamerezouille、lamis_p、laurapetri、le_shea、lea_89、leafaen、learntobreathe4、lee_777、lelouch7、lemmus_egregius、lenarabella、lenora_rose、letswriting、lettered、lian_li、liathchan、lightsearing、lil_litworm、lilian_cho、lillywolfsbane、limit_the_sky、 lindentreeisle · lirineth · lisan · lisasanmin · lishel_fracrium · lisiche · Lituana Rego · liztaya · llamara · lob_lolly_pine · locknkey · lolapandi · lolochan · lothy · lovelyheretic · lubicino · luci0logy · lucifer2004xx · lucinda2k · lucre_noin · luminacaelorum · luminary_87 · lunatic_aella · lunje · lunulet1 · luredbyvenus · luthien123 · lynati_1 · ma_belle_nuit · machi_sama · maculategiraffe · maemae133 · magnolia822 · mahaliem · maichan · makealimb · makusrocks101 · malaika_79 · maleficently · maliyawong · mangosorbet007 · manon_lambic · manuuchin · marbleglove · Maria Huszovszky · maria_chan · maria_niks · Mariana Dineva · Mary Calmes · marysue007 · matchasuki · matosatu · max_h · mdbl · mdzw · me_ya_ri · mechante_fille · meddie_flow · mee_eep · meek_bookworm · megamom2 · melithiel · meltedbones · merkuria · methosdeb · metraylor · mewenn · mexta · miaruma · Michelle Peskin-Caston · midiilovesyou · midnightsscream · midnightwolf112 · midorienpitsu · mihaelitka · miikarin · milady_darken · mini_menace · minna · mintyfresca · miraba · miri_thompson · mirror_mirrin · missingkeys · misspamela · missyxxmisch · mistress_tien · mjacobs141 · mllesatine · mllsatine · moia · momcalling · mona_may56 · monikkk · monster_o_love · moogle62 · moonriddler_mim · moonvoice · moothoot · moraph · morethan_less · morgan_cian · morij2 · motty123 · mrrreye · mssdare · multiversum_4 · musespet · muthine · myalexandria ·

mykatinstar、myscus、n0w0n、naatz、nadikana、nagasvoice、Naila Nur、nalmissra、nebulia、nekochan23、nel_ani、nello88、nemesis1108、nemo_r、nerdgirl27、nevadafighter、newtypeshadow、nextian、nga130、niandra_joan、nianna_j、nickolympus、nicky69、nicolasechs、nigeltde、night_reveals、nightmarea、nikethana、ninjaskillset、niquita_gia、nixieintouch、no_on_louse、nola_nola、nolagal、nonajf、nookiedookie、notadancinggirl、nox_invictus、nreddon、nyahko、nyn17、nyoka、occreater、oconel、ocotillo_dawn、ocue_naem、offdutydane、oflittlebrain、okaasan59、okkitten、Olga Yun、oloriel、olukemi、ondin、onewaytrackk、onewinkinglight、operativepsycho、originalpuck、outlandogirl、owlartist、owlrigh、ozlemgur、painless_j、pandarus、paper_papillon、papered、paradayto、paranoidmuch、pc1739、pea02、penguin_attie、pennywish、penrith1、petite_reina、petiti_baobab、petronia、phamalama、phantom_colapse、phoenix_of_hell、phonoi、phoquess、pierrot_dreams、pinkpenguin763、pirate_mousie、pixie_pan、pixie_pen、pkai7、plotting_pen、plutos_daughter、pluvial_poetry、poemwithnorhyme、popcorn_orgasms、popebunny、poppypickford、praiseofblood、prettybydesigns、prikliuchenie、privatebozz、pun、purple_snitch、purplenails10、qem_chibati、queiry、quetzal、quill_lumos、qxn、rabbitwarren、rachelmorph、raffie79、raincitygirl、raintree123、rambos_wife、randomalia、randomeliza、ras_elased、raspukittin、ravenholdt、 ravenmorrigan · ravyn_09 · reader_02 · readingreadhead · readsatnight · realolacola · regnet · reikokatsura · rethzneworld · rhianon79 · riayl · ricekingrx · riddledice · roadtoanywhere · roamercorridors · roba_3913 · rocketsprout · rogalianth · rondaview · roseguel · rosieroo123 · rubymiene · rue_avalon · runnerlevelred · runningtofu · rurutia88 · rusty76 · saba1789 · sagejupiter · saintdevil_9 · sairobi · sakurazukamory · saliel · saltscent · salvamisandwich · salviag · samtyr · samy3dogs · sandinmyhair · santina82 · sarapfb · sarashina_nikki · sarasusa · sarcastic666 · sarkastic · sarkka · Sassy Lane · savingcolours · sawyersparrow · sbbo · scarborough1 · scarface_ · scherzi · schlapa · schneefink · sealim123 · seisei_ftw · seleneheart · semivowel · senex_incitatus · senseofpeace · serenia · sesame_seed · sfjwu · shadeheyr · shadowclub · shadowfireflame · shantalanadevil · shape5 · sharpest_rose · sharz · shayzmom · she_recs · shezan · shifty_gardener · silentflux · silvergreen98 · sinclair_furie · singing_witch · sinisterf · sinjah · siobhancrosslin · siosan80 · sirfeit · sirfix · sirhin · sirius_luva · skeptics_secret · slashbluegreen · sleepingfingers · smidgeson · snabur · snarkisaur · snowish_eostre · snowy_owl_000 · sofi19 · softestbullet · sogasso · sohym · solesakuma · solvent90 · sometimesophie · sonsofsilly · Sophie Ren · sophie84 · souls_ebola · soulsakuma · spae · spark_of_chaos · sparrow_wings · sparrow2000 · spatz · spazzy06 · spike7451 ·

spyinak、squashedrosie、st_aurafina、star54kar、starbolin、starlite_gone、steinsgirrl、stephanei、stephanie139、stephmayo、stolen_hybris、straycovenant、strghtn_up、stultiloquentia、stungunbilly、sugarcakey、sukimcshu、summerrain50、super_seme04、supercute90、supergreak、supplanter、surreal_demon、svmadelyn、

sweet_sass、tahariel、takenoko、talaco、tameladb、tanaiel、tangerine_haze、tani、tari_sue、tarisu、tasha18、tdorian、teabag_soup、tealeaf523、teastory、tellytubby101、ten_youko、tenismoresonic、teot、terraplan、tex117、thalassa_ipx、thandie、thatie_daclan、the_moonmoth、the_oddkitty、theos99、theprd、thetammyjo、thetowerxvi、thimpsbags、thismaz、thraylocia、tigrin、time_testudinem、tippinbritches、tiredswede、tmelange、toni_luv、topzeezee、torkvenil、toyakoya、tranquiltrouble、transient_cin、tresa_cho、trickanery、trimethoprim、trinity_clare、trinolek、trustingfrndshp、tsarinakate1、tsuzukeru、tuawahine、turnonmyheels、tviyan、twelve_pastels、twicet、twigged、twishite、txilar、ulkis、unavee、undeny、undomielregina、ura_hd、v_lisanna、Veera Vilja Nyakanen、velvet_mace、velvetburrs、venusmayaii、vera_dicere、vesper_cat、vettithoughts1、vexatingjinx、Vickie Dianne、vita_ganieda、vito_excalibur、vivid_moment、vofpracticality、voidmancer、w_wylfing、walkerwhisperer、wellingtongoose、weltea、wemblee、 werdrachin、werty30、whitsun、who_favor_fire、why_me_why_not、wildestranger、windfallswest、windlion、winhall、winstonmom、wittyilynamed、wizardesslyn、wordyma、wrenboo、written_affair、wusswoo、x0miseria0x、xsmoonshine、xynnia、yanyixun、yekoc、yellow_jubilee、yinkawills、ynm、your_hucklebery、yourlibrarian、yuki_3、yukimiya87、yuminoodle、yuysister01、zahja、zazreil、zebrui、zeffy_amethyst、zhandra_ahni、zilentdreamer、Zombetha Vexation。

也感謝這些年來所有匿名潛水、默默追蹤《墮落王子》的讀者。這真的是一趟不可思議的旅程。

《墮落王子》全系列完

二〇〇八年五月—二〇一五年四月

人物列表

阿奇洛斯

宮廷

戴門諾斯（戴門）：阿奇洛斯王位的正統繼承人
卡斯托：阿奇洛斯國王，戴門諾斯的私生子兄長
優卡絲特：阿奇洛斯宮廷的貴族仕女，卡斯托的情婦
凱琳娜：優卡絲特的侍女

德爾法

尼坎德洛斯：德爾法封臣
科納斯：瑪拉斯城的奴隸總管
伊山達爾：尼坎德洛斯的奴隸

埃隆的菲洛特斯：德爾法屬臣
梅索斯的巴利厄斯：德爾法屬臣
查隆的阿拉托斯：德爾法屬臣
伊提斯的優安德洛斯：德爾法屬臣

希錫安

門尼亞多斯：希錫安封臣
索亞斯的荷斯頓：希錫安貴族

北方軍團

麥卡頓：德爾法軍指揮官，尼坎德洛斯的下屬
斯特拉頓：北方軍團指揮官之一
斯塔沃斯：守衛隊長
帕拉斯：衛兵
阿克提斯：衛兵

萊多斯：士兵
伊隆：士兵

已逝人物

希歐米狄斯：阿奇洛斯前任國王，戴門的父親
伊吉莉亞：阿奇洛斯前任王后，戴門的母親
阿迦松：阿奇洛斯首任國王
優安德洛斯：阿奇洛斯先王，希歐米狄斯家族的始祖
伊拉德妮：阿奇洛斯先女王，又稱六侯女王
阿珈爾：阿奇洛斯先女王，伊斯希馬的征服者
凱狄佩：阿奇洛斯先女王
崔厄斯：阿奇洛斯先王
賽斯托斯：阿奇洛斯先王，伊奧斯王宮的興建者
提蒙：阿奇洛斯先王
內克頓：提蒙的弟弟

維爾

宮廷

羅蘭：維爾王儲
攝政王：羅蘭的叔父
尼凱絲：攝政王的寵奴
凡妮絲：羅蘭的首席諫臣，曾任派至瓦斯克的使臣
艾絲提恩：羅蘭派系的大臣
奧汀：維爾議會議員
薛羅：維爾議會議員
賀羅德：維爾議會議員
約爾：維爾議會議員
瑪瑟：維爾議會議員

浮泰茵

桂恩：浮泰茵領主，曾任維爾議會議員及派至阿奇洛斯的使臣

蘿伊絲：浮泰茵領主夫人

愛默里克：桂恩與蘿伊絲之子，曾任王子衛隊一員

王子衛隊

恩果蘭：王子衛隊隊長

喬德：王子衛隊成員

胡維：王子衛隊成員

圭瑪：王子衛隊成員

拉札爾：王子衛隊成員

亨德里克：傳令官

帕司查：宮廷醫師

其他

戈瓦爾：攝政王的部下，前王子衛隊隊長

查爾斯：維爾的布料商人

桂萊姆：查爾斯的助手
瑪瑟林：維爾的布料商人
珍妮沃特：村民

已逝人物
亞勒隆：維爾前任國王，羅蘭的父親
荷妮克：維爾前任王后，羅蘭的母親
奧古斯：維爾前任王儲，羅蘭的兄長

高寶書版集團
gobooks.com.tw

TN 261
墮落王子III：誓約之冠
Kings Rising

作　　者　C・S・帕卡特 (C. S. Pacat)
譯　　者　朱崇旻
主　　編　謝夢慈
編　　輯　林雨欣
繪　　者　Cola
美術編輯　林鈞儀
排　　版　彭立瑋

發 行 人　朱凱蕾
出　　版　英屬維京群島商高寶國際有限公司臺灣分公司
　　　　　Global Group Holdings, Ltd.
地　　址　臺北市內湖區洲子街 88 號 3 樓
網　　址　www.gobooks.com.tw
電　　話　(02) 27992788
電　　郵　readers@gobooks.com.tw（讀者服務部）
　　　　　pr@gobooks.com.tw（公關諮詢部）
傳　　真　出版部　(02) 27990909　行銷部 (02) 27993088
郵政劃撥　19394552
戶　　名　英屬維京群島商高寶國際有限公司臺灣分公司
發　　行　希代多媒體書版股份有限公司 /Printed in Taiwan
初版日期　2019 年 11 月

國家圖書館出版品預行編目 (CIP) 資料

墮落王子 III：誓約之冠 / C・S・帕卡特(C. S. Pacat) 著；
朱崇旻譯 . -- 初版 . -- 臺北市：高寶國際，2019.11
　面；　公分 . --

譯自：Kings Rising

ISBN 978-986-361-755-6(平裝)

874.57　　　108017424

GOBOOKS & SITAK GROUP ©